比较文学与世界文学 研究丛书

主编 曹顺庆

初编 第 **17** 册

中西比较文学六论（上）

张 叉 著

花木兰文化事业有限公司

国家图书馆出版品预行编目资料

中西比较文学六论（上）／张叉 著 －－ 初版 －－ 新北市：花木
兰文化事业有限公司，2022〔民111〕
目 2+150 面；19×26 公分
（比较文学与世界文学研究丛书 初编 第 17 册）
ISBN 978-986-518-723-1（精装）
1.CST：比较文学
810.8   110022068

ISBN-978-986-518-723-1

9 789865 187231

比较文学与世界文学研究丛书
初编　第十七册　　　　　　　ISBN：978-986-518-723-1

中西比较文学六论（上）

作　　　者 张叉
主　　　编 曹顺庆
企　　　划 四川大学双一流学科暨比较文学研究基地
总 编 辑 杜洁祥
副总编辑 杨嘉乐
编辑主任 许郁翎
编　　　辑 张雅淋、潘玟静、刘子瑄　美术编辑 陈逸婷
出　　　版 花木兰文化事业有限公司
发 行 人 高小娟
联络地址 台湾235 新北市中和区中安街七二号十三楼
　　　　　电话：02-2923-1455／传真：02-2923-1452
网　　　址 http://www.huamulan.tw 信箱 service@huamulans.com
印　　　刷 普罗文化出版广告事业
初　　　版 2022 年 3 月
定　　　价 初编 28 册（精装）台币 76,000 元

中西比较文学六论（上）

张叉 著

作者简介

张叉，男，一九六五年生，汉族，四川盐亭人，四川大学比较文学与世界文学博士，四川师范大学文学院教授，四川省比较文学研究基地兼职研究员，四川师范大学文学院、外国语学院研究生导师，四川师范大学比较文学与世界文学学位授权点第三任负责人，四川师范大学外国语言文学一级学科硕士点建设专家委员会第一任主任，四川师范大学外国语文研究所第二任所长，四川师范大学第八届学位委员会外国语学院分学位委员会主席，成都市武侯区作家协会常务副主席兼秘书长，学术集刊《外国语文论丛》主编。

提　　要

　　本书是一部关于中西比较文学研究的学术著作。著作由《从中西方传统文化审视潘金莲和白兰》、《陶渊明和华兹华斯的"静"中之"动"》、《陶渊明和华兹华斯的生死观》、《〈水浒传〉和〈罗宾汉传奇〉中的英雄人物》、《莎士比亚十四行诗第十八首之跨文化研究》与《卡登意象理论视阈下〈诗经·伐木〉中的意象》六篇文章组成，立论明确，视角新颖，资料详实，征引广博，论证充分，语言流畅，达到了一定的学术水平。著作以比较文学中国学派跨文明研究为理论指导，冲破了西方中心主义的藩篱，克服了妄自菲薄的心理，实现了中西方文学的平等对话与交流。著作以比较文学中国学派异质性比较法为方法论，实现了中西方文学各自特色的相互参照与相互彰显，有利于中西方文学的相互吸收与相互借鉴。

比较文学的中国路径

曹顺庆

自德国作家歌德提出"世界文学"观念以来，比较文学已经走过近二百年。比较文学研究也历经欧洲阶段、美洲阶段而至亚洲阶段，并在每一阶段都形成了独具特色学科理论体系、研究方法、研究范围及研究对象。中国比较文学研究面对东西文明之间不断加深的交流和碰撞现况，立足中国之本，辩证吸纳四方之学，而有了如今欣欣向荣之景象，这套丛书可以说是应运而生。本丛书尝试以开放性、包容性分批出版中国比较文学学者研究成果，以观中国比较文学学术脉络、学术理念、学术话语、学术目标之概貌。

一、百年比较文学争讼之端——比较文学的定义

什么是比较文学？常识告诉我们：比较文学就是文学比较。然而当今中国比较文学教学实际情况却并非完全如此。长期以来，中国学术界对"什么是比较文学？"却一直说不清，道不明。这一最基本的问题，几乎成为学术界纠缠不清、莫衷一是的陷阱，存在着各种不同的看法。其中一些看法严重误导了广大学生！如果不辨析这些严重误导了广大学生的观点，是不负责任、问心有愧的。恰如《文心雕龙·序志》说"岂好辩哉，不得已也"，因此我不得不辩。

其中一个极为容易误导学生的说法，就是"比较文学不是文学比较"。目前，一些教科书郑重其事地指出：比较文学不是文学比较。认为把"比较"与"文学"联系在一起，很容易被人们理解为用比较的方法进行文学研究的意思。并进一步强调，比较文学并不等于文学比较，并非任何运用比较方法来进行的比较研究都是比较文学。这种误导学生的说法几乎成为一个定论，

一个基本常识，其实，这个看法是不完全准确的。

让我们来看看一些具体例证，请注意，我列举的例证，对事不对人，因而不提及具体的人名与书名，请大家理解。在 Y 教授主编的教材中，专门设有一节以"比较文学不是文学比较"为题的内容，其中指出"比较文学界面临的最大的困惑就是把'比较文学'误读为'文学比较'"，在高等院校进行比较文学课程教学时需要重点强调"比较文学不是文学比较"。W 教授主编的教材也称"比较文学不是文学的比较"，因为"不是所有用比较的方法来研究文学现象的都是比较文学"。L 教授在其所著教材专门谈到"比较文学不等于文学比较"，因为，"比较"已经远远超出了一般方法论的意义，而具有了跨国家与民族、跨学科的学科性质，认为将比较文学等同于文学比较是以偏概全的。"J 教授在其主编的教材中指出，"比较文学并不等于文学比较"，并以美国学派雷马克的比较文学定义为根据，论证比较文学的"比较"是有前提的，只有在地域观念上跨越打通国家的界限，在学科领域上跨越打通文学与其他学科的界限，进行的比较研究才是比较文学。在 W 教授主编的教材中，作者认为，"若把比较文学精神看作比较精神的话，就是犯了望文生义的错误，一百余年来，比较文学这个名称是名不副实的。"

从列举的以上教材我们可以看出，首先，它们在当下都仍然坚持"比较文学不是文学比较"这一并不完全符合整个比较文学学科发展事实的观点。如果认为一百余年来，比较文学这个名称是名不副实的，所有的比较文学都不是文学比较，那是大错特错！其次，值得注意的是，这些教材在相关叙述中各自的侧重点还并不相同，存在着不同程度、不同方面的分歧。这样一来，错误的观点下多样的谬误解释，加剧了学习者对比较文学学科性质的错误把握，使得学习者对比较文学的理解愈发困惑，十分不利于比较文学方法论的学习、也不利于比较文学学科的传承和发展。当今中国比较文学教材之所以普遍出现以上强作解释，不完全准确的教科书观点，根本原因还是没有仔细研究比较文学学科不同阶段之史实，甚至是根本不清楚比较文学不同阶段的学科史实的体现。

实际上，早期的比较文学"名"与"实"的确不相符合，这主要是指法国学派的学科理论，但是并不包括以后的美国学派及中国学派的学科理论，如果把所有阶段的学科理论一锅煮，是不妥当的。下面，我们就从比较文学学科发展的史实来论证这个问题。"比较文学不是文学比较""comparative literature is not literary comparison"，只是法国学派提出的比较文学口号，只是法国学派一派的主张，而不是整个比较文学学科的基本特征。我们不能够把这个阶段性的比较文学口号扩大化，甚至让其突破时空，用于描述比较文学所有的阶段和学派，更不能够使其"放之四海而皆准"。

法国学派提出"比较文学不是文学比较"，这个"比较"（comparison）是他们坚决反对的！为什么呢，因为他们要的不是文学"比较"（literary comparison），而是文学"关系"（literary relationship），具体而言，他们主张比较文学是实证的国际文学关系，是不同国家文学的影响关系，influences of different literatures，而不是文学比较。

法国学派为什么要反对"比较"（comparison），这与比较文学第一次危机密切相关。比较文学刚刚在欧洲兴起时，难免泥沙俱下，乱比的情形不断出现，暴露了多种隐患和弊端，于是，其合法性遭到了学者们的质疑：究竟比较文学的科学性何在？意大利著名美学大师克罗齐认为，"比较"（comparison）是各个学科都可以应用的方法，所以，"比较"不能成为独立学科的基石。学术界对于比较文学公然的质疑与挑战，引起了欧洲比较文学学者的震撼，到底比较文学如何"比较"才能够避免"乱比"？如何才是科学的比较？

难能可贵的是，法国学者对于比较文学学科的科学性进行了深刻的的反思和探索，并提出了具体的应对的方法：法国学派采取壮士断臂的方式，砍掉"比较"（comparison），提出比较文学不是文学比较（comparative literature is not literary comparison），或者说砍掉了没有影响关系的平行比较，总结出了只注重文学关系（literary relationship）的影响（influences）研究方法论。法国学派的创建者之一基亚指出，比较文学并不是比较。比较不过是一门名字没取好的学科所运用的一种方法……企图对它的性质下一个严格的定义可能是徒劳的。基亚认为：比较文学不是平行比较，而仅仅是文学关系史。以"文学关系"为比较文学研究的正宗。为什么法国学派要反对比较？或者说为什么法国学派要提出"比较文学不是文学比较"，因为法国学派认为"比较"（comparison）实际上是乱比的根源，或者说"比较"是没有可比性的。正如巴登斯佩哲指出："仅仅对两个不同的对象同时看上一眼就作比较，仅仅靠记忆和印象的拼凑，靠一些主观臆想把可能游移不定的东西扯在一起来找点类似点，这样的比较决不可能产生论证的明晰性"。所以必须抛弃"比较"。只承认基于科学的历史实证主义之上的文学影响关系研究（based on scientificity and positivism and literary influences.）。法国学派的代表学者卡雷指出：比较文学是实证性的关系研究："比较文学是文学史的一个分支：它研究拜伦与普希金、歌德与卡莱尔、瓦尔特·司各特与维尼之间，在属于一种以上文学背景的不同作品、不同构思以及不同作家的生平之间所曾存在过的跨国度的精神交往与实际联系。"正因为法国学者善于独辟蹊径，敢于提出"比较文学不是文学比较"，甚至完全抛弃比较（comparison），以防止"乱比"，才形成了一套建立在"科学"实证性为基础的、以影响关系为特征的"不比较"的比较文学学科理论体系，这终于挡住了克罗齐等人对比较文学"乱比"的批判，形成了以"科学"实证为特征的文学影响关系研究，确立了法国学派的学科理论和一整套方法论体系。当然，法国学派悍然砍掉比较研究，又不放弃"比较文学"这个名称，于是不可避免地出现了比较文学名不副实的尴尬现象，出现了打着比较文学名号，而又不比较的法国学派学科理论，这才是问题的关键。

当然，法国学派提出"比较文学不是文学比较"，只注重实证关系而不注重文学比较和文学审美，必然会引起比较文学的危机。这一危机终于由美国著名比较文学家韦勒克（René Wellek）在 1958 年国际比较文学协会第二次大会上明确揭示出来了。在这届年会上，韦勒克作了题为《比较文学的危机》的挑战性发言，对"不比较"的法国学派进行了猛烈批判，宣告了倡导平行比较和注重文学审美的比较文学美国学派的诞生。韦勒克作了题为《比较文学的危机》的挑战性发言，对当时一统天下的法国学派进行了猛烈批判，宣告了比较文学美国学派的诞生。韦勒克说："我认为，内容和方法之间的人为界线，渊源和影响的机械主义概念，以及尽管是十分慷慨的但仍属文化民族主义的动机，是比较文学研究中持久危机的症状。"韦勒克指出："比较也不能仅仅局限在历史上的事实联系中，正如最近语言学家的经验向文学研究者表明的那样，比较的价值既存在于事实联系的影响研究中，也存在于毫无历史关系的语言现象或类型的平等对比中。"很明显，韦勒克提出了比较文学就是要比较（comparison），就是要恢复巴登斯佩哲所讽刺和抛弃的"找点类似点"的平行比较研究。美国著名比较文学家雷马克（Henry Remak）在他的著名论文《比较文学的定义与功用》中深刻地分析了法国学派为什么放弃"比较"（comparison）的原因和本质。他分析说："法国比较文学否定'纯粹'的比较（comparison），它忠实于十九世纪实证主义学术研究的传统，即实证主义所坚持并热切期望的文学研究的'科学性'。按照这种观点,纯粹的类比不会得出任何结论,尤其是不能得出有更大意义的、系统的、概括性的结论。……既然值得尊重的科学必须致力于因果关系的探索,而比较文学必须具有科学性,因此,比较文学应该研究因果关系,即影响、交流、变更等。"雷马克进一步尖锐地指出,"比较文学"不是"影响文学"。只讲影响不要比较的"比较文学",当然是名不副实的。显然,法国学派抛弃了"比较"(comparison),但是仍然带着一顶"比较文学"的帽子,才造成了比较文学"名"与"实"不相符合,造成比较文学不比较的尴尬,这才是问题的关键。

美国学派最大的贡献,是恢复了被法国学派所抛弃的比较文学应有的本义——"比较"(The American school went back to the original sense of comparative literature——"comparison"),美国学派提出了标志其学派学科理论体系的平行比较和跨学科比较:"比较文学是一国文学与另一国或多国文学的比较,是文学与人类其他表现领域的比较。"显然,自从美国学派倡导比较文学应当比较(comparison)以后,比较文学就不再有名与实不相符合的问题了,我们就不应当再继续笼统地说"比较文学不是文学比较"了,不应当再以"比较文学不是文学比较"来误导学生!更不可以说"一百余年来,比较文学这个名称是名不副实的。"不能够将雷马克的观点也强行解释为"比较文学不是比较"。因为在美国学派看来,比较文学就是要比较(comparison)。比较文学就是要恢复被巴登斯佩哲所讽刺和抛弃的"找点类似点"的平行比较研究。因为平行研究的可比性,正是类同性。正如韦勒克所说,"比较的价值既存在于事实联系的影响研究中,也存在于毫无历史关系的语言现象或类型的平等对比中。"恢复平行比较研究、跨学科研究,形成了以"找点类似点"的平行研究和跨学科研究为特征的比较文学美国学派学科理论和方法论体系。美国学派的学科理论以"类型学"、"比较诗学"、"跨学科比较"为主,并拓展原属于影响研究的"主题学"、"文类学"等领域,大大扩展比较文学研究领域。

二、比较文学的三个阶段

下面,我们从比较文学的三个学科理论阶段,进一步剖析比较文学不同阶段的学科理论特征。现代意义上的比较文学学科发展以"跨越"与"沟通"为目标,形成了类似"层叠"式、"涟漪"式的发展模式,经历了三个重要的学科理论阶段,即:

一、欧洲阶段，比较文学的成形期；二、美洲阶段，比较文学的转型期；三、亚洲阶段，比较文学的拓展期。我们将比较文学三个阶段的发展称之为"涟漪式"结构，实际上是揭示了比较文学学科理论的继承与创新的辩证关系：比较文学学科理论的发展，不是以新的理论否定和取代先前的理论，而是层叠式、累进式地形成"涟漪"式的包容性发展模式，逐步积累推进。比较文学学科理论发展呈现为层叠式、"涟漪"式、包容式的发展模式。我们把这个模式描绘如下：

法国学派主张比较文学是国际文学关系，是不同国家文学的影响关系。形成学科理论第一圈层：比较文学——影响研究；美国学派主张恢复平行比较，形成学科理论第二圈层：比较文学——影响研究＋平行研究＋跨学科研究；中国学派提出跨文明研究和变异研究，形成学科理论第三圈层：比较文学——影响研究＋平行研究＋跨学科研究＋跨文明研究＋变异研究。这三个圈层并不互相排斥和否定，而是继承和包容。我们将比较文学三个阶段的发展称之为层叠式、"涟漪"式、包容式结构，实际上是揭示了比较文学学科理论的继承与创新的辩证关系。

法国学派提出，可比性的第一个立足点是同源性，由关系构成的同源性。同源性主要是针对影响关系研究而言的。法国学派将同源性视作可比性的核心，认为影响研究的可比性是同源性。所谓同源性，指的是通过对不同国家、不同民族和不同语言的文学的文学关系研究，寻求一种有事实联系的同源关系，这种影响的同源关系可以通过直接、具体的材料得以证实。同源性往往建立在一条可追溯关系的三点一线的"影响路线"之上，这条路线由发送者、接受者和传递者三部分构成。如果没有相同的源流，也就不可能有影响关系，也就谈不上可比性，这就是"同源性"。以渊源学、流传学和媒介学作为研究的中心，依靠具体的事实材料在国别文学之间寻求主题、题材、文体、原型、思想渊源等方面的同源影响关系。注重事实性的关联和渊源性的影响，并采用严谨的实证方法，重视对史料的搜集和求证，具有重要的学术价值与学术意义，仍然具有广阔的研究前景。渊源学的例子：杨宪益，《西方十四行诗的渊源》。

比较文学学科理论的第二阶段在美洲，第二阶段是比较文学学科理论的转型期。从 20 世纪 60 年代以来，比较文学研究的主要阵地逐渐从法国转向美国，平行研究的可比性是什么？是类同性。类同性是指是没有文学影响关系的不同国家文学所表现出的相似和契合之处。以类同性为基本立足点的平行研究与影响研究一样都是超出国界的文学研究，但它不涉及影响关系研究的放送、流传、媒介等问题。平行研究强调不同国家的作家、作品、文学现象的类同比较，比较结果是总结出于文学作品的美学价值及文学发展具有规律性的东西。其比较必须具有可比性，这个可比性就是类同性。研究文学中类同的：风格、结构、内容、形式、流派、情节、技巧、手法、情调、形象、主题、文类、文学思潮、文学理论、文学规律。例如钱钟书《通感》认为，中国诗文有一种描写手法，古代批评家和修辞学家似乎都没有拈出。宋祁《玉楼春》词有句名句："红杏枝头春意闹。"这与西方的通感描写手法可以比较。

比较文学的又一次危机：比较文学的死亡

九十年代，欧美学者提出，比较文学作为一门学科已经死亡！最早是英国学者苏珊·巴斯奈特 1993 年她在《比较文学》一书中提出了比较文学的死亡论，认为比较文学作为一门学科，在某种意义上已经死亡。尔后，美国学者斯皮瓦克写了一部比较文学专著，书名就叫《一个学科的死亡》。为什么比较文学会死亡，斯皮瓦克的书中并没有明确回答！为什么西方学者会提出比较文学死亡论？全世界比较文学界都十分困惑。我们认为，20 世纪 90 年代以来，欧美比较文学继"理论热"之后，又出现了大规模的"文化转向"。脱离了比较文学的基本立场。首先是不比较，即不讲比较文学的可比性问题。西方比较文学研究充斥大量的 Culture Studies（文化研究），已经不考虑比较的合理性，不考虑比较文学的可比性问题。第二是不文学，即不关心文学问题。西方学者热衷于文化研究，关注的已经不是文学性，而是精神分析、政治、性别、阶级、结构等等。最根本的原因，是比较文学学科长期囿于西方中心论，有意无意地回避东西方不同文明文学的比较问题，基本上忽略了学科理论的新生长点，比较文学学科理论缺乏创新，严重忽略了比较文学的差异性和变异性。

要克服比较文学的又一次危机，就必须打破西方中心论，克服比较文学学科理论一味求同的比较文学学科理论模式，提出适应当今全球化比较文学研究的新话语。中国学派，正是在此次危机中，提出了比较文学变异学研究，总结出了新的学科理论话语和一套新的方法论。

中国大陆第一部比较文学概论性著作是卢康华、孙景尧所著《比较文学导论》，该书指出："什么是比较文学？现在我们可以借用我国学者季羡林先生的解释来回答了：'顾名思义，比较文学就是把不同国家的文学拿出来比较，这可以说是狭义的比较文学。广义的比较文学是把文学同其他学科来比较，包括人文科学和社会科学'。"[1]这个定义可以说是美国雷马克定义的翻版。不过，该书又接着指出："我们认为最精炼易记的还是我国学者钱钟书先生的说法：'比较文学作为一门专门学科，则专指跨越国界和语言界限的文学比较'。更具体地说，就是把不同国家不同语言的文学现象放在一起进行比较，研究他们在文艺理论、文学思潮，具体作家、作品之间的互相影响。"[2]这个定义似乎更接近法国学派的定义，没有强调平行比较与跨学科比较。紧接该书之后的教材是陈挺的《比较文学简编》，该书仍旧以"广义"与"狭义"来解释比较文学的定义，指出："我们认为，通常说的比较文学是狭义的，即指超越国家、民族和语言界限的文学研究……广义的比较文学还可以包括文学与其他艺术（音乐、绘画等）与其他意识形态（历史、哲学、政治、宗教等）之间的相互关系的研究。"[3]中国比较文学早期对于比较文学的定义中凸显了很强的不确定性。

由乐黛云主编，高等教育出版社 1988 年的《中西比较文学教程》，则对比较文学定义有了较为深入的认识，该书在详细考查了中外不同的定义之后，该书指出："比较文学不应受到语言、民族、国家、学科等限制，而要走向一种开放性，力图寻求世界文学发展的共同规律。"[4]"世界文学"概念的纳入极大拓宽了比较文学的内涵，为"跨文化"定义特征的提出做好了铺垫。

随着时间的推移，学界的认识逐步深化。1997 年，陈惇、孙景尧、谢天振主编的《比较文学》提出了自己的定义："把比较文学看作跨民族、跨语言、跨文化、跨学科的文学研究，更符合比较文学的实质，更能反映现阶段人们对于比较文学的认识。"[5]2000 年北京师范大学出版社出版了《比较文学概论》修订本，提出："什么是比较文学呢？比较文学是一种开放式的文学研究，它具有宏观的视野和国际的角度，以跨民族、跨语言、跨文化、跨学科界限的各种文学关系为研究对象，在理论和方法上，具有比较的自觉意识和兼容并包的特色。"[6]这是我们目前所看到的国内较有特色的一个定义。

1 卢康华、孙景尧著《比较文学导论》，黑龙江人民出版社 1984，第 15 页。
2 卢康华、孙景尧著《比较文学导论》，黑龙江人民出版社 1984 年版。
3 陈挺《比较文学简编》，华东师范大学出版社 1986 年版。
4 乐黛云主编《中西比较文学教程》，高等教育出版社 1988 年版。
5 陈惇、孙景尧、谢天振主编《比较文学》，高等教育出版社 1997 年版。
6 陈惇、刘象愚《比较文学概论》，北京师范大学出版社 2000 年版。

　　具有代表性的比较文学定义是 2002 年出版的杨乃乔主编的《比较文学概论》一书，该书的定义如下："比较文学是以跨民族、跨语言、跨文化与跨学科为比较视域而展开的研究，在学科的成立上以研究主体的比较视域为安身立命的本体，因此强调研究主体的定位，同时比较文学把学科的研究客体定位于民族文学之间与文学及其他学科之间的三种关系：材料事实关系、美学价值关系与学科交叉关系，并在开放与多元的文学研究中追寻体系化的汇通。"[7]方汉文则认为："比较文学作为文学研究的一个分支学科，它以理解不同文化体系和不同学科间的同一性和差异性的辩证思维为主导，对那些跨越了民族、语言、文化体系和学科界限的文学现象进行比较研究，以寻求人类文学发生和发展的相似性和规律性。"[8]由此而引申出的"跨文化"成为中国比较文学学者对于比较文学定义所做出的历史性贡献。

　　我在《比较文学教程》中对比较文学定义表述如下："比较文学是以世界性眼光和胸怀来从事不同国家、不同文明和不同学科之间的跨越式文学比较研究。它主要研究各种跨越中文学的同源性、变异性、类同性、异质性和互补性，以影响研究、变异研究、平行研究、跨学科研究、总体文学研究为基本方法论，其目的在于以世界性眼光来总结文学规律和文学特性，加强世界文学的相互了解与整合，推动世界文学的发展。"[9]在这一定义中，我再次重申"跨国""跨学科""跨文明"三大特征，以"变异性""异质性"突破东西文明之间的"第三堵墙"。

　　"首在审己，亦必知人"。中国比较文学学者在前人定义的不断论争中反观自身，立足中国经验、学术传统，以中国学者之言为比较文学的危机处境贡献学科转机之道。

三、两岸共建比较文学话语——比较文学中国学派

　　中国学者对于比较文学定义的不断明确也促成了"比较文学中国学派"的生发。得益于两岸几代学者的垦拓耕耘，这一议题成为近五十年来中国比较文学发展中竖起的最鲜明、最具争议性的一杆大旗，同时也是中国比较文学学科理论研究最有创新性，最亮丽的一道风景线。

---

7 杨乃乔主编《比较文学概论》，北京大学出版社 2002 年版。
8 方汉文《比较文学基本原理》，苏州大学出版社 2002 年版。
9 曹顺庆《比较文学教程》，高等教育出版社 2006 年版。

比较文学"中国学派"这一概念所蕴含的理论的自觉意识最早出现的时间大约是 20 世纪 70 年代。当时的台湾由于派出学生留洋学习，接触到大量的比较文学学术动态，率先掀起了中外文学比较的热潮。1971 年 7 月在台湾淡江大学召开的第一届"国际比较文学会议"上，朱立元、颜元叔、叶维廉、胡辉恒等学者在会议期间提出了比较文学的"中国学派"这一学术构想。同时，李达三、陈鹏翔（陈慧桦）、古添洪等致力于比较文学中国学派早期的理论催生。如 1976 年，古添洪、陈慧桦出版了台湾比较文学论文集《比较文学的垦拓在台湾》。编者在该书的序言中明确提出："我们不妨大胆宣言说，这援用西方文学理论与方法并加以考验、调整以用之于中国文学的研究，是比较文学中的中国派"[10]。这是关于比较文学中国学派较早的说明性文字，尽管其中提到的研究方法过于强调西方理论的普世性，而遭到美国和中国大陆比较文学学者的批评和否定；但这毕竟是第一次从定义和研究方法上对中国学派的本质进行了系统论述，具有开拓和启明的作用。后来，陈鹏翔又在台湾《中外文学》杂志上连续发表相关文章，对自己提出的观点作了进一步的阐释和补充。

在"中国学派"刚刚起步之际，美国学者李达三起到了启蒙、催生的作用。李达三于 60 年代来华在台湾任教，为中国比较文学培养了一批朝气蓬勃的生力军。1977 年 10 月，李达三在《中外文学》6 卷 5 期上发表了一篇宣言式的文章《比较文学中国学派》，宣告了比较文学的中国学派的建立，并认为比较文学中国学派旨在"与比较文学中早已定于一尊的西方思想模式分庭抗礼。由于这些观念是源自对中国文学及比较文学有兴趣的学者，我们就将含有这些观念的学者统称为比较文学的'中国'学派。"并指出中国学派的三个目标：1、在自己本国的文学中，无论是理论方面或实践方面，找出特具"民族性"的东西，加以发扬光大，以充实世界文学；2、推展非西方国家"地区性"的文学运动，同时认为西方文学仅是众多文学表达方式之一而已；3、做一个非西方国家的发言人，同时并不自诩能代表所有其他非西方的国家。李达三后来又撰文对比较文学研究状况进行了分析研究，积极推动中国学派的理论建设。[11]

继中国台湾学者垦拓之功，在 20 世纪 70 年代末复苏的大陆比较文学研

10 古添洪、陈慧桦《比较文学的垦拓在台湾》，台湾东大图书公司 1976 年版。
11 李达三《比较文学研究之新方向》，台湾联经事业出版公司 1978 年版。

究亦积极参与了"比较文学中国学派"的理论建设和学科建设。

季羡林先生 1982 年在《比较文学译文集》的序言中指出："以我们东方文学基础之雄厚，历史之悠久，我们中国文学在其中更占有独特的地位，只要我们肯努力学习，认真钻研，比较文学中国学派必然能建立起来，而且日益发扬光大"[12]。1983 年 6 月，在天津召开的新中国第一次比较文学学术会议上，朱维之先生作了题为《比较文学中国学派的回顾与展望》的报告，在报告中他旗帜鲜明地说："比较文学中国学派的形成（不是建立）已经有了长远的源流，前人已经做出了很多成绩，颇具特色，而且兼有法、美、苏学派的特点。因此，中国学派绝不是欧美学派的尾巴或补充"[13]。1984 年，卢康华、孙景尧在《比较文学导论》中对如何建立比较文学中国学派提出了自己的看法，认为应当以马克思主义作为自己的理论基础，以我国的优秀传统与民族特色为立足点与出发点，汲取古今中外一切有用的营养，去努力发展中国的比较文学研究。同年在《中国比较文学》创刊号上，朱维之、方重、唐弢、杨周翰等人认为中国的比较文学研究应该保持不同于西方的民族特点和独立风貌。1985 年，黄宝生发表《建立比较文学的中国学派：读〈中国比较文学〉创刊号》，认为《中国比较文学》创刊号上多篇讨论比较文学中国学派的论文标志着大陆对比较文学中国学派的探讨进入了实际操作阶段。[14]1988 年，远浩一提出"比较文学是跨文化的文学研究"（载《中国比较文学》1988 年第 3期）。这是对比较文学中国学派在理论特征和方法论体系上的一次前瞻。同年，杨周翰先生发表题为"比较文学：界定'中国学派'，危机与前提"（载《中国比较文学通讯》1988 年第 2 期），认为东方文学之间的比较研究应当成为"中国学派"的特色。这不仅打破比较文学中的欧洲中心论，而且也是东方比较学者责无旁贷的任务。此外，国内少数民族文学的比较研究，也应该成为"中国学派"的一个组成部分。所以，杨先生认为比较文学中的大量问题和学派问题并不矛盾，相反有助于理论的讨论。1990 年，远浩一发表"关于'中国学派'"（载《中国比较文学》1990 年第 1 期），进一步推进了"中国学派"的研究。此后直到 20 世纪 90 年代末，中国学者就比较文学中国学派的建立、理论与方法以及相应的学科理论等诸多问题进行了积极而富有成效的探讨。

---

12 张隆溪《比较文学译文集》，北京大学出版社 1984 年版。

13 朱维之《比较文学论文集》，南开大学出版社 1984 年版。

14 参见《世界文学》1985 年第 5 期。

刘介民、远浩一、孙景尧、谢天振、陈淳、刘象愚、杜卫等人都对这些问题付出过不少努力。《暨南学报》1991 年第 3 期发表了一组笔谈，大家就这个问题提出了意见，认为必须打破比较文学研究中长期存在的法美研究模式，建立比较文学中国学派的任务已经迫在眉睫。王富仁在《学术月刊》1991 年第 4 期上发表"论比较文学的中国学派问题"，论述中国学派兴起的必然性。而后，以谢天振等学者为代表的比较文学研究界展开了对"X+Y"模式的批判。比较文学在大陆复兴之后，一些研究者采取了"X+Y"式的比附研究的模式，在发现了"惊人的相似"之后便万事大吉，而不注意中西巨大的文化差异性，成为了浅度的比附性研究。这种情况的出现，不仅是中国学者对比较文学的理解上出了问题，也是由于法美学派研究理论中长期存在的研究模式的影响，一些学者并没有深思中国与西方文学背后巨大的文明差异性，因而形成"X+Y"的研究模式，这更促使一些学者思考比较文学中国学派的问题。

经过学者们的共同努力，比较文学中国学派一些初步的特征和方法论体系逐渐凸显出来。1995 年，我在《中国比较文学》第 1 期上发表《比较文学中国学派基本理论特征及其方法论体系初探》一文，对比较文学在中国复兴十余年来的发展成果作了总结，并在此基础上总结出中国学派的理论特征和方法论体系，对比较文学中国学派作了全方位的阐述。继该文之后，我又发表了《跨越第三堵'墙'创建比较文学中国学派理论体系》等系列论文，论述了以跨文化研究为核心的"中国学派"的基本理论特征及其方法论体系。这些学术论文发表之后在国内外比较文学界引起了较大的反响。台湾著名比较文学学者古添洪认为该文"体大思精，可谓已综合了台湾与大陆两地比较文学中国学派的策略与指归，实可作为'中国学派'在大陆再出发与实践的蓝图"[15]。

在我撰文提出比较文学中国学派的基本特征及方法论体系之后，关于中国学派的论争热潮日益高涨。反对者如前国际比较文学学会会长佛克马（Douwe Fokkema）1987 年在中国比较文学学会第二届学术讨论会上就从所谓的国际观点出发对比较文学中国学派的合法性提出了质疑，并坚定地反对建立比较文学中国学派。来自国际的观点并没有让中国学者失去建立比较文学中国学派的热忱。很快中国学者智量先生就在《文艺理论研究》1988 年第

---

15 古添洪《中国学派与台湾比较文学界的当前走向》，参见黄维梁编《中国比较文学理论的垦拓》167 页，北京大学出版社 1998 年版。

1 期上发表题为《比较文学在中国》一文，文中援引中国比较文学研究取得的成就，为中国学派辩护，认为中国比较文学研究成绩和特色显著，尤其在研究方法上足以与比较文学研究历史上的其他学派相提并论，建立中国学派只会是一个有益的举动。1991 年，孙景尧先生在《文学评论》第 2 期上发表《为"中国学派"一辩》，孙先生认为佛克马所谓的国际主义观点实质上是"欧洲中心主义"的观点，而"中国学派"的提出，正是为了清除东西方文学与比较文学学科史中形成的"欧洲中心主义"。在 1993 年美国印第安纳大学举行的全美比较文学会议上，李达三仍然坚定地认为建立中国学派是有益的。二十年之后，佛克马教授修正了自己的看法，在 2007 年 4 月的"跨文明对话——国际学术研讨会（成都）"上，佛克马教授公开表示欣赏建立比较文学中国学派的想法[16]。即使学派争议一派繁荣景象，但最终仍旧需要落点于学术创见与成果之上。

比较文学变异学便是中国学派的一个重要理论创获。2005 年，我正式在《比较文学学》[17]中提出比较文学变异学，提出比较文学研究应该从"求同"思维中走出来，从"变异"的角度出发，拓宽比较文学的研究。通过前述的法、美学派学科理论的梳理，我们也可以发现前期比较文学学科是缺乏"变异性"研究的。我便从建构中国比较文学学科理论话语体系入手，立足《周易》的"变异"思想，建构起"比较文学变异学"新话语，力图以中国学者的视角为全世界比较文学学科理论提供一个新视角、新方法和新理论。

比较文学变异学的提出根植于中国哲学的深层内涵，如《周易》之"易之三名"所构建的"变易、简易、不易"三位一体的思辨意蕴与意义生成系统。具体而言，"变易"乃四时更替、五行运转、气象畅通、生生不息；"不易"乃天上地下、君南臣北、纲举目张、尊卑有位；"简易"则是乾以易知、坤以简能、易则易知、简则易从。显然，在这个意义结构系统中，变易强调"变"，不易强调"不变"，简易强调变与不变之间的基本关联。万物有所变，有所不变，且变与不变之间存在简单易从之规律，这是一种思辨式的变异模式，这种变异思维的理论特征就是：天人合一、物我不分、对立转化、整体关联。这是中国古代哲学最重要的认识论，也是与西方哲学所不同的"变异"思想。

---

16 见《比较文学报》2007 年 5 月 30 日，总第 43 期。
17 曹顺庆《比较文学学》，四川大学出版社 2005 年版。

由哲学思想衍生于学科理论，比较文学变异学是"指对不同国家、不同文明的文学现象在影响交流中呈现出的变异状态的研究，以及对不同国家、不同文明的文学相互阐发中出现的变异状态的研究。通过研究文学现象在影响交流以及相互阐发中呈现的变异，探究比较文学变异的规律。"[18]变异学理论的重点在求"异"的可比性，研究范围包含跨国变异研究、跨语际变异研究、跨文化变异研究、跨文明变异研究、文学的他国化研究等方面。比较文学变异学所发现的文化创新规律、文学创新路径是基于中国所特有的术语、概念和言说体系之上探索出的"中国话语"，作为比较文学第三阶段中国学派的代表性理论已经受到了国际学界的广泛关注与高度评价，中国学术话语产生了世界性影响。

四、国际视野中的中国比较文学

文明之墙让中国比较文学学者所提出的标识性概念获得国际视野的接纳、理解、认同以及运用，经历了跨语言、跨文化、跨文明的多重关卡，国际视野下的中国比较文学书写亦经历了一个从"遍寻无迹""只言片语"而"专篇专论"，从最初的"话语乌托邦"至"阶段性贡献"的过程。

二十世纪六十年代以来港台学者致力于从课程教学、学术平台、人才培养，国内外学术合作等方面巩固比较文学这一新兴学科的建立基石，如淡江文理学院英文系开设的"比较文学"（1966），香港大学开设的"中西文学关系"（1966）等课程；台湾大学外文系主编出版之《中外文学》月刊、淡江大学出版之《淡江评论》季刊等比较文学研究专刊；后又有台湾比较文学学会（1973 年）、香港比较文学学会（1978）的成立。在这一系列的学术环境构建下，学者前贤以"中国学派"为中国比较文学话语核心在国际比较文学学科理论、方法论中持续探讨，率先启声。例如李达三在 1980 年香港举办的东西方比较文学学术研讨会成果中选取了七篇代表性文章，以 *Chinese-Western Comparative Literature: Theory and Strategy* 为题集结出版，[19]并在其结语中附上那篇"中国学派"宣言文章以申明中国比较文学建立之必要。

学科开山之际，艰难险阻之巨难以想象，但从国际学者相关言论中可见西方对于中国比较文学学科的发展抱有的希望渺小。厄尔·迈纳（Earl Miner）

---

18 曹顺庆主编《比较文学概论》，高等教育出版社 2015 年版。
19 *Chinese-Western Comparative Literature：Theory & Strategy*, Chinese Univ Pr.1980-6

在 1987 年发表的 *Some Theoretical and Methodological Topics for Comparative Literature* 一文中谈到当时西方的比较文学鲜有学者试图将非西方材料纳入西方的比较文学研究中。(until recently there has been little effort to incorporate non-Western evidence into Western com- parative study.) 1992 年，斯坦福大学教授 David Palumbo-Liu 直接以《话语的乌托邦：论中国比较文学的不可能性》为题 (*The Utopias of Discourse: On the Impossibility of Chinese Comparative Literature*) 直言中国比较文学本质上是一项"乌托邦"工程。(My main goal will be to show how and why the task of Chinese comparative literature, particularly of pre-modern literature, is essentially a *utopian* project.) 这些对于中国比较文学的诘难与质疑，今美国加州大学圣地亚哥分校文学系主任张英进教授在其 1998 编著的 *China in a polycentric world: essays in Chinese comparative literature* 前言中也不得不承认中国比较文学研究在国际学术界中仍然处于边缘地位 (The fact is, however, that Chinese comparative literature remained marginal in academia, even though it has developed closely with the rest of literary studies in the United Stated and even though China has gained increasing importance in the geopolitical world order over the past decades.)。[20]但张英进教授也展望了下一个千年中国比较文学研究的蓝景。

新的千年新的气象，"世界文学""全球化"等概念的冲击下，让西方学者开始注意到东方，注意到中国。如普渡大学教授斯蒂文·托托西（Tötösy de Zepetnek, Steven）1999 年发长文 *From Comparative Literature Today Toward Comparative Cultural Studies* 阐明比较文学研究更应该注重文化的全球性、多元性、平等性而杜绝等级划分的参与。托托西教授注意到了在法德美所谓传统的比较文学研究重镇之外，例如中国、日本、巴西、阿根廷、墨西哥、西班牙、葡萄牙、意大利、希腊等地区，比较文学学科得到了出乎意料的发展（emerging and developing strongly）。在这篇文章中，托托西教授列举了世界各地比较文学研究成果的著作，其中中国地区便是北京大学乐黛云先生出版的代表作品。托托西教授精通多国语言，研究视野也常具跨越性，新世纪以来也致力于以跨越性的视野关注世界各地比较文学研究的动向。[21]

---

20 Moran T. Yingjin Zhang, Ed. China in a Polycentric World: Essays in Chinese Comparative Literature[J].现代中文文学学报,2000,4(1):161-165.

21 Tötösy de Zepetnek, Steven. "From Comparative Literature Today Toward Comparative Cultural Studies." CLCWeb: Comparative Literature and Culture 1.3 (1999):

以上这些国际上不同学者的声音一则质疑中国比较文学建设的可能性，一则观望着这一学科在非西方国家的复兴样态。争议的声音不仅在国际学界，国内学界对于这一新兴学科的全局框架中涉及的理论、方法以及学科本身的立足点，例如前文所说的比较文学的定义，中国学派等等都处于持久论辩的漩涡。我们也通晓如果一直处于争议的漩涡中，便会被漩涡所吞噬，只有将论辩化为成果，才能转漩涡为涟漪，一圈一圈向外辐射，国际学人也在等待中国学者自己的声音。

上海交通大学王宁教授作为中国比较文学学者的国际发声者自 20 世纪末至今已撰文百余篇，他直言，全球化给西方学者带来了学科死亡论，但是中国比较文学必将在这全球化语境中更为兴盛，中国的比较文学学者一定会对国际文学研究做出更大的贡献。新世纪以来中国学者也不断地将自身的学科思考成果呈现在世界之前。2000 年，北京大学周小仪教授发文（*Comparative Literature in China*）[22]率先从学科史角度构建了中国比较文学在两个时期（20世纪 20 年代至 50 年代，70 年代至 90 年代）的发展概貌，此文关于中国比较文学的复兴崛起是源自中国文学现代性的产生这一观点对美国芝加哥大学教授苏源熙（Haun Saussy）影响较深。苏源熙在 2006 年的专著 *Comparative Literature in an Age of Globalization* 中对于中国比较文学的讨论篇幅极少，其中心便是重申比较文学与中国文学现代性的联系。这篇文章也被哈佛大学教授大卫·达姆罗什（David Damrosch）收录于《普林斯顿比较文学资料手册》（*The Princeton Sourcebook in Comparative Literature*，2009[23]）。类似的学科史介绍在英语世界与法语世界都接续出现，以上大致反映了中国学者对于中国比较文学研究的大概描述在西学界的接受情况。学科史的构架对于国际学术对中国比较文学发展脉络的把握很有必要，但是在此基础上的学科理论实践才是关系于中国比较文学学科国际性发展的根本方向。

我在 20 世纪 80 年代以来 40 余年间便一直思考比较文学研究的理论构建问题，从以西方理论阐释中国文学而造成的中国文艺理论"失语症"思考

---

22 Zhou, Xiaoyi and Q.S. Tong, "Comparative Literature in China", Comparative Literature and Comparative Cultural Studies, ed., Totosy de Zepetnek, West Lafayette, Indiana: Purdue University Press, 2003, 268-283.

23 Damrosch, David (EDT)*The Princeton Sourcebook in Comparative Literature*: Princeton University Press

属于中国比较文学自身的学科方法论，从跨异质文化中产生的"文学误读""文化过滤""文学他国化"提出"比较文学变异学"理论。历经 10 年的不断思考，2013 年，我的英文著作：*The Variation Theory of Comparative Literature*（《比较文学变异学》），由全球著名的出版社之一斯普林格（Springer）出版社出版，并在美国纽约、英国伦敦、德国海德堡出版同时发行。*The Variation Theory of Comparative Literature*（《比较文学变异学》）系统地梳理了比较文学法国学派与美国学派研究范式的特点及局限，首次以全球通用的英语语言提出了中国比较文学学科理论新话语："比较文学变异学"。这一新概念、新范畴和新表述，引导国际学术界展开了对变异学的专刊研究（如普渡大学创办刊物《比较文学与文化》2017 年 19 期）和讨论。

欧洲科学院院士、西班牙圣地亚哥联合大学让·莫内讲席教授、比较文学系教授塞萨尔·多明戈斯教授（Cesar Dominguez），及美国科学院院士、芝加哥大学比较文学教授苏源熙（Haun Saussy）等学者合著的比较文学专著（Introducing Comparative literature: New Trends and Applications[24]）高度评价了比较文学变异学。苏源熙引用了《比较文学变异学》（英文版）中的部分内容，阐明比较文学变异学是十分重要的成果。与比较文学法国学派和美国学派形成对比，曹顺庆教授倡导第三阶段理论，即，新奇的、科学的中国学派的模式，以及具有中国学派本身的研究方法的理论创新与中国学派"（《比较文学变异学》（英文版）第 43 页）。通过对"中西文化异质性的"跨文明研究"，曹顺庆教授的看法会更进一步的发展与进步（《比较文学变异学》（英文版）第 43 页），这对于中国文学理论的转化和西方文学理论的意义具有十分重要的价值。（"Another important contribution in the direction of an imparative comparative literature-at least as procedure-is Cao Shunqing's 2013 *The Variation Theory of Comparative Literature*. In contrast to the "French School" and "American School" of comparative Literature, Cao advocates a "third-phrase theory", namely, "a novel and scientific mode of the Chinese school," a "theoretical innovation and systematization of the Chinese school by relying on our *own* methods" (*Variation Theory* 43; emphasis added). From this etic beginning, his proposal moves forward emically by developing a "cross-civilizaional study on the heterogeneity between

---

24 Cesar Dominguez, Haun Saussy, Dario Villanueva Introducing Comparative literature: New Trends and Applications，Routledge, 2015

Chinese and Western culture" (43), which results in both the foreignization of Chinese literary theories and the Signification of Western literary theories.）

　　法国索邦大学（Sorbonne University）比较文学系主任伯纳德·弗朗科（Bernard Franco）教授在他出版的专著（《比较文学：历史、范畴与方法》）*La littératurecomparée: Histoire, domaines, méthodes* 中以专节引述变异学理论，他认为曹顺庆教授提出了区别于影响研究与平行研究的"第三条路"，即"变异理论"，这对应于观点的转变，从"跨文化研究"到"跨文明研究"。变异理论基于不同文明的文学体系相互碰撞为形式的交流过程中以产生新的文学元素，曹顺庆将其定义为"研究不同国家的文学现象所经历的变化"。因此曹顺庆教授提出的变异学理论概述了一个新的方向，并展示了比较文学在不同语言和文化领域之间建立多种可能的桥梁。（Il évoque l'hypothèse d'une troisième voie, la « théorie de la variation », qui correspond à un déplacement du point de vue, de celui des « études interculturelles » vers celui des « études transcivilisationnelles . » Cao Shunqing la définit comme « l'étude des variations subies par des phénomènes littéraires issus de différents pays, avec ou sans contact factuel, en même temps que l'étude comparative de l'hétérogénéité et de la variabilité de différentes expressions littéraires dans le même domaine ».Cette hypothèse esquisse une nouvelle orientation et montre la multiplicité des passerelles possibles que la littérature comparée établit entre domaines linguistiques et culturels différents.）[25]。

　　美国哈佛大学（Harvard University）厄内斯特·伯恩鲍姆讲席教授、比较文学教授大卫·达姆罗什（David Damrosch）对该专著尤为关注。他认为《比较文学变异学》（英文版）以中国视角呈现了比较文学学科话语的全球传播的有益尝试。曹顺庆教授对变异的关注提供了较为适用的视角，一方面超越了亨廷顿式简单的文化冲突模式，另一方面也跨越了同质性的普遍化。[26]国际学界对于变异学理论的关注已经逐渐从其创新性价值探讨延伸至文学研究，例如斯蒂文·托托西近日在 *Cultura* 发表的（Peripheralities: "Minor" Literatures, Women's Literature, and Adrienne Orosz de Csicser's Novels）一文中便成功地将变异学理论运用于阿德里安·奥罗兹的小说研究中。

---

25 Bernard Franco La littératurecomparée: Histoire, domaines, méthodes，Armand Colin 2016.

26 David Damrosch Comparing the Literatures,Literary Studies in a Global Age,Princeton University Press,2020.

　　国际学界对于比较文学变异学的认可也证实了变异学作为一种普遍性理论提出的初衷，其合法性与适用性将在不同文化的学者实践中巩固、拓展与深化。它不仅仅是跨文明研究的方法，而是一种具有超越影响研究和平行研究，超越西方视角或东方视角的宏大视野、一种建立在文化异质性和变异性基础之上的融汇创生、一种追求世界文学和总体问题最终理想的哲学关怀。

　　以如此篇幅展现中国比较文学之况，是因为中国比较文学研究本就是在各种危机论、唱衰论的压力下，各种质疑论、概念论中艰难前行，不探源溯流难以体察今日中国比较文学研究成果之不易。文明的多样性发展离不开文明之间的交流互鉴。最具"跨文明"特征的比较文学学科更需要文明之间成果的共享、共识、共析与共赏，这是我们致力于比较文学研究领域的学术理想。

　　千里之行，不积跬步无以至，江海之阔，不积细流无以成！如此宏大的一套比较文学研究丛书得承花木兰总编辑杜洁祥先生之宏志，以及该公司同仁之辛劳，中国比较文学学者之鼎力相助，才可顺利集结出版，在此我要衷心向诸君表达感谢！中国比较文学研究仍有一条长远之途需跋涉，期以系列丛书一展全貌，愿读者诸君敬赐高见！

曹顺庆

二零二一年十月二十三日于成都锦丽园

目

次

从中西方传统文化审视潘金莲和白兰

《水浒传》是中国元末明初著名古典小说家施耐庵（1296-1370）、罗贯中（1330？-1400？）所著的一部杰出长篇小说，是"我国文学史上影响巨大的作品"[1]，它描写的是中国北宋时期农民革命宋江起义的斗争故事。同小说中众多英雄好汉相比，潘金莲只是个楔子性人物，是个配角。《红字》（*The Scarlet Letter*）是美国十九世纪浪漫主义杰出小说家纳撒尼尔·霍桑（Nathaniel Hawthorne, 1804-1864）所著的一部优秀长篇小说，是"具有挖掘不完的艺术和思想魅力"[2]的作品，它描写的是北美十七世纪清教殖民统治下发生在波士顿的一个爱情悲剧。海丝特·白兰（Hester Prynne）[3]在小说中自始至终是个关键性人物，是小说的头号主角。尽管潘金莲和白兰在这两部小说中角色不同，但是她们均为家喻户晓的文学形象，具有许多相似之处：她们都年轻漂亮，但只有婚姻没有爱情；她们都是有夫之妇，但置人伦规范和传统道德于不顾，犯下了伤风败俗、丢人现眼的通奸罪；她们都红杏出墙、斗胆通奸而得到了某种程度身心欲望的满足，但受到了严厉的惩罚，或惨遭杀戮，或胸佩淫乱标记于市曹受辱，付出了沉重的代价。但两部小说的作者对这两个女性却有不同的态度：施耐庵、罗贯中对潘金莲没有怜悯，只有贬斥，把她塑

---

1 游国恩、王起、萧涤非、季镇淮、费振刚主编《中国文学史》（四），北京：人民文学出版社，1964 年版，第 49 页。

2 张冲著《新编美国文学史》第一卷，上海：上海外语教育出版社，2000 年版，第 328 页。

3 Hester Prynne：或译"海斯特·白兰"，详见：埃默里·艾利奥特主编《哥伦比亚美国文学史》，朱通伯、李毅、肖安溥、敖凡、袁德成、曾令富翻译，成都：四川辞书出版社，1994 年版，第 343 页。

造成了一个地道的坏女人；霍桑对白兰却饱含同情，多有褒美，把她描绘成了一个纯粹的好女人。咋一看，这叫人匪夷所思；实际上，如果把潘金莲和白兰分别放到中西方传统文化中加以考察，便不难发现，她们是中西方古代女性的高度缩影，她们的命运表明中西方古代女性的社会地位都是卑下的，而中国女性比西方女性的社会地位则更为卑下。

一、潘金莲和白兰的悲剧命运

卡尔·马克思（Karl Marx，1818-1883）《致路德维希·库格曼》（1868 年 12 月 12 日于伦敦）："社会的进步可以用女性（丑的也包括在内）的社会地位来精确地衡量。"[4]无论在什么社会之中，女性的社会地位都直接反映着社会的本质，社会的本质必然集中体现在女性身上。潘金莲和白兰就是这样的女性，在她们身上集中体现了中西方女性在传统文化中卑下的社会地位，她们的命运是悲剧。

（一）男权下的潘金莲和白兰

弗里德里希·恩格斯（Friedrich Engels，1820-1895）《家庭、私有制和国家的起源》："最初的阶级压迫是同男性对女性的奴役同时发生的。"[5]中国四千多年的社会是以男性为中心的社会，中国四千多年的文明史是以男性为中心的历史，与之相应的中国传统文化带有明显的男尊女卑的色彩。一般认为，儒、释、道是中国传统文化的三大脊柱，三教合流成了传统文化的基本格局，但实际上儒家文化占据着正统和主要的地位。自汉武帝刘彻（前156-前87）"推明孔氏，抑黜百家"[6]以来，儒家文化作为一种占统治地位的思想

4　《马克思恩格斯全集》第三十二卷，中共中央马克思恩格斯列宁斯大林著作编译局译，北京：人民出版社，1975 年版，第 571 页；梁亚平著《美国文学简史》，上海：东华大学出版社，2006 年版，第 23 页；金莉、秦亚青著《美国文学》，北京：外语教学与研究出版社，1999 年版，第 26 页。

5　中共中央马克思恩格斯列宁斯大林著作编译局编《马克思恩格斯选集》第四卷，北京：人民出版社，1977 年版，第 61 页。

6　《汉书·董仲舒传》："自武帝初立，魏其、武安侯为相而隆儒矣。及仲舒对策，推明孔氏，抑黜百家。"详见：班固撰《汉书》第六册，北京：中华书局，1962 年版，第 2525 页。《汉书·武帝纪》："卓然罢黜百家，表章《六经》。"详见：班固撰《汉书》第一册，北京：中华书局，1962 年版，第 212 页。《简明中国古代史》："罢黜百家，独尊儒术。"详见：张传玺主编《简明中国古代史》（第三版），北京：北京大学出版社，1999 年版，第 167 页。按：此三条史料言有殊而意无异，皆谓百家之中以儒为独尊。

支配了中国社会两千多年，是中国传统文化的核心和代表。儒家文化的一个重要组成部分就是男尊女卑的思想，这在儒家各种经典著作中普遍存在，影响甚为深远。男尊女卑的观念大约自商代起便已经有了，易中天《中国的男人和女人》：

> 据专家们考证，殷商卜辞中即有"贞，有子"和"不嘉，有女"的内容。商人重鬼神，事事都要占卜，妻子怀孕当然也不例外。结果，占卜到"有子"，便是"贞"（吉利），占卜到"有女"，便是"不嘉"[7]。

又，易中天《中国的男人和女人》：

> "男曰儿，女曰婴"，杀婴和弃婴当然是杀死或遗弃初生的女孩。这种恶俗，至少在春秋战国时代就已经有了，韩非子就曾说当时的人"产男则相贺，产女则杀之"[8]。

在儒家典籍中，男尊女卑的理论俯拾皆是，最早的可追溯到周代，《诗经·小雅·斯干》：

> 乃生男子，
> 载寝之床，
> 载衣之裳，
> 载弄之璋。
> 其泣喤喤，
> 朱芾斯皇，
> 室家君王。
>
> 乃生女子，
> 载寝之地，
> 载衣之裼，
> 载弄之瓦。
> 无非无仪，
> 唯酒食是议，
> 无父母诒罹[9]。

---

7 易中天著《中国的男人和女人》，上海：上海文艺出版社，2006年版，第45页。
8 易中天著《中国的男人和女人》，上海：上海文艺出版社，2006年版，第46页。
9 阮元校刻《十三经注疏》上册，北京：中华书局，1980年版，第437-438页。

《礼记·丧服》："男女之有别，人道之大者也。"[10]《周易·系辞上》："乾道成男，坤道成女。"[11]《周易·说卦》："乾，天也，故称乎父。坤，地也，故称乎母。"[12]《周易·杂卦传》："乾刚坤柔。"[13]《周易·说卦》："乾，健也；坤，顺也。"[14]《周易·说卦》："兑为泽，为少女，为巫，为口舌，为毁折，为附决。其于地也，为刚卤。"[15]《孔子家语·相鲁》：

> 孔子之为政也，则沈犹氏不敢朝饮其羊，公慎氏出其妻，慎溃氏越境而徙。三月，则鬻牛马者不储价，卖羊豚者不加饰，男女行者别其途，道不拾遗，男尚忠信，女尚贞顺，四方客至于邑，不求有司，皆如归焉[16]。

这是对孔子相鲁政绩之叙述，饱含赞美之辞，所谓"男女行者别其途"，"男尚忠信，女尚贞顺"，亦在称赞之列。班昭《女诫·敬慎》：

> 阴阳殊性，男女异行。阳以刚为德，阴以柔为用，男以强为贵，女以弱为美。故鄙谚有云："生男如狼，犹恐其尪；生女如鼠，犹恐其虎。"然则修身莫若敬，避强莫若顺。故曰敬顺之道，妇人之大礼也[17]。

班昭《女诫·卑弱》：

> 古者生女三日，卧之床下，弄之瓦砖，而斋告焉。卧之床下，明其卑弱，主下人也。弄之瓦砖，明其习劳，主执勤也。斋告先君，明当主祭祀也[18]。

《三字经》："蔡文姬　能辨琴　谢道韫　能咏吟　彼女子　且聪敏　尔男子　当自警"[19]王相训诂："言文姬道韫，不过女子耳，且能聪明敏捷，审音如此其精明，应对如此其颖异，况尔辈皆男子也，岂可不如女子，而自颓

10　阮元校刻《十三经注疏》下册，北京：中华书局，1980年版，第1496页。

11　阮元校刻《十三经注疏》上册，北京：中华书局，1980年版，第76页。

12　阮元校刻《十三经注疏》上册，北京：中华书局，1980年版，第94页。

13　阮元校刻《十三经注疏》上册，北京：中华书局，1980年版，第96页。

14　阮元校刻《十三经注疏》上册，北京：中华书局，1980年版，第94页。

15　阮元校刻《十三经注疏》上册，北京：中华书局，1980年版，第95页。

16　王肃注《孔子家语》，上海：上海古籍出版社，1990年版，第4页。

17　《列女传·曹世叔妻》，范晔撰，李贤等注《后汉书》第十册，北京：中华书局，1965年版，第2788-2789页。

18　《列女传·曹世叔妻》，范晔撰，李贤等注《后汉书》第十册，北京：中华书局，1965年版，第2787页。

19　王应麟著，王相训诂《三字经训诂》，北京：中国书店，1991年版，第69-70页。

其志乎？当以此自警而自惕可以。"[20]初读似在褒扬女子，而深审实在拔高男子，男子生而优秀，女子生而卑劣，是意十分明显。陈立疏证《白虎通·嫁娶》：

> 《礼·丧服·斩衰章》"妻为夫"，《传》："夫至尊也。"《通典》引马《注》云："妇人天夫，故曰至尊。"《列女传》十三："夫礼，妇人未嫁，则以父为天，既嫁则以夫为天，其丧父母，则降服一等，无二天之义也。"[21]

《仪礼·丧服》："妇人有三从之义，无专用之道，故未嫁从父，既嫁从夫，夫死从子。"[22]《礼记·郊特牲》："妇人，从人者也。幼从父兄，嫁从夫，夫死从子。"[23]父、兄、夫、子皆为男性，故从父、兄、夫、子者，从男性也。《孔子家语·本命解》："女子者，顺男子之教而长其理者也。是故无专制之义而有三从之道，幼从父兄，既嫁从夫，夫死从子。"[24]根据"三从"理论，女性自生至死的命运被男性紧紧地攥在了手里。女性是没有人格的，她的人格只有依赖于男性才具备。《白虎通·嫁娶》："阴卑，不得自专，就阳而成之。故《传》曰：'阳倡阴和，男行女随。'"[25]《做了媳妇坐了监》（爬山调）："养下个女儿做不了主，不如小时候喂了狗！"[26]于是便形成了以男性为核心、以女性为附庸的主从关系的不平等格局。这种不平等，从生理功能到经济权限、政治职责和社会地位等各个方面，逐步形成了尊卑贵贱的观念和行为规范，成为根深蒂固的传统文化和社会心理结构。

北宋正值中国封建社会的中期，男尊女卑的观念炽盛，这样，便不难理解潘金莲的处境了，《水浒传》第二十四回：

> 那清河县里有一个大户人家，有个使女，小名唤做潘金莲，年方二十余岁，颇有些颜色。因为那个大户要缠他，这使女只是去告

---

20 王应麟著，王相训诂《三字经训诂》，北京：中国书店，1991 年版，第 70-71 页。

21 陈立撰、吴则虞点校《白虎通疏证》（下），北京：中华书局，1994 年版，第 468 页。

22 阮元校刻《十三经注疏》上册，北京：中华书局，1980 年版，第 1106 页。

23 阮元校刻《十三经注疏》下册，北京：中华书局，1980 年版，第 1456 页。

24 王肃注《孔子家语》，上海：上海古籍出版社，1990 年版，第 70 页。

25 陈立撰、吴则虞点校《白虎通疏证》（下），北京：中华书局，1994 年版，第 452 页。

26 中国民间文艺研究会、中国社会科学院文学研究所各民族民间文学组编《中国歌谣选》第一集（近代歌谣），上海：上海文艺出版社，1978 年版，第 211 页。

> 主人婆，意下不肯依从。那个大户以此恨记于心，却倒赔些房奁，
> 不要武大一文钱，白白地嫁与他[27]。

潘金莲的主人虽是有妇之夫，但因她青春貌美，便对她有纠缠之意。她不仅可为主人端茶送水做家务，还成了他追逐玩弄的对象，只不过主人婆从中作梗而使他未能得手而已。她同主人间除了主仆关系外，又多了一层玩弄和被玩弄的关系。在同西门庆的性关系中，她虽多了些主动，但她只是西门庆张惜惜、李娇娇等众多妻妾中的一个，何尝没有被玩弄的性质呢？潘金莲之金莲，乃三寸金莲之金莲，所谓潘金莲者，潘姓之小脚女人也，《水浒传》第二十四回：

> 且说西门庆自在房里，便斟酒来劝那妇人。却把袖子在桌上一
> 拂，把那双箸拂落地下。也是缘法凑巧，那双箸正落在妇人脚边。
> 西门庆连忙蹲身下去拾。只见那妇人尖尖的一双小脚儿，正趫在箸
> 边[28]。

女性缠脚始自南唐后主李煜时期，至宋代，缠脚之风大盛，潘金莲有一双尖尖的脚儿自是情理中的事。女性缠脚具有严格的标准，一寸金，二寸银，三寸四寸不是人。一寸是最高境界，二寸次之，三四寸则无以入流。女性照此严格之标准缠脚必然要忍受肉体上的巨大痛苦，妇女苦歌中所谓"小脚一双，眼泪一缸"[29]，描述的即是女性缠脚的惨状。女性缠脚的动机在于取悦男性，三寸金莲是女性成为男性随心所欲的玩物之有力证据。潘金莲被人玩弄的事实，揭示了在男权社会中女性终为男性玩物的可悲命运。她拒绝主人的纠缠只是她遭报复的导火线，主仆关系已决定了她"人方为刀俎，我为鱼肉"[30]的命运。作为使女，她不过是主人的一份会说话的财产，主人喜欢拿她赔本送人，她是没有选择余地的。主人把她白白地嫁与武大，意味着她作为一份

---

27 施耐庵、罗贯中著《水浒传》（上），北京：人民文学出版社，1975 年版，第 307 页。

28 施耐庵、罗贯中著《水浒传》（上），北京：人民文学出版社，1975 年版，第 333 页。关于妇女之缠脚，在其它文学作品中也有描述，如吴承恩著《西游记》第七十二回："你看那三个女子，比那四个又生得不同。但见那：飘扬翠袖，摇曳缃裙。飘扬翠袖，低笼着玉笋纤纤；摇曳缃裙，半露出金莲窄窄。"详见：吴承恩著《西游记》下，北京：人民文学出版社，1980 年版，第 915 页。

29 段宝林著《中国民间文学概要》（增订本），北京：北京大学出版社，2002 年版，第 157 页。

30 《项羽本纪》，司马迁撰《史记》第一册，北京：中华书局，1959 年版，第 314 页。

财产已由大户名下转到了武大帐上，武大对她是可以为所欲为的。对武松而言，嫂子在外面找野男人通奸，这不仅意味着兄长乃至武家伦理道德意义上的羞辱，而且意味着兄长乃至武家的财产受到了侵占。嫂子还伙同外面的野男人谋害了兄长的性命，则更是罪加一等，"是可忍也，孰不可忍也？"[31]如此看来，对于嫂子潘金莲，武松岂有不杀之理！至于奸夫西门庆，除了给武家带来羞辱、造成名誉损失外，还侵占兄长的财产，剥夺兄长的性命，犯下一串串罪恶，武松岂肯一笑了之、轻易放过！《水浒传》第二十七回卷首诗："善恶到头终有报，高飞远走也难藏。"[32]这从另一个侧面说明，淫妇潘金莲与奸夫西门庆遭到谴责、杀戮的确罪有应得、死有余辜，丝毫不值得同情。

英国一千多年的社会也是以男性为中心的社会，与之相应的英国传统文化也带有明显的男尊女卑的色彩。英国传统文化的三大脊柱是基督教文化、希腊罗马文化和亚瑟王传奇文化。英国文化属于西方文化范畴，西方文化的源头在乎"两希"，一曰希伯来文化，二曰希腊罗马文化。至于希伯来文化，在基督教那里得到了继承，基督教《圣经》中的《旧约》是对希伯来《圣经》一丝不苟的抄袭。希伯来《圣经》最初是用希伯来文撰成的，公元前270年，72名犹太学者在亚历山大用了72天时间将之译为希腊文，形成了《七十子圣经》（Septuagint），文本内各章名称与排列顺序一直沿用至今。圣杰罗姆（Saint Jerome，约340-420）将圣经译作拉丁文，形成了《武加大圣经》（The Vulgate），是中世纪通用的唯一圣经文本。约翰·威克里夫（John Wycliffe，1320-1384）将武加大译本译作英文，形成了第一个圣经英文本。1535年，米莱斯·科弗代尔（Miles Coverdale，1488-1568）的第一部圣经全文英译本在苏黎世问世，世称《科弗代尔圣经》（The Coverdale Bible）。1539年，第一部官方认可的英文本圣经《大圣经》（The Great Bible）问世。1560年，逃亡到日内瓦的英国新教徒翻译出版《日内瓦圣经》（The Geneva Bible），成为十六世纪最通行的圣经译本。1611年，英王詹姆斯一世（James I，1566-1625）下令重译的《圣经》钦定本（The Authorised or King James Version）成功推出，"其间学者们一丝不苟地考证和核实一切疑窦，在措辞上句斟字酌，力求表

---

31 《论语·八佾》，阮元校刻《十三经注疏》下册，北京：中华书局，1980年版，第2465页。

32 施耐庵、罗贯中著《水浒传》（上），北京：人民文学出版社，1975年版，第364页。

达准确无误。它的流畅的文字，读起来宛如诗一般的铿锵有声，对后世英美文学的影响极大"[33]。1970 年，《新英语圣经》（*The New Engish Bible*）出版，采用的是现代英语，通俗易懂。公元 597 年，罗马教皇制奠基人格列高利派遣圣·奥古斯丁（Saint Augustine，？-约 604）率领 40 个僧侣到达不列颠的肯特王国传教，受到王室殷勤接待。国王艾塞伯特（King Ethelbert，552？-616）主动接受洗礼，在坎特伯雷赞助建立教堂，奥古斯丁出任首届坎特伯雷大主教。在艾塞伯特劝说下，他国君主皈依基督教，他国许多居民成为基督教徒，教堂和修道院在各地建立起来。663 年，教会要员在约克郡惠特比集会，英格兰教会统一。自此以后，基督教在英国传统文化中一直处于独尊和核心的地位，是英国传统文化的代表。基督教中最大的神祇、最大的主宰、最大的权威是上帝耶和华（Jehovah, the Lord God），其性别的问题值得关注。从《圣经·旧约全书·创世记》（"Genesis", *The Books of the Old Testament, The Holy Bible*）来看，上帝在第六天造了一个人叫亚当（Adam），托马斯·纳尔逊公司詹姆斯国王新版载："So God created man in His own image; in the image of God He created him; male and female He created them."[34]托马斯·纳尔逊公司詹姆斯国王版《圣经》载："So God created man in his own image, in the image of God created he him; male and female created he them."[35]虽然用词遣句稍有差异，但是意思却相同："上帝就照着自己的形像造人，乃是照着他的形像造男造女。"[36]亚当是上帝照着自己的模样造出来的，况且《圣经》在提到上帝时，所使用的人称代词都是"他"（"He / he / Him / him"）、"他的"（"His / his"），而不是"她"（"She"）、"她的"（"Her / her"），可见上帝的性别应该是男性。上帝造人动机的问题也值得关注。起初，他只造了一个男人亚当，后来看到亚当一个人"独居不好"[37]，才从亚当身上取一根肋骨造了一个女人夏娃成为他的"配偶帮助他"[38]。这个上帝

---

33 常耀信著《漫话英美文学——英美文学史考研指南》，天津：南开大学出版社，2004 年版，第 6 页。

34 *The Holy Bible*, New King James Version, Nashville / New York: Thomas Nelson Inc., 1982, p.2.

35 *The Holy Bible*, King James Version, Nashville / New York: Thomas Nelson Inc., 1977, p.1.

36 《圣经》（新标准修订版、新标准和合版），中国基督教协会，第 2 页。

37 《圣经》（新标准修订版、新标准和合版），中国基督教协会，第 3 页。

38 《圣经》（新标准修订版、新标准和合版），中国基督教协会，第 3 页。

造人的故事说明女人是为男人而造的，女人是男人身上的一部分，是男人的附属物。《圣经·旧约全书·出埃及记》（"Exodus"，*The Books of the Old Testament, The Holy Bible*）又载：

> 人若引诱没有受聘的处女，与她行淫，他总要交出聘礼，娶她为妻。若女子的父亲决不肯将女子给他，他就要按处女的聘礼，交出钱来[39]。

至于希腊罗马文化，整个欧洲无不深受其影响，英国亦不例外。西方文化一个重要的源头性质的文化宝库就是希腊罗马神话，其中，罗马神话是对希腊神话的继承与发展。希腊神话是欧洲最早的文学形式，大概产生于公元前八世纪之前，内容广阔浩繁，支脉派系庞杂，传说故事众多，其体系之完善，内容之丰富，影响之深远，在世界神话史上堪称首屈一指、无与伦比。希腊神话的主要谱系可以分为老辈神谱与新辈神谱两部分。老辈神谱中有混沌神哈俄斯（Chaos / Khaos）[40]、大地神盖亚（Gaia）、地狱神塔耳塔洛斯（Tartarus）[41]、爱神埃罗斯（Eros）、大海神蓬托斯（Pontos）、天神乌剌诺斯（Uranus）、大地神盖娅（Gaia）、司法女神忒弥斯（Artemis）、巨神俄阿佩托斯（Iapetus / Iapetos）、普罗米修斯（Prometheus）、女神瑞亚（Rhea）与天神克罗诺斯（Cronus / Kronus）12个主神，新辈神谱中有雷电神宙斯（Zeus）、天后赫拉（Hera）、海洋神波赛东（Poseidon）[42]、农神德墨忒尔（Demeter）、太阳神阿波罗（Apollo）、战神阿瑞斯（Ares）、火神赫淮斯托斯（Hephaestus）、神使赫尔墨斯（Hermes）、女战神雅典娜（Athena）、爱神阿佛洛狄忒（Aphrodite）、月神阿耳忒弥斯（Artemis）[43]与家神赫斯提亚（Hestia）12个主神，以高度组织化的形式共同居住在希腊北部的奥林匹斯山，构成奥林匹斯山神话系统。奥林匹斯山神话系统是原始氏族社会的精神产物，是现实中父系制社会的缩影。父系制社会的特征是以男性为主、女性为辅，也就是所谓的男尊女卑了。奥林匹斯山神话系统中有男神也有女神，不过，男神宙斯居于奥林匹斯十二主神之首，是"希腊人崇奉的最高天神，众神和万民的君父"[44]，"在整个希

---

39 《圣经》（新标准修订版、新标准和合版），中国基督教协会，第114页。
40 Chaos / Khaos：或"译卡俄斯"。
41 Tartarus：或译"塔尔塔洛斯"。
42 Poseidon：或译"波塞冬"。
43 Artemis：或译"阿尔忒弥斯"。
44 М. Н.鲍特文尼克、М. А.科甘、М. Б.帕宾诺维奇、Б. П.谢列茨基编著《神话辞

腊世界被尊为最高神祇,奥林匹斯山诸神的领袖"[45],这说明希腊神话具有鲜明的男尊女卑色彩。从希腊神话中普罗米修斯、潘多拉(Pandora)[46]两个神话人物身上,也可见出男尊女卑的端倪来。普罗米修斯是神祇后裔,机敏而睿智,是人类的创造者:

> 他撮起一些泥土,用河水使它润湿,这样那样的捏塑着,使它成为神祇——世界之支配者的形象。要给与泥土构成的人形以生命,他从各种动物的心摄取善和恶,将它们封闭在人的胸膛里。在神祇中他有一个朋友,即智慧的女神雅典娜;她惊奇于这提坦之子的创造物,因把灵魂和神圣的呼吸吹送给这仅仅有着半生命的生物[47]。

普罗米修斯不仅创造了最初的人类,而且还教导人类生产、生活,其中最引人注目、最受人称赞的业绩是忤逆宙斯之旨意,将天火偷偷摸摸地带到人间,造福人类。由于抗上盗火,他遭到宙斯报复,被锁在高加索的"悬岩绝壁上,笔直地吊着,不能入睡,而且永不能弯曲他的疲惫的两膝","这囚徒的苦痛被判定是永久的,或者至少有三万年"[48]。为了抵消火带给人类的利益,宙斯命令火神赫淮斯托斯精心打造了一个美丽少女的形象潘多拉,信使赫尔墨斯传授她语言技能,女战神雅典娜为她梳妆打扮,爱神阿佛洛狄忒赋予她诱人的魅力,众神祇给她眩惑人的灾祸。宙斯把潘多拉送到人间,她径直走到普罗米修斯的弟弟埃庇米修斯面前,"突然掀开匣子,于是飞出一大群的灾害,迅速地散布到地上。但匣子底上还深藏着唯一美好的东西:希望!由于万神之父的告诫,在它还没有飞出以前,潘多拉就放下盖子,将匣子永久关闭"[49]。从此,人世间弥漫着各种各样的灾祸,这都是潘多拉带来的,"潘多拉的匣子"("Pandora's Box")也因之成为"灾难的渊

典》,黄鸿森、温乃铮译,北京:商务印书馆,1985 年版,第 334 页。

45 М. Н.鲍特文尼克、М. А.科甘、М. Б.帕宾诺维奇、Б. П.谢列茨基编著《神话辞典》,黄鸿森、温乃铮译,北京:商务印书馆,1985 年版,第 335 页。

46 Pandora:或译"潘朵拉"。

47 斯威布著《希腊的神话和传说》(上),楚图南译,北京:人民文学出版社,1959 年版,第 1 页。

48 斯威布著《希腊的神话和传说》(上),楚图南译,北京:人民文学出版社,1959 年版,第 6 页。

49 斯威布著《希腊的神话和传说》(上),楚图南译,北京:人民文学出版社,1959 年版,第 6 页。

数"[50]的代名词。普罗米修斯"是作为一位战士神和人类的保卫者出现的"[51]，完全是一个正面神话人物的形象，而潘多拉是赫淮斯托斯奉宙斯旨意"创造的第一个女人"[52]，是以给人类带来灾祸的破坏者出现的，是一个反面神话人物形象，从中可以看出，希腊神话贵男贱女、褒男贬女的色彩十分浓重。

西蒙娜·德·波伏娃（Simone de Beauvoir，1908-1986）[53]在《第二性》（*Le Deuxième Sexe*，1949）中写道，妇女从未构成一个同外界隔绝的独立社会，她们受男性统治着，处于附属地位："如果她是一个少女，父亲就会有支配她的各种权力。如果她结婚，他会把权力 in toto [全部]转交给她的丈夫。既然妻子和役畜或一份动产一样也是男人的财产，丈夫当然可以随心所欲地娶许多妻子。"[54]"罗马女人的第一个监护人是她的父亲。他若不在，由她的男性亲属去履行这一职责。女人结婚后转由丈夫支配。"[55]"妻子如同丈夫的女儿，他完全有权支配她的人身及她的财产。"[56]伯特兰·罗素（Bertrand

---

50 М. Н.鲍特文尼克、М. А.科甘、М. Б.帕宾诺维奇、Б. П.谢列茨基编著《神话辞典》，黄鸿森、温乃铮译，北京：商务印书馆，1985 年版，第 236 页。据《不列颠简明百科全书》载，潘多拉带来、打开的不是"匣子"（box: 或译"盒子"），而是"坛子"（jar: 或译"罐子"、"缸子"和"瓶子"）："潘多拉嫁给普罗米修斯的兄弟后，打开了一个里面装有各种苦难和罪恶的坛子，这些苦难和罪恶跑了出来，弥漫于大地。在有一个说法中，希望独自留在里面，她还没来得及跑出来，盖子就关上了。"（"After marrying Prometheus' brother, Pandora opened a jar containing all kinds of misery and evil, which escaped and flew out over the earth. In one version, Hope alone remained inside, the lid having been shut before she could escape."）详见：*Britannica Concise Encyclopedia*, Shanghai: Shanghai Foreign Language Education Press, 2008, p.1247.

51 М. Н.鲍特文尼克、М. А.科甘、М. Б.帕宾诺维奇、Б. П.谢列茨基编著《神话辞典》，黄鸿森、温乃铮译，北京：商务印书馆，1985 年版，第 253 页。

52 М. Н.鲍特文尼克、М. А.科甘、М. Б.帕宾诺维奇、Б. П.谢列茨基编著《神话辞典》，黄鸿森、温乃铮译，北京：商务印书馆，1985 年版，第 236 页。

53 Simone de Beauvoir: 或译"西蒙娜·波娃"、"西蒙娜·波伏瓦"与"西蒙娜·德·波伏瓦"，详见：西蒙娜·波伏娃著《第二性》，桑竹影、南珊译，长沙：湖南文艺出版社，1986 年版；西蒙娜·波伏瓦著《第二性》，李强选译，北京：西苑出版社，2004 年版；西蒙娜·德·波伏瓦《第二性》，郑克鲁译，上海：上海译文出版社，2011 年版。

54 西蒙娜·德·波伏娃著《第二性》（全译本）I，陶铁柱译，北京：中国书籍出版社，1998 年版，第 94 页。

55 西蒙娜·德·波伏娃著《第二性》（全译本）I，陶铁柱译，北京：中国书籍出版社，1998 年版，第 105 页。

56 西蒙娜·德·波伏娃著《第二性》（全译本）I，陶铁柱译，北京：中国书籍出版社，1998 年版，第 105 页。

Russell，1872-1970)《婚姻革命》(*Marital Revolution*)："父权的发现导致了女人的隶属地位，这是保证女人道德的唯一手段——这种隶属起初是生理上的，后来则是精神上的，在维多利亚时代达到了登峰造极的程度。"[57]"维多利亚时代的妇女在精神方面是受到束缚的，许多妇女现在仍然如此。"[58]"在整个文明世界，……女人在她的一生中从未有过独立生存的阶段，开始隶属于父亲，以后隶属于丈夫。"[59]

女性是财产，可以与牛马并称，《庄子·盗跖》："盗跖从卒九千人，横行天下，侵暴诸侯，穴室枢户，驱人牛马，取人妇女。"[60]周静琪、何爱英主编《汉语谚语词典》："百金买骏马，千金买美人，万金买爵禄……"[61]女性是财产，世界是男性的，故女性也自然是男性的财产，只不过这种财产会说话而已。同其它形式的财产一样，女性这种财产也是可以馈赠、转让、买卖的，还可以成为男性争夺的对象，春秋之西施、西汉之王嫱、东汉之貂蝉、唐代之杨玉环、明末清初之陈圆圆等等，均系如此，其中，陈圆圆之归属史最能说明问题。陈圆圆乃秦淮河畔的一个妓女，声甲天下之声，色甲天下之色，一时成为万众瞩目的香馍馍、千夫欲得的抢手货。先是江阴一富家子弟将之买走，后皇亲周奎以软硬兼施手法将之购得，后田贵妃父亲田弘遇以千金将其购得，后宁远总兵吴三桂以转赠品形式将之接收，后李自成手下将领刘宗敏将之强行劫夺，最后吴三桂"恸哭六军俱缟素，冲冠一怒为红颜"[62]，兴师动众，武力相加，辗转将其夺得，成为自己的一份私产。陈圆圆之归属史即是女性作为一种财产在男性之间进行馈赠、转让、买卖、争夺活生生之例证。

女性属于男性，这个男性首先具体化为父亲，即女儿是父亲的财产，父亲拥有对这一财产的支配权。《礼记·曲礼下》便记录下了如何把女儿拿来送给不同的人的一些规矩："纳女于天子，曰备百姓；于国君，曰备酒浆；于大夫，曰备扫洒。"[63]

---

57 罗素著《婚姻革命》，靳建国译，北京：东方出版社，1988 年版，第 17 页。

58 罗素著《婚姻革命》，靳建国译，北京：东方出版社，1988 年版，第 58 页。

59 罗素著《婚姻革命》，靳建国译，北京：东方出版社，1988 年版，第 19 页。

60 《诸子集成》第三册，北京：中华书局，1954 年版，第 194-195 页。

61 周静琪、何爱英主编《汉语谚语词典》，北京：商务印书馆国际有限公司，2006 年版，第 4 页。

62 吴伟业《圆圆曲》，南湖居士选编《清诗三百首》，长沙：湖南国际新闻出版中心，1994 年版，第 26-27 页。

63 阮元校刻《十三经注疏》上册，北京：中华书局，1980 年版，第 1270 页。

从父女关系来看，女儿属父亲所有，女儿包括她的贞操在内都是父亲的财产。白兰本是英格兰一破落贵族家的女儿，她的家是很传统的。其父有着"宽广的额头"[64]和"飘拂在伊丽莎白时代旧式皱领上令人肃然起敬的银髯"[65]，其母则有着"充满无微不至和牵肠挂肚爱护的神情"[66]。显然，她的父母属于严父慈母型，父亲是威严的，掌握着她的命运，主宰着她的婚姻。她嫁给罗杰·齐灵渥斯（Roger Chillingworth）并非出于自己意愿：

> 在她的记忆的画廊里接下来出现在眼前的画面是欧洲大陆某个城市纵横交错的狭窄街道，高高的灰色住宅，宏伟的天主教堂，古色古香、风格奇特的公共建筑物；在那里一个崭新的生活曾经等待着她，但仍然跟那个畸形的学者密切相关，这个崭新的生活像长在残壁断垣上的青苔靠腐质废料养育自己[67]。

对于这桩父亲强加于她的不幸婚姻，她是无法抗拒的。她的父亲是父权的象征，她向父亲的屈服，乃是十七世纪英国男权统治的必然结果。

女性属于男性，这个男性其次还可具体化为丈夫，即妻子是丈夫的财产，丈夫拥有对这一财产的支配权。对白兰的所有权与支配权，在她婚前归她父亲，婚后便属她丈夫了。弗吉尼亚·伍尔夫（Virginia Woolf, 1882-1941）在《一间自己的屋子》（*A Room Of One's Own*, 1928）中谈到十九世纪前英国妇女的状况时说："她几乎不识字，不会写字，而且是她丈夫的财产。"[68]白兰同阿瑟·丁梅斯代尔（Arthur Dimmesdale）的奸情败露后，齐灵渥斯不惜巧妙伪装，想方设法察寻奸夫，并最后将丁梅斯代尔折磨至死，这其中最根本的原因是齐灵渥斯把她当成了自己的财产，侵夺自己财产者当然应受到惩罚和遭到报复。

中西方传统文化虽都具有男尊女卑的性质，但是中国传统文化中男尊女卑的色彩特别浓厚，这主要是中国古代的宗法制、专制主义、礼教等比西方更为发达所致。中国以血缘关系为纽带的宗法制度产生于商后期，确立于西周，它包括嫡子之制、庙数之制、分封制度等，从理论到实际，完备而系统，其完善程度是世界各国无法比拟的。"纵观整个中国历史，宗法制度一

---

64 霍桑著《红字》，姚乃强译，南京：译林出版社，1997年版，第50页。
65 霍桑著《红字》，姚乃强译，南京：译林出版社，1997年版，第50页。
66 霍桑著《红字》，姚乃强译，南京：译林出版社，1997年版，第50页。
67 霍桑著《红字》，姚乃强译，南京：译林出版社，1997年版，第50-51页。
68 伍尔夫《一间自己的屋子》，王还译，北京：三联书店，1992年版，第53页。

直深深地影响着中华民族的生活"[69]，其中一个影响是中国人特别强调血缘关系，《左传·成公四年》："非我族类，其心必异。"[70]《国语·晋语》："异姓则异德，异德则异类……同姓则同德，同德则同心，同心则同志……"[71]中国人在家庭成员间严格区分其地位，英国人则不然。从指示语（deixis）[72]看，汉语的亲属称谓按男女长幼、内外嫡庶的标准反复界定。《尔雅·释亲》中所记的宗族直系，由本人上推四代、下推八代，共十三代："父为考，母为妣，父之考为王父，父之妣为王母，王父之考为曾祖王父，王父之妣为曾祖王母，曾祖王父之考为高祖王父，曾祖王父之妣为高祖王母。""子之子为孙，孙之子为曾孙，曾孙之子为玄孙，玄孙之子为来孙，来孙之子为昆孙，昆孙之子为仍孙，仍孙之子为云孙。"[73]故仅涉及宗族直系的亲属称谓便有"父、祖、曾祖、高祖、子、孙、曾孙、玄孙、来孙、昆孙、仍孙、云孙"，凡十二个之多，英语亲属称谓的划分则趋于简单。在两层关系构成的姻亲词中，汉语区分性别是多层次的，既按亲属称谓指称人区分，也依第二层关系人区分，即在长一辈方面区分父系和母系方面，平辈中区分丈夫和妻子方面也及兄弟和姊妹方面；英语则仅按亲属称谓指称人区分；在两层关系构成的旁系血亲亲属称谓中，汉语区分性别是多层次的，即两层词区分两次，三层词区分三次。除按亲属称谓指称的性别区分外，又按第二层关系人的性别将长一辈的词分为父的和母系的，将小一辈的词分为兄弟方面的和姊妹方面的。常用的三层旁系亲属称谓有五个，它们指称五个层次长一辈旁系亲属的配偶，又要再次区分性别。英语相应的称谓则仅依亲属称谓称谓指称人的性

69 张岱年、方克立主编《中国文化概论》（修订版），北京：北京师范大学出版社，2004 年版，第 49 页。

70 阮元校刻《十三经注疏》下册，北京：中华书局，1980 年版，第 1901 页。

71 徐元诰撰《国语集解》，北京：中华书局，2002 年版，第 337 页。

72 Deixis 或译"指代"与"直指"。至于指示语，《新牛津英语词典》释之曰："noun [mass noun] the function or use of deictic words, forms, or expressions."详见：*The New Oxford Dictionary of English*, edited by Judy Pearsall, Shanghai: Shanghai Foreign Language Education Press, 2001, p.486.何自然《语用学概论》释之曰："话语中的典型指示信息是一些指称信息，包括空间、时间、移动等概念；也指话语进程（the ongoing discourse）、会话双方相互识别及相互关系。这些指示信息依靠一系列与语境有直接联系的词语，通过他们的语法特征和意义表达出来。这些词语在语用学上统称为'指示语'……"详见：何自然编著《语用学概论》，长沙：湖南教育出版社，1988 年版，第 17 页。

73 阮元校刻《十三经注疏》下册，北京：中华书局，1980 年版，第 2592 页。

别区分一次。在堂表兄弟姐妹的词中，汉语在性别上进行了三次区分：一是将父系和母系分开；二是在父系区分兄弟方面和姊妹方面，从而把父亲兄弟方面同母亲姊妹方面分开；三是按亲属指称人区分[74]。汉语的这种严格和多次区分使这组词在数量上有"堂哥"、"堂弟"、"堂姐"、"堂妹"、"表哥"、"表弟"、"表姐"与"表妹"八个；英语与之相应的词则既不知指称人的性别，亦不知是归父系还是属母系，在数量上只有"cousin"一个[75]。至于中国古代的专制主义，它有四大特征，一是"以武力为先导，控制宗教势力，专制时间漫长"，二是"经济基础稳固"，三是"君主专制中央集权走向极端"，四是"对人身控制严密"[76]，其发达程度是世界各国望尘莫及的。

在中国古代社会，为了维护男性的中心地位，社会对女性提出了种种严格甚至苛刻的行为规范，成文的女性训诫书有《列女传》、《家范》、《近思录》、《性理大全》、《礼记》、《孟子》、《女则》、《女史箴》、《内训》、《女范捷录》、《女诫》、《女论语》、《温氏母训》、《女四书》和《闺范》等，可谓名目繁多。北宋是中国历代王朝中对女性束缚最多的朝代。这些在人类文明史上绝无仅有，是英国社会所无法相比的。所以潘金莲的处境远比白兰的处境尴尬得多，没有同情，没有谅解，没有鼓励，没有帮助。白兰虽一出场就不得不"承受着巨大的压力"[77]和"应付公众用行行色色的侮辱向她发泄愤懑，抵御投向她的匕首和毒箭"[78]，但随着时间的推移，她逐渐赢得了人们的同情、谅解和尊重。

（二）夫权下的潘金莲和白兰

男大当婚，女大当嫁。《周易·归妹·彖》："归妹，天地之大义也。天地不交而万物不兴。归妹，人之终始也。"[79]《孟子·万章上》："男女居室，

---

74 贾彦德《中西常用亲属词的语义对比研究》，李华主编《英汉语言文化对比研究》，上海：上海教育出版社，1996年版，第154页。

75 张叉《汉英指示语中的中英历史文化研究》，《外国语文论丛》第7辑，成都：四川大学出版社，2017年版，第18页。

76 张岱年、方克立主编《中国文化概论》（修订版），北京：北京师范大学出版社，2004年版，第50-55页。

77 霍桑著《红字》，姚乃强译，南京：译林出版社，1997年版，第49页。

78 霍桑著《红字》，姚乃强译，南京：译林出版社，1997年版，第49页。

79 霍桑著《红字》，姚乃强译，南京：译林出版社，1997年版，第49页。

人之大伦也。"[80]《白虎通·嫁娶》："人道所以有嫁娶何？以为性情之大，莫若男女，男女之交，人伦之始，莫若夫妇。《易》曰：'天地氤氲，万物化淳，男女构精，万物化生。'"[81]王陶宇编《常用谚语》：

> 无梁不成房，无妻不成家。
>
> 树大结果，人大成亲。
>
> 花儿成熟要结果，爱情成熟要结合。
>
> 男大当娶，女大当嫁[82]。

《圣经·旧约全书·创世记》："人要离开父母，与妻子连合，二人成为一体。"[83]男女两性间这种合乎自然和伦理的关系是以婚姻的形式实现的，而婚姻已不再是一个自然意义上的概念，相反，它是一种历史、社会和文化的现象，要受到历史、社会和文化传统的制约。恩格斯《家庭、私有制和国家的起源》："在历史上出现的最初的阶级对立，是同个体婚制下的夫妻间的对抗的发展同时发生的。"[84]"一些人的幸福和发展是通过另一些人的痛苦和受压抑而实现的。"[85]男尊女卑在婚姻上的一个体现是，老夫少妻理所当然，并无凶险；但老妻少夫却不正常，是不吉利的。《周易·大过》九二："枯杨生稊，老夫得其女妻，无不利。象曰：'老夫女妻，过以相与也。'"[86]《周易·大过》九五："枯杨生华，老妇得其士夫，无咎无誉。象曰：'枯杨生华，何可久也。老妇士夫，亦可丑也。'"[87]男尊女卑在婚姻上的核心体现是，丈夫对妻子拥有绝对的权力。中国有句民谣流传甚广："娶过的老婆买下的马，由人家骑来由人家打。"[88]英国有句谚语也广为流传："女人、狗和核桃树，越敲打越有好处。"（"A woman, a dog and a walnut tree, the more you beat

---

80 阮元校刻《十三经注疏》下册，北京：中华书局，1980年版，第2734页。

81 陈立撰、吴则虞点校《白虎通疏证》（下），北京：中华书局，1994年版，第451页。

82 王陶宇编《常用谚语》，成都：四川辞书出版社，1991年版，第115页。

83 《圣经》（新标准修订版、新标准和合版），中国基督教协会，第4页。

84 中共中央马克思恩格斯列宁斯大林著作编译局编《马克思恩格斯选集》第四卷，北京：人民出版社，1977年版，第61页。

85 中共中央马克思恩格斯列宁斯大林著作编译局编《马克思恩格斯选集》第四卷，北京：人民出版社，1977年版，第61页。

86 阮元校刻《十三经注疏》上册，北京：中华书局，1980年版，第41页。

87 阮元校刻《十三经注疏》上册，北京：中华书局，1980年版，第42页。

88 《做了媳妇坐了监》（爬山调），中国民间文艺研究会、中国社会科学院文学研究所各民族民间文学组编《中国歌谣选》第一集（近代歌谣），上海：上海文艺出版社，1978年版，第210页。

them the better they be."）[89]罗素《婚姻革命》：

> 由于女人的这种隶属地位，在大多数文明社会中都没有夫妇之间的真正的伉俪之情；夫妻之间的关系一方面是一种主从关系，另一方面是一种责任的关系[90]。

恩格斯《家庭、私有制和国家的起源》："即使打死了她，那也不过是行使他的权利罢了。"[91]

妻子是女性，当然也是男性的财产。罗素《婚姻革命》："在古代农业和畜牧业社会中，妻子和孩子都是男人的经济财产。"[92]罗素这一论断对古代中国和英国都是正确的。"妻"字在甲骨文中为"[甲骨文]"（一期佚一八一）、"[甲骨文]"（一期粹四八八）、"[甲骨文]"（一期存一·一〇四八）、"[甲骨文]"（一期后下三八·一）、"[甲骨文]"（一期人二九九五）[93]。徐中舒主编《甲骨文字典》：

> 从[字]从[字]，[字]象妇女长发形，[字]或作[字][字]，同。象妇女之形。上古有掳掠妇女以为配偶之俗，是为掠夺婚姻，甲骨文妻字即此掠夺婚姻之反映。后世以为女性配偶之称[94]。

"妻"字在金文中为"[金文]"（[字]父丁方罍）、"[金文]"（弔皮父簋）、"[金文]"（农卣）[95]，伸手抓女人之形象尚存，掠夺婚姻之痕迹犹在。妻子既然是丈夫掳掠而来的，那便是丈夫的战利品，当然归于丈夫所有，成为丈夫特殊形式的私有财产。妻子既然是丈夫的财产，其地位之低便是不言自明的了。

在盛行妻妾制的古代中国，妾较之妻地位更为低下。"妾"在甲骨文中为"[甲骨文]"（一期前四·二五·八）、"[甲骨文]"（一期续一·六·一）、"[甲骨文]"（一期粹一二三九）、"[甲骨文]"（一期铁二〇六·二）、"[甲骨文]"（一期乙二七二九）、"[甲骨文]"（一期后上六·三）、"[甲骨文]"（一期拾一·八）、"[甲骨文]"（一期合三〇

---

89 John Simpson, *Oxford Concise Dictionary of Proverbs*, Third Edition, Oxford: Oxford University Press / Shanghai: Shanghai Foreign Language Education Press, 1998, p.298.

90 罗素著《婚姻革命》，靳建国译，北京：东方出版社，1988 年版，第 111 页。

91 中共中央马克思恩格斯列宁斯大林著作编译局编《马克思恩格斯选集》第四卷，北京：人民出版社，1977 年版，第 53 页。

92 罗素著《婚姻革命》，靳建国译，北京：东方出版社，1988 年版，第 89 页。

93 徐中舒主编《甲骨文字典》，成都：四川辞书出版社，1990 年版，第 1303 页。

94 徐中舒主编《甲骨文字典》，成都：四川辞书出版社，1990 年版，第 1303 页。

95 容庚编著，张振林、马国权摩补《金文编》，北京：中华书局，1985 年版，第 793 页。

三）、"𢆶"（四期粹二一八）[96]，在金文中为"𢆶"（复尊）、"𢆶"（伊簋）、"𢆶"（克鼎）[97]。"妾"在甲骨文和金文中均为上下结构，下面是"女"，上面是"辛"，形象亦大体一致。下面的"女"是一个或朝左或向右的侧面女人，双手交叉放于胸前。甲骨文"妾"字下面的"女"字是一个完全下跪的女人，金文"妾"字下面的"女"字则是一个屈膝而未下跪的女人，均显示了其地位之卑下。其实，"妾"的身份就是奴隶，《尚书·周书·费誓》："马牛其风，臣妾逋逃，勿敢越逐。"[98]"臣"是男奴隶，"妾"为女奴隶。甲骨文"妾"上面的"辛"字象一把平头刀，上部是刀头，下部是一个长刀把。金文"妾"上面的"辛"字"基本上同于甲骨文的形体，最上部加了一横，表示铲割的东西"[99]。《汉语大字典》："辛，罪。清朱骏声《说文通训定声·坤部》：'辛，大辠也。'""又犯罪。明郎瑛《七修内稿·天地类·支干》：'辛，被罪也。'"[100]从甲骨文和金文中"妾"字的形象看，妾就是一个卑躬屈膝、头上顶着一把刑刀的女奴隶。其实，妾乃犯罪之女奴，《说文·辛部》："妾，有罪女子给事之得接于君者。"[101]妾既是犯罪之女奴，其地位之低便可想而知了。有史料可以为证，《睡虎地秦墓竹简·封诊式》："丙，乙妾也，乙使甲曰：丙悍，谒黥劓丙……"[102]丙为乙之妾，乙对丙不认同，故派甲对她进行黥劓之残酷惩罚。尽管妻为正，妾为副，妻为主，妾为仆，两者地位有所不同，但是丈夫同她们之间的关系实际上均是主人与仆人的关系。

儒家和基督教文化都强调妻子对丈夫的顺从。班昭《女诫·夫妇》："夫妇之道，参配阴阳，通达神明，信天地之弘义，人伦之大节也。"[103]郝懿行撰《尔雅义疏·释亲》："妇子，妇也。《白虎通》云：'妇者，服也。以礼屈

---

96 徐中舒主编《甲骨文字典》，成都：四川辞书出版社，1990年版，第230页。

97 容庚编著，张振林、马国权摩补《金文编》，北京：中华书局，1985年版，第155页。

98 阮元校刻《十三经注疏》上册，北京：中华书局，1980年版，第255页。

99 左民安著《细说汉字——1000个汉字的起源与演变》，北京：九州出版社，2005年版，第488页。

100 《汉语大字典》（下），成都／武汉：四川辞书出版社／湖北辞书出版社，1995年版，第4036页。

101 许慎撰《说文解字》，北京：中华书局，1963年版，第58页。

102 林剑鸣著《秦汉史》上册，上海：上海人民出版社，1989年版，第57页。

103 《列女传·曹世叔妻》，范晔撰，李贤等注《后汉书》第十册，北京：中华书局，1965年版，第2788页。

服。'又云：'服于家事，事人者也。'"[104]《礼纬·含文嘉》："君为臣纲，父为子纲，夫为妻纲。"[105]《增广贤文》："在家从父，出嫁从夫。"[106]《史记·平津侯主父列传》载汉丞相公孙弘上武帝刘彻书："臣闻天下之通道五，所以行之者三。曰君臣，父子，兄弟，夫妇，长幼之序，此五者天下之通道也。智，仁，勇，此三者天下之通德，所以行之者也。"[107]《说文·女部》："妇，服也。"[108]《孟子·滕文公下》："以顺为正者，妾妇之道也。"[109]《仪礼·丧服》："父者子之天也，夫者妻之天也。"[110]《白虎通·嫁娶》："又是随阳之鸟，妻从夫之义也。"[111]班昭《女诫·专心》说得更具体："夫者天也。天固不可逃，夫固不可离也。行违神祇，天则罚之；礼义有愆，夫则薄之。"[112]李贤注："《仪礼》曰：'夫者，妻之天也。妇人不二斩者，犹曰不二天也。'"[113]班昭《女诫·夫妇》："妇不事夫，则义理坠阙。"[114]宋若华《女论语》中亦有"事夫"章节。《圣经·新约全书·以弗所书》（"Ephesians"，*The Books of the New Testament, The Holy Bible*）：

> 你们作妻子的，当顺服自己的丈夫，如同顺服主；因为丈夫是妻子的头，如同基督是教会的头；他又是教会全体的救主。教会怎样顺服基督，妻子也要怎样凡事顺服丈夫[115]。

《圣经·新约全书·哥林多前书》（"1 Corinthians"，*The Books of the New Testament, The Holy Bible*）："她们若要学什么，可以在家里问自己的丈

---

104 《清人注疏十三经》第五册，北京：中华书局，1998年版，第98页。

105 转引自：辛立著《男女·夫妻·家国》，北京：国际文化出版公司，1989年版，第160页。

106 李冲锋译注《增广贤文》，北京：中华书局，2021年版，第62页。

107 司马迁撰《史记》第九册，北京：中华书局，1959年版，第2952页。

108 许慎撰《说文解字》，北京：中华书局，1963年版，第259页。

109 阮元校刻《十三经注疏》下册，北京：中华书局，1980年版，第2710页。

110 阮元校刻《十三经注疏》上册，北京：中华书局，1980年版，第1106页。

111 陈立撰、吴则虞点校《白虎通疏证》（下），北京：中华书局，1994年版，第457页。

112 《列女传·曹世叔妻》，范晔撰，李贤等注《后汉书》第十册，北京：中华书局，1965年版，第2790页。

113 《列女传·曹世叔妻》，范晔撰，李贤等注《后汉书》第十册，北京：中华书局，1965年版，第2790页。

114 《列女传·曹世叔妻》，范晔撰，李贤等注《后汉书》第十册，北京：中华书局，1965年版，第2788页。

115 《圣经》（新标准修订版、新标准和合版），中国基督教协会，第318页。

夫，……"[116]

亚里士多德（Aristotle，前 384-前 322）认为，妇女是软弱、发育不全的人，思维能力极浅薄，属于儿童、未成年人一类，在家庭中应居于从属地位，丈夫才是一家之主："丈夫象一个国君一样统治着妻子，象一个皇帝一样统治着孩子。"[117]

潘金莲嫁给武大后，见丈夫"身材短矮，人物猥獕，不会风流"[118]，心中颇为嫌弃，故对他极不顺服，而武大生性懦弱，对她只有忍气吞声，听之任之。武氏兄弟相聚后，武松为兄撑腰，于是武大便摆出丈夫气派，对她严加管束，俨然家长焉："自武松去了十数日，武大每日只是晏出早归，归到家里，便关了门。"[119]对于丈夫的这种种限制，她虽然"指着武大脸上骂"[120]，"和他闹了几场"[121]，但终究还是无可奈何，只好自己认命，于是"约莫到武大归时，先自去收了帘子，关上大门"[122]。她好象丈夫笼子里的一只鸟，只好任人摆布。白兰嫁给齐灵渥斯，把她"含苞欲放的青春"跟"老朽别别扭扭地结合在一起"[123]，根本谈不上幸福，但她还是不得不受他的控制。在她的奸情暴露出来后，齐灵渥斯仍牢牢地把她掌握在自己手中。他将丁梅斯代尔慢慢折磨至死，实际是从侧面打击报复了她。但是，夫妻关系下的中国女性更加不幸，具体体现是，儒家文化对已婚妇女的行为规范有诸多严格的规定。在夫妻社会职责的划分上，是有十分明确和严格的规定的，《孔子家语·本命解》："教令不出于闺门，事在供酒食而已。"[124]《明史·列女

---

116 《圣经》（新标准修订版、新标准和合版），中国基督教协会，第 286 页。

117 基·瓦西列夫著《情爱论》，赵永穆、范国恩、陈行慧译，北京：生活·读书·新知三联书社，1984 年版，第 45 页。

118 施耐庵、罗贯中著《水浒传》（上），北京：人民文学出版社，1975 年版，第 307 页。

119 施耐庵、罗贯中著《水浒传》（上），北京：人民文学出版社，1975 年版，第 319 页。

120 施耐庵、罗贯中著《水浒传》（上），北京：人民文学出版社，1975 年版，第 318 页。

121 施耐庵、罗贯中著《水浒传》（上），北京：人民文学出版社，1975 年版，第 319 页。

122 施耐庵、罗贯中著《水浒传》（上），北京：人民文学出版社，1975 年版，第 319 页。

123 霍桑著《红字》，姚乃强译，南京：译林出版社，1997 年版，第 65 页。

124 王肃注《孔子家语》，上海：上海古籍出版社，1990 年版，第 70 页。

传》：“妇人之行，不出于闺门，故《诗》载《关雎》、《葛覃》、《桃夭》、《芣苢》，皆处常履顺，贞静和平，而内行之修，王化之行，具可考见。”[125]《周易·家人》：“女正位乎内，男正位乎外。男女正，天地之大义也。”[126]除“三从”同样适合于已婚妇女外，还有“四德”，《礼记·昏义》将之归纳为：“教以妇德、妇言、妇容、妇功。”[127]班昭《女诫·妇行》：

> 女有四行，一曰妇德，二曰妇言，三曰妇容，四曰妇功。夫云妇德，不必才明绝异也；妇言，不必辩口利辞也；妇容，不必颜色美丽也；妇功，不必工巧过人也[128]。

《周易·家人》：“无攸遂，在中馈。”[129]《白虎通·嫁娶》：“父曰：‘戒之敬之，夙夜无违命。’母施衿结帨曰：‘勉之敬之，夙夜无违宫事。’”[130]《孟子·滕文公下》：“必敬必戒，无违夫子。”[131]这些语句都是告诫女性在家做家务，绝对服从丈夫，实行妇道。《礼记·内则》和《礼记·曲礼》则很详尽地叙述了女性服事丈夫、舅姑的道理和规矩，亦是为了要女性遵守妇道。如，《礼记·内则》：“子妇孝者敬者，父母舅姑之命，勿逆勿怠。”[132]对女性而言，“以顺为正者，妾妇之道也”是铁的原则。从离婚看，儒家和基督教典籍中都有休妻之说，但只字不提休夫，“通例只有丈夫可以解除婚姻关系，离弃他的妻子”[133]，离婚成了男性的专利。中国封建社会之所谓“休妻”，实际上是将女性赶出夫家，亦称作“出”、“去”、“弃”。戴德《大戴礼记·本命》列出了七个休妻的条件曰“七去”：

> 不顺父母去，为其逆德也；无子，为其绝世也；淫，为其乱族也；妒，为其乱家也；有恶疾，为其不可与共粢盛也；口多言，为

125 张廷玉等撰《明史》第二十五册，北京：中华书局，1974 年版，第 7689 页。
126 阮元校刻《十三经注疏》上册，北京：中华书局，1980 年版，第 50 页。
127 阮元校刻《十三经注疏》下册，北京：中华书局，1980 年版，第 1681 页。
128 《列女传·曹世叔妻》，范晔撰，李贤等注《后汉书》第十册，北京：中华书局，1965 年版，第 2789 页。
129 阮元校刻《十三经注疏》上册，北京：中华书局，1980 年版，第 50 页。
130 陈立撰、吴则虞点校《白虎通疏证》（下），北京：中华书局，1994 年版，第 462 页。
131 阮元校刻《十三经注疏》下册，北京：中华书局，1980 年版，第 2710 页。
132 阮元校刻《十三经注疏》下册，北京：中华书局，1980 年版，第 1462 页。
133 恩格斯《家庭、私有制和国家的起源》，中共中央马克思恩格斯列宁斯大林著作编译局编《马克思恩格斯选集》第四卷，北京：人民出版社，1977 年版，第 57 页。

其离亲也；盗窃，为其反义也[134]。

何休撰《春秋公羊传·庄公二十七年》将七个休妻的条件称为"七弃"：

> 无子，弃，绝世也；淫洪，弃，乱类也；不事舅姑，弃，悖德
> 也；口舌，弃，离亲也；盗窃，弃，反义也；嫉妒，弃，乱家也；
> 恶疾，弃，不可奉宗庙也[135]。

其实，在古代中国，也有丈夫看妻子不顺眼便把她休掉的，休妻的条件已超出"七去"，《韩非子·外储说左上》："蔡女为桓公妻，桓公与之乘舟，夫人荡舟，桓公大惧，禁之，不止，怒而出之。"[136]

女性之本钱是色，以色事人是其最本能、最有效之进攻手段，进攻是变相之防御。以色事人是极其不可靠的，道理很简单，色是依仗于青春的，青春就像鲜花，虽然美丽却又短暂，年老而色衰，色衰而爱弛，因此色之于女人，是无法长久依恃的。但从另一个角度看，女性之以色事人、顺从男性乃是其迫不得已之痛苦选择。女性既要顺从父、兄、夫、子，还要处理好自己同公、婆、叔、嫂等诸多关系，稍有疏忽便有被休之虞。理想的中国女性应逆来顺受、俯首贴耳和富有自我牺牲精神，软弱是其天性，驯服是其美德，温顺是其最高境界。

根据西蒙娜·德·波伏娃在《第二性》中的记载，在贞洁方面，母系社会的女性在婚前拥有很大的自由，不必保持处女之身，通奸也不是好大个事情。然而，在父系社会，情况却大为不同：

> 在女人变成男人的财产以后，男人却要求她是一个处女，要求
> 她绝对忠诚，否则就会受到极刑的惩罚。胆敢把继承权交给和某个
> 陌生人所生的后代，这是一种最严重的罪行。所以男性家长有权处
> 死有罪的配偶。只要存在着私有财产，妻子方面对婚姻的不忠，就
> 会被看成是最大的叛逆罪[137]。

这里所说的"在女人变成男人的财产以后"，指的是进入父系制度以后的西方社会。不仅在贞洁方面对女性有严苛的规范，而且在离婚问题上，丈夫拥有绝对的权力，妻子陷于十分被动的境地："丈夫可以随意抛弃他的妻

---

134 王聘珍撰，王文锦点校《大戴礼记解诂》，北京：中华书局，1983年版，第255页。

135 《汉魏古注十三经》下册，北京：中华书局，1998年版，第54页。

136 《诸子集成》第五册，北京：中华书局，1954年版，第205页。

137 西蒙娜·德·波伏娃著《第二性》（全译本）I，陶铁柱译，北京：中国书籍出版社，1998年版，第94页。

子，社会几乎不向她们提供保护。"[138]

同"七出"、"七弃"相比，基督教对"休妻"是十分谨慎的，而且条件要简单得多。《圣经·新约全书·马太福音》（"Matthew"，*The Books of the New Testament, The Holy Bible*）：

> 有法利赛人来试探基督，说："人无论什么缘故都可以休妻吗？"耶稣回答说："那起初造人的，是造男造女，并且说：'因此，人要离开父母，与妻子连合，二人成为一体。'这经你们没有念过吗？既然如此，夫妻不再是两个人，乃是一体的了。所有，上帝配合的，人不可分开。"法利赛人说："这样，摩西为什么吩咐给妻子休书，就可以休她呢？"耶稣说："摩西因为你们的心硬，所以许你们休妻，但起初并不是这样。我告诉你们，凡休妻另娶的，若不是为淫乱的缘故，就是犯奸淫了；有人娶那被休的妇人，也是犯奸淫了。"[139]

潘金莲有许多不合妇道之处，择其要者凡有四。

一则不顺。据"三从"理论，妇人婚后当顺从丈夫，但潘金莲对武大却非常凶悍。《水浒传》第二十四回：

> 只说武大郎自从武松说了去，整整的吃那婆娘骂了三四日。武大忍气吞声，由他自骂，心里只依着兄弟的言语，真个每日只做一半炊饼出去卖，未晚便归；一脚歇了担儿，便去除了帘子，关上大门，却来家里坐地。那妇人看了这般，心内焦躁，指着武大脸上骂道："混沌浊物！我倒不曾见日头在半天里，便把着丧门关了，也须吃别人道我家怎地禁鬼。听你那兄弟鸟嘴，也不怕别人笑耻！"武大道："由他们笑道说我们家禁鬼。我的兄弟说的是好话，省了多少是非。"那妇人道："呸！浊物！你是个男子汉，自不做主，却听别人调遣！"武大摇手道："由他！他说的话是金子言语。"自武松去了十数日，武大每日只是晏出早归，归到家里，便关了门。那妇人也和他闹了几场，向后闹惯了，不以为事[140]。

---

138 西蒙娜·德·波伏娃著《第二性》（全译本）I，陶铁柱译，北京：中国书籍出版社，1998年版，第94页。

139 《圣经》（新标准修订版、新标准和合版），中国基督教协会，第8页。

140 施耐庵、罗贯中著《水浒传》（上），北京：人民文学出版社，1975年版，第318-319页。

二则无子。中国古人对子嗣看得十分重要，《孝经·圣治》："父母生之，续莫大焉。"[141]《孟子·离娄上》："不孝有三，无后为大。"[142]"无子"条在"七出"中排在第二，在"七弃"中列在第一，足见子嗣在婚姻中的重要性。张籍《离妇》开篇即云：

> 十载来夫家，
>
> 闺门无瑕疵。
>
> 薄命不生子，
>
> 古制有分离。
>
> 托身言同穴，
>
> 今日事乖违[143]。

张籍《离妇》收篇复云：

> 有子未必荣，
>
> 无子坐生悲。
>
> 为人莫作女，
>
> 作女实难为[144]。

从小说看，潘金莲并未为武家生得一男半女。以此视之，她原本属当休之列。

在西方，子女在婚姻中也占有重要地位，罗素《婚姻革命》："婚姻的真正目的不在于性交，而在于孩子，所以直到孩子成为现实之前，婚姻不能视为是圆满的。"[145]但是，这种重要性是无法同在中国的情形相提并论的，所以做妻子的即使未能生出子女，也不会因此被丈夫休掉。

三则口多言。为妇女之道，应小心谨慎，不可多嘴多舌。既嫁为人之妇，则当处理好自己同公公、婆婆、兄弟、姊妹、嫂嫂、弟媳等家庭其他成员之间的关系，竭力维持一家人和睦，切忌胡言乱语、挑拨离间，否则，便可能遭到休弃，造成严重后果。陈平之嫂算是一例，《史记·陈丞相世家》：

> 陈丞相平者，阳武户牖乡人也。少时家贫，好读书，有田三十
>
> 亩，独与兄伯居。伯常耕田，纵平使游学。平为人长美色。人或谓

---

141 阮元校刻《十三经注疏》下册，北京：中华书局，1980 年版，第 2554 页。

142 阮元校刻《十三经注疏》下册，北京：中华书局，1980 年版，第 2723 页。

143 《全唐诗》（增订本）第六册，北京：中华书局，1999 年版，第 4297 页。

144 《全唐诗》（增订本）第六册，北京：中华书局，1999 年版，第 4297 页。

145 罗素著《婚姻革命》，靳建国译，北京：东方出版社，1988 年版，第 111 页。

陈平曰："贫何食而肥若是？"其嫂嫉平之不视家生产，曰："亦
食糠覈耳。有叔如此，不如无有。"伯闻之，逐其妇而弃之[146]。

潘金莲为了勾引武松，在弟弟面前讲哥哥的坏话，勾引失败后又在哥哥跟前说弟弟的不是，造成嫂叔、夫妻和兄弟关系紧张，《水浒传》第二十四回：

雨意云情不遂谋，心中谁信起戈矛。

生将武二搬离去，骨肉翻令作寇仇[147]。

显然，她已触犯"七出"中"离亲"之训，亦有悖于班昭《女诫》中《和叔妹篇》之诫。

四则淫。淫乃妇人之大忌，《水浒传》第二十四回："从来男女不同筵，卖俏迎奸最可怜。"[148]潘金莲"为头的爱偷汉子"，"若遇风流清子弟，等闲云雨便偷期"[149]。先是置人伦于不顾，在武松面前卖弄风骚，企图勾引对方。遭武松拒绝后又与西门庆一拍即合，结成苟合关系，这是其淫荡之典型事例。淫荡是她最为致命之缺点所在。

相比之下，白兰成为众矢之的的原因要简单得多，那就是通奸，淫成了她的全部罪状。

（三）贞节观下的潘金莲和白兰

贞节是男性对女性占有的具体表现，是套在女性脖子上的一条绳索，恩格斯《家庭、私有制和国家的起源》："为了保证妻子的贞操，从而保证子女出生自一定的父亲，妻子便落在丈夫的绝对权力之下了；即使打死了她，那也不过是行使他的权利罢了。"[150]中国自汉代以来，贞节都是女性训诫的重要内容。在西汉刘向所著堪称中国女性训诫书之始的《列女传》中，已有"贞慎"和"节义"的内容。贞妇节女形象一直被视为理想女性的楷模和典范，

146 司马迁撰《史记》第六册，北京：中华书局，1959年版，第2051页。

147 施耐庵、罗贯中著《水浒传》（上），北京：人民文学出版社，1975年版，第315页。

148 施耐庵、罗贯中著《水浒传》（上），北京：人民文学出版社，1975年版，第332页。

149 施耐庵、罗贯中著《水浒传》（上），北京：人民文学出版社，1975年版，第307页。

150 中共中央马克思恩格斯列宁斯大林著作编译局编《马克思恩格斯选集》第四卷，北京：人民出版社，1977年版，第53页。

成为封建社会伦理的艺术祭品。在这种传统文化氛围中，女性淫乱是严加禁止的。潘金莲在大户家作使女时，主人要缠她，她虽不从，但已埋下她是淫乱诱因的伏笔。嫁给武大后，见丈夫不会风流，于是红杏出墙，放荡情欲。第一次见到武松，她便在心里打起了鬼算盘："不想这段因缘却在这里！"[151]她不仅在心里产生了淫乱的想法，还将之付诸行动：一个下雪天，她早早地把武大赶出家去卖炊饼，自己却把前后门关上，百般勾引武松，导致武松翻脸。勾引武松不成后，她很快和西门庆勾搭成奸。奸情暴露后，她又伙同奸夫毒杀了丈夫。她的这些举动严重违背了传统的贞节规范，自然会成为小说严加斥责的对象。

　　基督教也是强调贞节的。据《圣经·旧约全书·出埃及记》载，上帝为百姓列出了十个戒条曰《十戒》（"The Ten Commandments"），其中，第七条即是要求遵守贞节的："不可奸淫。"[152]类似的训诫在《圣经》中还有很多，《新约全书·哥林多前书》（"1 Corinthians"，*The Books of the New Testament*）："不可与淫乱的人相交。"[153]"无论是淫乱的、拜偶像的、奸淫的、作娈童的、亲男色的、偷盗的、贪婪的、醉酒的、辱骂的、勒索的，都不能承受上帝的国。"[154]"你们要逃避淫行。人所犯的，无论什么罪，都在身子以外，惟有行淫的，是得罪自己的身子。"[155]《新约全书·马太福音》：

> 你们听见有话说："不可奸淫。"只是我告诉你们，凡看见妇女就动淫念的，这人心里已经与她犯奸淫了。若是你的右眼叫你跌落，就剜出来丢掉，宁可失去百体中的一体，不叫全身丢在地狱里。若是右手叫你跌倒，就砍下来丢掉，宁可失去百体中的一体，不叫全身下入地狱[156]。

　　淫乱之中，通奸乃大罪，犯通奸罪的是要罚入地狱的，那些不肯悔悟的则注定要归入山羊之列。在基督教道德中，同另一个人的妻子发生性关系是

151 施耐庵、罗贯中著《水浒传》（上），北京：人民文学出版社，1975 年版，第 308 页。

152 《圣经》（新标准修订版、新标准和合版），中国基督教协会，第 20 页。

153 《圣经》（新标准修订版、新标准和合版），中国基督教协会，第 274 页。

154 《圣经》（新标准修订版、新标准和合版），中国基督教协会，第 275 页。

155 《圣经》（新标准修订版、新标准和合版），中国基督教协会，第 275 页。

156 《圣经》（新标准修订版、新标准和合版），中国基督教协会，第 7-8 页。

对那个人的犯罪，婚姻之外的性关系为也是对上帝的犯罪，而且按照教会的说法，是更为严重的犯罪。但是，基督教所强调的贞节不仅是对女性讲的，而且也是说给男性听的。《圣经·新约全书·哥林多前书》：

> 但要免淫乱的事，男子当各有自己的妻子；女子也当各有自己的丈夫。丈夫当用合宜之分待妻子；妻子待丈夫也要如此。妻子没有权柄主张自己的身子，乃在丈夫；丈夫也没有权柄主张自己的身子，乃在妻子[157]。

在希腊神话中，对不贞女性似乎也是宽容的。斯巴达国王墨涅拉俄斯（Menelaus）之妻海伦（Helen）随美男子牧羊人帕里斯（Paris）私奔至特洛伊（Troy），后希腊联军用十年之功攻陷特洛伊，夺回海伦。在庆祝宴会上，当海伦跪在墨涅拉俄斯面前、抱住他的双膝祈求之际，得到的不是惩罚，而是谅解：

> 墨涅拉俄斯温和地将她从地上扶起，并回答她："海伦，忘记过去的事吧，不必畏惧。过去种种，譬如昨日。你所犯的过失我都不再怀恨。"说着就把她抱在怀里，她悲喜交集地流着眼泪[158]。

西方社会对女性贞洁问题的看法，西蒙娜·德·波伏娃《第二性》中有论述。她说，在父系社会，西方"女人受着十分严格的贞洁观念的支配"[159]。不过，在非父系社会，情况有所不同："在母系社会，尽管也有禁忌存在，但仍允许有很大的行动自由。几乎不要求少女保持婚前的贞洁，也不认为通奸是件多么严重的事情。"[160]

白兰和丁梅斯代尔通奸，并生下了女儿珠儿（Pearl），触犯了基督教戒条，为传统的清教教义所不容。故小说一开始，她就被推到台前，怀抱奸淫的产物珠儿、胸佩奸淫标志红色的 A 字，置身于人人唾骂、无地自容的境地，《红字》二：

> 这个不幸的罪人承受着巨大的压力，成千双无情的眼睛注视着

---

157 《圣经》（新标准修订版、新标准和合版），中国基督教协会，第 275 页。

158 斯威布著《希腊的神话和传说》（下），楚图南译，北京：人民文学出版社，1959年版，第 589 页。

159 西蒙娜·德·波伏娃著《第二性》（全译本）I，陶铁柱译，北京：中国书籍出版社，1998 年版，第 94 页。

160 西蒙娜·德·波伏娃著《第二性》（全译本）I，陶铁柱译，北京：中国书籍出版社，1998 年版，第 94-95 页。

她，目光都紧盯住她的前胸，但她还是尽一个妇人最大的能耐支撑着自己。这实在是难以忍受的。她是个热情奔放容易冲动的女人，现在她竭力使自己坚强起来，以应付公众用形形色色的侮辱向她发泄愤懑，抵御投向她的匕首和毒箭[161]。

但是，中国和西方传统文化对贞节的强调有着程度上的不同。在儒家严格的男尊女卑思想支配下，产生了一套系统和严格的女子训诫。从现代的眼光来看，古人的有些训诫已经达到了令人难以理喻之程度。《礼记·丧服小记》："亲亲，尊尊，长长，男女之有别，人道之大者也。"[162]《礼记·内则》："七年，男女不同席，不共食。"[163]"男女不同椸枷，不敢县于夫之楎椸，不敢藏于夫之箧笥，不敢共湢浴。"[164]"外内不共井，不共湢浴，不通寝席，不通乞假。男女不通衣裳。"[165]《礼记·曲礼》："男女不杂坐，不同椸枷，不同巾栉，不亲授。"[166]《孟子·离娄上》："男女授受不亲，礼也。"[167]自宋代始重视女性的贞节，元、明两代更是大力提倡和宣扬之。在《宋史·列女传》中留名的所谓"列女"有38人[168]，在《元史·列女传》里留名的所谓"殉节"妇女有187人[169]，在《明史·列女传》中收入的所谓"节妇烈女"有10000余人[170]，在《古今图书集成》里收入的明代"烈女节妇"多达36000人[171]。清代对贞节观的提倡和重视已达到登峰造极的地步，倘妇女不幸遭受凌辱，不死就是不贞。基督教文化对贞节的规定远远没有这样严厉和苛刻。《圣经·新约全书·约翰福音》叙述有一女人在行淫时被人捉住，按摩西在律法上之规定，要用石头把她打死。但当众人将她带到耶稣面前后，耶稣却对她表现出了一定程度的宽容和谅解：

耶稣就直起腰来，对她说："妇人，那些人在哪里呢？没有人

---

161 霍桑著《红字》，姚乃强译，南京：译林出版社，1997年版，第49页。
162 阮元校刻《十三经注疏》下册，北京：中华书局，1980年版，第1496页。
163 阮元校刻《十三经注疏》下册，北京：中华书局，1980年版，第1471页。
164 阮元校刻《十三经注疏》下册，北京：中华书局，1980年版，第1468页。
165 阮元校刻《十三经注疏》下册，北京：中华书局，1980年版，第1462页。
166 阮元校刻《十三经注疏》上册，北京：中华书局，1980年版，第1240页。
167 阮元校刻《十三经注疏》下册，北京：中华书局，1980年版，第2722页。
168 脱脱等撰《宋史》第三十八册，北京：中华书局，1977年版，第13477-13493页。
169 宋濂撰《元史》第十五册，北京：中华书局，1976年版，第4483-4516页。
170 张廷玉等撰《明史》第二十五册，北京：中华书局，1974年版，第7689-7763页。
171 易中天著《中国的男人和女人》，上海：上海文艺出版社，2006年版，第53页。

定你的罪吗？"她说："主啊，没有。"耶稣说："我也不定你的
罪。去吧，从此不要再犯罪了！"[172]

这样的宽容和谅解在儒家文化中是难于理解的。

同样是对女人婚外通奸的描写，施耐庵、罗贯中和霍桑的处理却大不相
同。施耐庵、罗贯中对潘金莲多采用实写亦即直接描写，注重过程描写、细
节描写，着墨甚浓，竭力渲染，以此塑造出了一个坏透顶了的坏婆娘形象，
其厌恶之情已彰显于字里行间。霍桑对白兰多采用虚写亦即间接描写，没有
过程描写、细节描写，着墨不多，以此淡化她的坏女人形象，其同情之意已
隐藏在句读篇章。同样是女人婚外通奸，潘金莲和白兰的命运迥然不同。潘
金莲终为武松所杀，她死得很惨，《水浒传》第二十六回：

> 那妇人见头势不好，却待要叫，被武松脑揪倒来，两只脚踏住
> 他两只胳膊，扯开胸脯衣裳。说时迟，那时快，把尖刀去胸前只一
> 剜，口里衔着刀，双手去斡开胸脯，取出心肝五脏，供养在灵前。
> 胳查一刀，便割下那妇人头来，血流满地[173]。

武松对潘金莲的杀戮，大有"杀之当然，杀得心安理得，杀得快意解
恨，杀得正大光明"[174]的意味。白兰却很幸运，不仅性命无虞，而且还赢得
了社区的认同，《红字》十三：

> 这个社区的统治者和明智饱学之士比起普通老百姓在认识海
> 丝特的优良品质的影响方面要慢得多。他们对海丝特所共同持有的
> 偏见，受到理性论辩框架的禁锢要顽固得多，要付出更大的努力才
> 能摆脱它们。然而，日复一日，他们脸上那种乖戾僵硬的皱纹逐渐
> 松弛下来，伴随岁月的流逝，可以说，变成一种近乎慈爱的表情。
> 那些身居高位、从而对公共首先负有监护之责的显要人物，便是这
> 种情况。与此同时，过着家居生活的平常百姓，早已宽恕了海丝特·
> 白兰因脆弱而犯的过错。不仅如此，他们还开始不再把那红字看作
> 是过错的标志——[175]

---

172 《圣经》（新标准修订版、新标准和合版），中国基督教协会，第 164 页。

173 施耐庵、罗贯中著《水浒传》（上），北京：人民文学出版社，1975 年版，第 361
页。

174 刘农宏《同是红颜皆苦命缘何生死不尽同——由〈水浒传〉之潘金莲与〈红字〉
之海丝特探不同时代的烙印》，《时代文学》，2011 年第 1 期，第 192 页。

175 霍桑著《红字》，姚乃强译，南京：译林出版社，1997 年版，第 145 页。

（四）为男性背黑锅的潘金莲和白兰

在男权炽盛的古代中国，男性通常没有错误感和犯罪感，他们往往把自己犯的错误和罪恶慷慨地推到女性身上，致使"女祸"之说甚为泛滥。中国有文字可考的历史始自夏、商、周三代，而"女祸"亦以此为发端，妹喜、妲己、褒姒便背起了三代亡国之罪名。此后，中国史上几乎代代皆有"女祸"，春秋之西施、战国之郑袖、西汉之吕雉、东汉之貂蝉、唐代之杨玉环、明末清初之陈圆圆、清代之叶赫那拉·杏贞，前赴后继，层出不穷。故中国古代文献大肆渲染"女祸"，《尚书·周书·牧誓》："牝鸡无晨，牝鸡之晨，惟家之索。"[176]《国语·晋语》："有男戎必有女戎。"[177]《左传》和《史记》等典籍中亦有类似的记载，它们都几乎异口同声地指责女性，认为她们是一切灾害的来源，女性成了男性的替罪羊。文学作品也不例外，《诗经·大雅·瞻卬》：

> 哲夫成城，
> 哲妇倾城。
> 懿厥哲妇，
> 为枭为鸱。
> 妇有长舌，
> 维厉之阶。
> 乱匪降自天，
> 生自妇人[178]。

傅玄《美女篇》：

> 美人一何丽，
> 颜若芙蓉花。
> 一顾乱人国，
> 再顾乱人家。
> 未乱犹可奈何[179]？

《水浒传》第二十四回开篇即有诗曰：

176 阮元校刻《十三经注疏》上册，北京：中华书局，1980年版，第183页。
177 徐元诰撰，王树民、沈长云点校《国语集解》，北京：中华书局，2002年版，第250页。
178 阮元校刻《十三经注疏》上册，北京：中华书局，1980年版，第577页。
179 郭茂倩《乐府诗集》第三册，北京：中华书局，1979年版，第913页。

酒色端能悞国邦，由来美色陷忠良。

纣因妲己宗祧失，吴为西施社稷亡。

自爱青春行处乐，岂知红粉笑中枪[180]。

又，《水浒传》第二十四回："水性从来是女流，背夫常与外人偷。"[181]

易中天《中国的男人和女人》："淫乱并不因为性感，美丽更非淫乱之源。"[182]美貌本是美好而应加肯定的东西，但潘金莲的美貌却描绘成"玉貌妖娆"[183]而成了"勾引得蜂狂蝶乱"[184]的原因：她作使女时"大户要缠他"，嫁人后一班风流子弟"不时间在门前叫道：'好一块羊肉，倒落在狗口里。'因此武大在清河县住不牢，搬来这阳谷县紫石街赁房居住"[185]。西门庆见了她以后，"那一双眼都只在这妇人身上，临动身也回了七八遍头"[186]。这样，她的妖娆成了这诸多淫乱的根源，从而把大户、武大、一班风流清子弟和西门庆等一帮男人的责任推得一干二净。

基督教也认为女性是万恶之源。《圣经·旧约全书·创世记》载，是女人夏娃经不住蛇的引诱同亚当偷吃了智慧树上的果实，人类才失去了伊甸园而坠入无穷的苦难。《圣经·新约全书》亦承此说，《提摩太前书》(1 Timothy)："不是亚当被引诱，乃是女人被引诱，陷在罪里。"[187]威廉·莎士比亚（William Shakespeare, 1564-1616）在《安东尼与克莉奥佩特拉》(Antony and Cleopatra, 1606)中，把克莉奥佩特拉（Cleopatra）塑造成了一个漫天谎话、朝三暮四、撒娇骂俏、轻薄淫荡的坏透顶的女人形象，她的姿色魅力使安东尼（Antony）神情恍惚，她的绞尽脑汁使安东尼帝业毁灭，她的背信弃义使

---

180 施耐庵、罗贯中著《水浒传》（上），北京：人民文学出版社，1975 年版，第 306 页。

181 施耐庵、罗贯中著《水浒传》（上），北京：人民文学出版社，1975 年版，第 331 页。

182 易中天著《中国的男人和女人》，上海：上海文艺出版社，2006 年版，第 120 页。

183 施耐庵、罗贯中著《水浒传》（上），北京：人民文学出版社，1975 年版，第 308 页。

184 施耐庵、罗贯中著《水浒传》（上），北京：人民文学出版社，1975 年版，第 308 页。

185 施耐庵、罗贯中著《水浒传》（上），北京：人民文学出版社，1975 年版，第 307 页。

186 施耐庵、罗贯中著《水浒传》（上），北京：人民文学出版社，1975 年版，第 319 页。

187 《圣经》（新标准修订版、新标准和合版），中国基督教协会，第 342-343 页。

安东尼命丧黄泉。莎士比亚在《辛白林》(*Cymbeline*，1609-1610) 中将国王辛白林 (Cymbeline) 续弦的配偶塑造成了一个"凶恶、阴险的女人"[188]，一个对国王同前妻所生女儿伊摩琴 (Imogen)[189]"残酷的后母"[190]，一个"坏心肠的王后"[191]。他在这出戏剧中借助剧中人之口把贬低女人的话说得更为直截了当：

> 但愿我能找出
>
> 我身上来自女人的成分！——我断言：
>
> 凡是男人作恶，来源必是
>
> 他身上的女人成分：说谎，来自女的，
>
> 谄媚，来自女的，欺骗，来自女的，
>
> 淫欲，邪念，女的，女的；报复，女的；
>
> 野心，贪心，好胜，傲慢，
>
> 虚荣、诽谤，反复无常，
>
> 一切说得出名儿的坏事，或者地狱里
>
> 才有的邪恶，都来自女的，
>
> 不是全部也是部分，更多是全部，
>
> 要知道她们即使对于邪恶也无恒心，
>
> 而是老在变，一分钟一个样，
>
> 越变越快[192]。

马克·吐温 (Mark Twain，1835-1910) 也秉承了这一传统看法，他在《亚当日记》(*Diary of Adam*) 中写道：

> 大约在太阳升起来一个时辰之后，当我策马驰过一片鲜花盛开

---

188 查尔斯·兰姆、玛丽·兰姆改写《莎士比亚戏剧故事集》，萧乾译，北京：中国青年出版社，1956 年版，第 109 页。

189 Imogen: 或作"Innogen"，详见: William Shakespeare, "The Tragedy of Cymbeline", *William Shakespeare: Complete Works*, edited by Jonathan Bate and Eric Rasmussen, Beijing: Foreign Language Teaching and Research Press, 2008, pp.2245-2322.

190 查尔斯·兰姆、玛丽·兰姆改写《莎士比亚戏剧故事集》，萧乾译，北京：中国青年出版社，1956 年版，第 109 页。

191 查尔斯·兰姆、玛丽·兰姆改写《莎士比亚戏剧故事集》，萧乾译，北京：中国青年出版社，1956 年版，第 123 页。

192 莎士比亚《辛白林》III.v.19-31，转引自：王佐良著《英国诗史》，南京：译林出版社，1997 年版，第 89-90 页。

的平原之时，我看见成千上万的动物正按照它们以往的习惯在那片平原上吃草、酣睡、嬉戏；突然，它们发出一阵暴风雨般的可怕的声音，平原顿时陷入了疯狂的骚乱之中，每一头野兽都在扑杀它邻近的动物。我知道那是怎么回事——夏娃已经吃了那棵树上的苹果，死亡已经来到了这个世界……[193]

在亚当看来，夏娃令人讨厌，叫人无法忍受，马克·吐温《亚当日记》：

上个星期二晚上我逃离了她，走了整整两天，然后在一个僻静的地方搭起了另一个栖身之处。虽然我尽可能地消除了我出逃的痕迹，但她仍凭着一头野兽领路找到了我。她早已驯化了那头野兽，并把它叫作狼。她又在我面前发出那种可怜的声音，她用来观看的那两个孔里又流出水来。我只好答应跟她回去，但申明必要时我将再次出走[194]。

又，马克·吐温《亚当日记》："她最近常同一条蛇交往。其它动物都为此而高兴，因为她平日老爱拿它们做实验，搅扰它们；我也为此而高兴，因为那蛇会说话，这使我能休息一下。"[195]《新约全书·哥林多前书》：

妇女在会中要闭口不言，像在圣徒的众教会一样，因为不准她们说话。她们总要顺服，正如律法所说的。她们若要学什么，可以在家里问自己的丈夫，因为妇女在会中说话原是可耻的。上帝的道理岂是从你们出来吗？岂是单临到你们吗[196]？

在希腊神话中，也可找到女性是祸水之痕迹。潘多拉来到人间，打开匣子，放出了诸多祸害，潘多拉成为人间灾难的根源。海伦美艳绝伦（the fairest of her sex），引得帕里斯垂涎，两人私奔至特洛伊，从而引发长达十年的特洛伊战争（the Trojan war），特洛伊城最后毁于战火，海伦成为这场战争的根源。

在英语谚语中，保留了不少贬低女性的内容，如："巫婆吹口哨，母鸡报

---

193 马克·吐温著《亚当夏娃日记》，曹明伦译，合肥：安徽文艺出版社，1998年版，第37页。

194 马克·吐温著《亚当夏娃日记》，曹明伦译，合肥：安徽文艺出版社，1998年版，第21页。

195 马克·吐温著《亚当夏娃日记》，曹明伦译，合肥：安徽文艺出版社，1998年版，第33页。

196 《圣经》（新标准修订版、新标准和合版），中国基督教协会，第286页。

噩耗，上帝不喜欢，男人不想要。"[197] "女人和船，都需要修补。"[198] "女人多变。"[199] "女人的心如同冬天的风，说变就变。"[200] "女人的心思犹如朔风，捉摸不定变化无常。"[201] "羔羊摇尾，女人饶舌。"[202] "女人易坏，玻璃杯易碎。"[203] "沉默是女人最好的衣服。"[204] "男人睡眠六小时，女人睡眠七小时，傻瓜睡眠八小时。"[205]

威廉·勒基（William Lecky）在《欧洲道德史》第二卷（*History of European Morals*, Volume II）中干脆说：

> 妇女被看作是地狱之门，万恶之源。她应该一想到自己是女人就感到羞愧，她应该为把各种诅咒带给了这个世界而不断忏悔，她应为自己的服饰而羞愧，因为那是她堕落的纪念。她特别应该为自己的美丽感到可耻，因为它是魔鬼最厉害的工具[206]。

亚里士多德说："自然界总是力求创造男人，它只在力不从心或是偶然

---

197 原文为："A whistling woman and a crowing hen are neither fit for God nor men." 详见：John Simpson, *Oxford Concise Dictionary of Proverbs*, Third Edition, Oxford: Oxford University Press / Shanghai: Shanghai Foreign Language Education Press, 1998, p.294.

198 原文为："A woman and a ship ever want mending." 详见：John Simpson, *Oxford Concise Dictionary of Proverbs*, Third Edition, Oxford: Oxford University Press / Shanghai: Shanghai Foreign Language Education Press, 1998, p.298.

199 原文为："A woman is a weather-cock." 详见：盛绍裘、李永芳编《英汉双解英语谚语辞典》，上海：知识出版社，1989 年版，第 44 页。

200 原文为："Every little helps / makes a mickle." 详见：郑家顺主编《英语谚语 5000 条》，南京：东南大学出版社，2009 年版，第 9 页。

201 原文为："A woman's mind and winter wind change oft." 详见：盛绍裘、李永芳编《英汉双解英语谚语辞典》，上海：知识出版社，1989 年版，第 44 页。

202 原文为："A woman's tongue wags like a lamb's tail." 详见：盛绍裘、李永芳编《英汉双解英语谚语辞典》，上海：知识出版社，1989 年版，第 44 页。

203 原文为："A woman and a glass are ever in danger." 详见：盛绍裘、李永芳编《英汉双解英语谚语辞典》，上海：知识出版社，1989 年版，第 43 页。

204 原文为："Silence is a woman's best garment." 详见：John Simpson, *Oxford Concise Dictionary of Proverbs*, Third Edition, Oxford: Oxford University Press / Shanghai: Shanghai Foreign Language Education Press, 1998, p.245.

205 原文为："Six hours' sleep for a man, seven for a woman, and eight for a fool." 详见：John Simpson, *Oxford Concise Dictionary of Proverbs*, Third Edition, Oxford: Oxford University Press / Shanghai: Shanghai Foreign Language Education Press, 1998, p.247.

206 William Lecky, *History of European Morals*, volume II, New York: Appleton, 1904, p.338.

的场合才造出女人。"[207]阿瑟·叔本华（Arthur Schopenhauer，1788-1860）
《论女人》："女人本身就像个小孩，既愚蠢又浅见——一言以蔽之，她们的
思想是介于男性成人和小孩之间。"[208]"女人终其一生也只能像个小孩，她
们往往只看到眼前的事情，执着于现实，其思维仅及于皮相不能深入，不重
视大问题，只喜欢那些鸡毛蒜皮的小事。"[209]弗里德里希·威廉·尼采
（Friedrich Wilhelm Nietzsche, 1844-1900）《查拉图斯特拉如是说》（*Also sprach
Zarathustra*）："女人必须服从，为她的肤浅寻找深刻。女人的性情是肤浅
的，是一潭浅水上的动荡不宁的表层。"[210]"你去女人那里吗？不要忘记鞭
子！"[211]拿破仑·波拿巴（Napoleon Bonaparte，1769-1821）、本尼托·墨索
里尼（Benito Mussolini，1883-1945）、莎士比亚、魏宁格、斯特林堡等人也发
表了许多诅咒、仇视女性的言论。白兰犯下的通奸罪，也有丁梅斯代尔的一
份。在小说里，白兰一直放在众目睽睽之下，千夫所指，万人唾骂，但丁梅斯
代尔却逃脱了清教法律的制裁。在小说结尾处公开认错并倒地死去前，他一
直道貌岸然地出现在公众面前，为人布道，受人尊敬，长期充当缩头乌龟，
把当众受辱的惩罚完全推到了白兰身上。

美国哈佛大学教授欧文·白璧德（Irving Babbitt，1865-1933）在《卢梭与
浪漫主义》（*Rousseau and Romanticism*，1919）中写道："人性最声名狼藉的
方面，我已经说过，是喜欢寻找替罪羊。"[212]但是，中国传统文化中男尊女

207 转引自：基·瓦西列夫著《情爱论》，赵永穆、范国恩、陈行慧译，北京：生活·
读书·新知三联书社，1984 年版，第 49 页。

208 叔本华著《叔本华论文集》，陈晓南译，天津：百花文艺出版社，1987 年版，第
109 页。

209 叔本华著《叔本华论文集》，陈晓南译，天津：百花文艺出版社，1987 年版，第
110 页。

210 尼采《悲剧的诞生》（修订本），周国平译，太原：北岳文艺出版社，2004 年版，
第 250 页。

211 尼采《悲剧的诞生》（修订本），周国平译，太原：北岳文艺出版社，2004 年版，
第 251 页。

212 欧文·白璧德著《卢梭与浪漫主义》，孙宜学译，石家庄：河北教育出版社，2003
年版，第 233 页。男人寻找女人来背黑锅这一传统，一直保存到了现在，未加完
全摒弃，这在现实生活和反映现实生活的文学作品中都看得出来。《老婆给我一
把刀》："难怪人家说，听了婆娘话，房子垮一坝。十年前，要不是老婆拦着，
要不是她给了我一把刀，我现在不说比王义鹏风光，至少也不会落得这般窝
囊。"详见：http://zgl_817.blog.tianya.cn。《红颜祸水？——西班牙球迷迁怒门将
女友》："卡沃内罗曾被评为世界最性感记者。球迷们坚持认为，是她削弱了西

卑的观念比西方传统文化中男尊女卑的观念更为浓烈，这使中国女性身上背着的黑锅比西方女性身上背着的黑锅更为沉重。在诸多淫乱事件中，潘金莲似乎是唯一的肇事者。丁梅斯代尔虽未同白兰长期站在邢台接受公众的嘲弄，但他一直受着良心的折磨，最后还当众承认了错误，这也算是某种程度上的责任分担。

虽然中西方传统文化的价值取向都是男尊女卑，但是其程度是不一样的，中国古代的宗法制、专制主义、礼教等在人类历史上都是最完备、最强大的，其影响也是最深刻、最持久的，所以中国传统文化中男尊女卑的色彩比英国更为浓厚。因此，较之白兰，潘金莲的形象更加糟糕，处境更加严酷，结局更加悲惨。

首先，潘金莲出身使女，地位低下，是主人婆的眼中钉、肉中刺，其生存空间非常狭小。主人婆把她送给没有钱财、没有地位的丑八怪武大郎做老婆，她内心着实是很委屈的，且同丈夫缺少共同语言，这样的生活是十分痛苦的。白兰在婚姻上也没有自主权，父亲违背她的意愿，把她嫁给了形象粗丑、枯燥乏味的齐灵渥斯。齐灵渥斯轻易把她打发到波士顿，在那儿把她一扔就是两三年，这样的婚姻生活虽不可谓不痛苦，但至少她还相对自由，不像潘金莲那样要天天接受丈夫的管束。

其次，潘金莲挑逗武松，通奸西门庆，毒杀武大郎，是个一无是处、彻头彻脑的坏女人。白兰虽也赖不住寂寞搞婚外恋，同丁梅斯代尔通奸并诞下私生女，是个坏女人，但她对丁梅斯代尔爱情专一、忠贞，也没有杀夫的念头、举动，且能够不断反思，心生悔意，至少算个好坏参半的女人。

最后，潘金莲恶贯满盈，死有余辜，过街老鼠，人人可杀，没有博取到丝毫的同情、谅解和尊重。她被武松羁押、审问、恐吓、逼供、詈骂、剖心、斩首，血流满地，心肝五脏和头颅成了告慰武大郎亡灵的祭品，收场极其惨烈。白兰受到的惩罚则轻柔得多："按法律她是应该判死刑的，但是，长官们心肠软，大发慈悲，只判决白兰太太在绞刑台上站三个小时；另外，在她的有生之年，必须在胸前佩戴一个耻辱的标记。"[213]她虽一出场就不得不"承受着巨大的压力"和"应付公众用行行色色的侮辱向她发泄愤懑，抵御投向

班牙门将的力量，使他没能拦住似乎很轻松的一球。"详见:《参考消息》，2010年6月18日，第6版。

213 霍桑著《红字》，姚乃强译，南京：译林出版社，1997年版，第54-55页。

她的匕首和毒箭"，但随着时间的推移，她逐渐赢得了人们的同情、谅解和尊重，那原本表示耻辱的红字 A 反倒成为了一个蕴涵正能量的象征。

二、潘金莲和白兰的扭曲爱情

婚姻是人类生存的基本问题，婚姻同爱情密切相联。《战国策·齐策三》有言，"睹貌而相悦者，人之情也"[214]，这就是男女爱情的基础了。爱情来源于人类社会两性关系长期的发展、进化，爱情是男女两性心灵碰撞的绚丽火花和性爱之升华，海曼·斯汤达尔（Heyman Steinthal，本名 Henri Beyle，亨利·培尔，1823-1899）称之为"文明的奇迹"[215]，武者小路实笃（Mushanokōj Saneatsu，1885-1976）称之为"人生的诗"[216]，基里尔·瓦西列夫（K. Василев）称之为"艺术家灵感的源泉"[217]。爱情在人类生活中占有重要的位置，这对于女性而言，则更是如此了。让-巴蒂斯特·波克兰（Jean-Baptiste Poquelin，笔名为 Molière，汉译"莫里哀"，1622-1673）说，女人的最大愿望是叫人爱她[218]。西蒙娜·德·波伏娃在《第二性》中说："爱情这个词对男女两性有着完全不同的含义，这是在他们之间引起最严重误解乃至分裂的原因之一。"[219]波伏娃认为，男人所恋爱的女人只是他有价值的东西之一，他希望他恋爱的女人整个地活在他生命里，但并不希望为她而浪费自己的生命；对于女人而言，情况正好相反；女人的恋爱就是完全抛弃其它一切，她在恋爱中忘记自身的存在乃是一个自然的规律，"爱情是女人的最高使命"[220]。乔治·戈登·拜伦（George Gordon Byron，1788-1824）说："男人的

---

214 王守谦、喻方葵、王风春、李烨译注《战国策全译》，贵阳：贵州人民出版社，1992 年版，第 283 页。
215 转引自：周芳芸《挣扎在畸形生存空间的女人》，《四川师范大学学报》（社会科学版），1997 年第 4 期，第 54 页。
216 转引自：周芳芸《挣扎在畸形生存空间的女人》，《四川师范大学学报》（社会科学版），1997 年第 4 期，第 54 页。
217 基·瓦西列夫著《情爱论》，赵永穆、范国恩、陈行慧译，北京：生活·读书·新知三联书社，1984 年版，第 402 页。
218 转引自：马藜《〈色戒〉的女性叙事意蕴》，《当代文坛》，2008 年第 4 期，第 129 页。
219 西蒙娜·德·波伏娃著《第二性》（全译本）II，陶铁柱译，北京：中国书籍出版社，1998 年版，第 725 页。
220 西蒙娜·德·波伏娃著《第二性》（全译本）II，陶铁柱译，北京：中国书籍出版社，1998 年版，第 757 页。

爱情是与男人的生命不同的东西，女人的爱情却是女人的整个生存。"[221]弗里德里希·威廉·尼采（Friedrich Wilhelm Nietzsche，1844-1900）在《快乐的科学》中说：

> 女人所了解的爱，显而易见的，即是灵与肉的完全奉献（并不只是付出而已），这种奉献不问动机，毫无保留，甚至一想到附带条件或约束的爱，都会感觉羞耻和恐惧。这种毫无条件的爱正是不折不扣的"忠诚"——男人是女人的一切，认为男人一旦爱上一个女人，就只想得到此一特定女人的爱，并认为站在男人的立场，要求完全的奉献并不足为奇——这的确不是一个真正的男人所该抱持的观念[222]。

然而，在现实生活之中，婚姻和爱情却又受到了社会、政治、经济、历史、文化、人性、伦理等诸多复杂因素之制约。先秦时期，中国整个社会的政治形式和伦理道德的约束没有后世那么严紧，整个民族在经济、政治和思想文化方面均表现出活泼、富有生命力和深刻的倾向，男女、夫妇关系中人为的清规戒律较少，感情、情感易于得到满足，爱情有更加坚实的现实基础。在《诗经》所收十五个诸侯国的民歌中，十一个诸侯国的民歌中皆有咏叹爱情的作品，只有魏、桧、曹和豳四个诸侯国的民歌里无爱情颂歌。在这些爱情颂歌中，幸福是直接的，周南之《桃夭》，召南之《鹊巢》、《草虫》、《野有死麕》，邶风之《简兮》、《静女》，鄘风之《桑中》、《木瓜》，王风之《君子阳阳》，郑风之《将仲子》、《女曰鸡鸣》、《有女同车》、《山有扶苏》、《风雨》、《出其东门》、《野有蔓草》，齐风之《著》、《东方之日》，唐风之《绸缪》，秦风之《终南》，陈风之《宛丘》、《东门之枌》，就是这样的例子。在战国以前的文学作品中，也很少有建立在彼岸世界的理想爱情。汉代以来，随着政治统治的日益强大和伦理道德约束的禁锢，男女之情受到太多限制，对婚姻、爱情和理想境界的歌颂逐渐扭曲。子女没有爱情的自主权，婚姻讲究父母之命、媒妁之言，《礼记·曲礼》："男女非有行媒，不相知名，非受币，不交不亲。"[223]《礼记·内则》："聘则为妻，奔则为妾。"[224]《诗经·齐风·南

---

221 转引自：西蒙娜·德·波伏娃著《第二性》（全译本）II，陶铁柱译，北京：中国书籍出版社，1998年版，第725页。

222 尼采著《快乐的科学》，余鸿荣译，北京：中国和平出版社，1986年版，第270-271页。

223 阮元校刻《十三经注疏》上册，北京：中华书局，1980年版，第1241页。

224 阮元校刻《十三经注疏》下册，北京：中华书局，1980年版，第1471页。

山》："取妻如之何，必告父母。"[225]《诗经·豳风·伐柯》：

> 伐柯如何？
>
> 匪斧不克。
>
> 取妻如何？
>
> 匪媒不得。
>
> 伐柯伐柯，
>
> 其则不远。
>
> 我觏之子，
>
> 笾豆有践[226]。

柯斧、执柯、作伐等意为做媒。《诗经·卫风·氓》："匪我延期，子无良媒。"[227]吴承恩著《西游记》第五十四回："因缘配合凭红叶，月老夫妻系赤绳。"[228]《孟子·滕文公下》：

> 丈夫生而愿为之有室，女子生而愿为之有家；父母之心，人皆
>
> 有之。不待父母之命、媒妁之言，钻穴隙相窥，逾墙相从，则父母
>
> 国人皆贱之[229]。

汤显祖《牡丹亭》第三十六出："待成亲少个官媒。结盏的要高堂人在。"[230]《红楼梦》第六十八回："这事原是爷做的太急了：国孝一层罪，家孝一层罪，背着父母私娶一层罪，停妻再娶一层罪。"[231]

其实，"父母之命、媒妁之言"下的婚姻就是父母包办婚姻，作子女尤其是作女儿的往往成为牺牲品。中国一些民间歌谣便真实地反映了父母包办婚姻下女儿的哀怨，《爹娘嫁我不商量》：

> 栀子开花把把长，
>
> 爹娘嫁我不商量。
>
> 活人丢在死人坑，

225 阮元校刻《十三经注疏》上册，北京：中华书局，1980 年版，第 352 页。

226 阮元校刻《十三经注疏》上册，北京：中华书局，1980 年版，第 399 页。

227 阮元校刻《十三经注疏》上册，北京：中华书局，1980 年版，第 324 页。

228 吴承恩著《西游记》（中），北京：人民文学出版社，1980 年版，第 695 页。

229 阮元校刻《十三经注疏》下册，北京：中华书局，1980 年版，第 2711 页。

230 汤显祖著，徐朔方、杨笑梅校注《牡丹亭》，北京：人民文学出版社，1963 年版，第 191 页。

231 曹雪芹、高鹗著《红楼梦》（第三册），北京：人民文学出版年社，1964 年版，第 891 页。

还说我的命不强[232]。

《男女身上一副枷》：

男女身上一副枷，

买卖婚姻由爹妈；

不管男女愿不愿，

只凭媒人嚼牙巴[233]。

湖北妇女苦歌：

路又远，水又深，

跳起脚来骂媒人，

媒人的肉水漂漂，

媒人的骨头当柴烧，

媒人的脑壳做粪瓢，

媒人的牙齿钉棺材，

媒人的舌头做令牌，

媒人的肠子做裤腰带[234]。

古代西方社会的情形也与此极为相似，恩格斯《家庭、私有制和国家的起源》：

在整个古代，婚姻的缔结都是由父母包办，当事人则安心顺从。

古代所仅有的那一点夫妇之爱，并不是主观的爱好，而是客观的义务；不是婚姻的基础，而是婚姻的附加物[235]。

罗素《婚姻革命》：

在整个文明世界，做女儿的，在许多国家做儿子的也是一样，没有父亲的允许是不能结婚的，他们应当娶谁嫁谁，通常是由父亲决定的[236]。

---

232 中国民间文艺研究会、中国社会科学院文学研究所各民族民间文学组编《中国歌谣选》第一集（近代歌谣），上海：上海文艺出版社，1978 年版，第 207 页。

233 中国民间文艺研究会、中国社会科学院文学研究所各民族民间文学组编《中国歌谣选》第一集（近代歌谣），上海：上海文艺出版社，1978 年版，第 206 页。

234 段宝林著《中国民间文学概要》（增订本），北京：北京大学出版社，2002 年版，第 157 页。

235 中共中央马克思恩格斯列宁斯大林著作编译局编《马克思恩格斯选集》第四卷，北京：人民出版社，1977 年版，第 72-73 页。

236 罗素著《婚姻革命》，靳建国译，北京：东方出版社，1988 年版，第 19 页。

在传统的中国和英国社会，对婚姻中的性爱都有不同程度的忽视，易中天和罗素分别都有论述。易中天《中国的男人和女人》："在传统婚姻中，总体上说，夫妻之间是礼多于情，义多于爱，生育重于性。夫妻之间，处于一种既不平等也不正常的关系之中。"[237]罗素《婚姻革命》："在我小的时候，有身份的女人普遍认为，性交对于绝大多数女人都不是一件快事，她们在婚姻中所以能忍受性交的痛苦，只是出于一种义务感。"[238]又，罗素《婚姻革命》：

> 传统教育把爱，甚至包括婚姻中的爱，和罪恶联在一起。这种犯罪的感觉常在男女双方的下意识中存在着，这种感觉不但在那些旧传统的继承者身上存在，就是在那些思想解放的人身上也是存在的[239]。

男尊女卑的倾斜文化把女性禁锢在家庭生活的牢笼中，使她们形成了婚姻即是一切的心态。希望弥高，失望弥大。在男权炽盛、礼教森严的社会，女性常常是有婚姻而无爱情的。在她们的婚姻生活中，往往缺少卿卿我我、绵绵缱绻的柔情，缺少铭心刻骨、摄人心魄的炽情，缺少望眼欲穿的急切企盼和魂牵梦萦的依恋。潘金莲是婚姻爱情的牺牲品。从外表看，她年方二十余岁，生得妖娆漂亮，《水浒传》第二十四回：

> 眉似初春柳叶，常含着雨恨云愁；脸如三月桃花，暗藏着风情月意。纤腰袅娜，拘束的燕懒莺慵；檀口轻盈，勾引得蜂狂蝶乱。
> 玉貌妖娆花解语，芳容窈窕玉生香[240]。

但她的丈夫武大却"身不满五尺，面目生得狰狞，头脑可笑，清河县人见他生得短矮，起他一个诨名，叫做'三寸丁谷树皮'"[241]。对于丈夫粗丑的外表，她是不满意甚至反感的："你看我那'三寸丁谷树皮'，三分象人，七分象鬼，我直恁地晦气！"[242]从性格看，她"平生快性"[243]，但她的丈夫

237 易中天著《中国的男人和女人》，上海：上海文艺出版社，2006年版，第128页。

238 罗素著《婚姻革命》，靳建国译，北京：东方出版社，1988年版，第57页。

239 罗素著《婚姻革命》，靳建国译，北京：东方出版社，1988年版，第84页。

240 施耐庵、罗贯中著《水浒传》（上），北京：人民文学出版社，1975年版，第308页。

241 施耐庵、罗贯中著《水浒传》（上），北京：人民文学出版社，1975年版，第306-307页。

242 施耐庵、罗贯中著《水浒传》（上），北京：人民文学出版社，1975年版，第308页。

243 施耐庵、罗贯中著《水浒传》（上），北京：人民文学出版社，1975年版，第309页。

"人物猥獕，不会风流"，"为人懦弱"[244]，"懦弱依本分"[245]，"三答不回头，四答和身转"[246]。对于丈夫性格上的弱点，潘金莲也是不满的，这在她同武松的交谈中已说得很清楚，《水浒传》第二十四回：

> 那妇人道："一言难尽！自从嫁得你哥哥，吃他忒善了，被人欺负，清河县里住不得，搬来这里。若得叔叔这般雄壮，谁敢道个不字。"武松道："家兄从来本分，不似武二撒泼。"那妇人道："怎地这般颠倒说！常言道：人无刚骨，安身不牢。奴家平生快性，看不得这般三答不回头，四答和身转的人。"[247]

对于潘金莲来说，这桩婚姻是不合理的，毫无幸福可言。白兰也是爱情的祭品。从外表看，她是个年轻漂亮的姑娘，《红字》二：

> 身材颀长，体态优美绝伦。她的秀发乌黑浓密，在阳光下光彩夺目。她的面庞皮肤滋润，五官端庄，在清秀的眉宇间还有一双深邃的黑眼睛，使之极为楚楚动人。她有一种高贵女子的气质，具有那个时代女性优雅的举止仪态：某种特有的稳重端庄，而没有今日认为是高贵女子标志的那种纤弱、轻柔和难以言喻的优雅[248]。

她的丈夫齐灵渥斯的外表同她形成了强烈的反差："这个白人身材矮小，满脸皱纹，不过还不能称为老人。"[249]"那是一个年老体弱者的面孔，苍白瘦削，一副学究的样子，他的那双眼睛，暗然无光，长期在昏暗的灯光下批阅浩繁的古籍使之老眼昏花。""他有一点畸形，左肩稍稍高于右肩。"[250]她是个"热情奔放"的女人，她丈夫则是"一个博览群书的蛀书虫，一个把自己最好的年华都用来满足如饥似渴的求知欲望的老朽学究"[251]。她不爱他，而他也是不爱她的。他对她说："象你那样的青春美貌于我又有什

---

244 施耐庵、罗贯中著《水浒传》（上），北京：人民文学出版社，1975 年版，第 317 页。

245 施耐庵、罗贯中著《水浒传》（上），北京：人民文学出版社，1975 年版，第 307 页。

246 施耐庵、罗贯中著《水浒传》（上），北京：人民文学出版社，1975 年版，第 309 页。

247 施耐庵、罗贯中著《水浒传》（上），北京：人民文学出版社，1975 年版，第 309 页。

248 霍桑著《红字》，姚乃强译，南京：译林出版社，1997 年版，第 46 页。

249 霍桑著《红字》，姚乃强译，南京：译林出版社，1997 年版，第 52 页。

250 霍桑著《红字》，姚乃强译，南京：译林出版社，1997 年版，第 50 页。

251 霍桑著《红字》，姚乃强译，南京：译林出版社，1997 年版，第 64 页。

么用处呢？"[252]"我从来未对你有过爱，也没有假装爱过你。"[253]"我断送了你含苞欲放的青春，让你跟我这个老朽别别扭扭地结合在一起。"[254]这种婚姻生活，"像长在残垣断壁上的青苔靠腐质废料养育自己"。

潘金莲和白兰的共同之处是只有婚姻而没有爱情，她们的生活是死水一潭，永无生命激情之张扬。这样的婚姻也是不合乎道德的，恩格斯《家庭、私有制和国家的起源》："如果说只有以爱情为基础的婚姻才是合乎道德的，那末也只有继续保持爱情的婚姻才合乎道德。"[255]

同样置身于只有婚姻没有爱情的尴尬处境之中，潘金莲和白兰还略有不同。这主要是从其丈夫武大和齐灵渥斯的角度来看的。武大没有丰富的学识，除卖炊饼外别无长技，本分有余而聪慧不足，没有爱的意识，对婚姻没有反省精神，自己误了潘金莲却没有对她产生过内疚之情。他身上带有典型的封建社会农业文明时期的某些特征。齐灵渥斯知识渊博，医术高明，头脑聪明，阴险狡猾，对婚姻有冷静的思考，虽误了白兰但对她产生过歉意。他身上具有资本主义工业文明时期的某些特性。具有反省精神是人类有别于动物的重要标志之一。《论语·学而》："吾日三省吾身：为人谋而不忠乎？与朋友交而不信乎？传不习乎？"[256]《论语·里仁》："见贤思齐焉，见不贤而内自省也。"[257]《论语·卫灵公》："躬自厚而薄责于人，则远怨矣。"[258]《诗经·卫风·氓》："静言思之，躬自悼矣。"[259]《诗经·邶风·柏舟》："静言思之，不能奋飞。"[260]《格言联璧》：

> 存养宜冲粹，近春温。
>
> 省察宜谨严，近秋肃[261]。

米歇尔·埃康·德·蒙田（Michel Eyquem de Montaigne，1533-1592）写

---

252 霍桑著《红字》，姚乃强译，南京：译林出版社，1997 年版，第 64 页。

253 霍桑著《红字》，姚乃强译，南京：译林出版社，1997 年版，第 64 页。

254 霍桑著《红字》，姚乃强译，南京：译林出版社，1997 年版，第 64 页。

255 中共中央马克思恩格斯列宁斯大林著作编译局编《马克思恩格斯选集》第四卷，北京：人民出版社，1977 年版，第 78-79 页。

256 阮元校刻《十三经注疏》下册，北京：中华书局，1980 年版，第 2457 页。

257 阮元校刻《十三经注疏》下册，北京：中华书局，1980 年版，第 2471 页。

258 阮元校刻《十三经注疏》下册，北京：中华书局，1980 年版，第 2517 页。

259 阮元校刻《十三经注疏》上册，北京：中华书局，1980 年版，第 325 页。

260 阮元校刻《十三经注疏》上册，北京：中华书局，1980 年版，第 297 页。

261 金缨、张琪校注《格言联璧》，兰陵堂存版，武汉：湖北人民出版社，1994 年版，第 20 页。

道："世界上最重要的事情就是认识自我。"[262]苏格拉底（Socrates，前469-前399）在《申辩篇》中说："一种未经审视的生活还不如没有的好。"[263]恩斯特·卡西尔（Ernst Cassirer，1874-1945）《人论》（*An Essay on Man*）：

> 人被宣称为应当是不断探究他自身的存在物——一个在他生存的每时每刻都必须查问和审视他的生存状态的存在物。人类生活的真正价值，恰恰就在于这种审视中，存在于这种对人类生活的批判态度中[264]。

从丈夫对婚姻有无反省精神和对妻子有无内疚感的意义上看，潘金莲不及白兰幸运。但是，潘金莲和白兰的爱情生活都是不幸的，她们的心灵世界冷漠、孤独、焦虑、痛苦，情感世界一片荒芜，其生存状态是不可取的。

恩格斯认为，每一个人都追求幸福，向外部世界和自身的存在追求幸福，这是人类在历史发展过程中凝聚和积淀起来的一种意识和感情。爱情的幸福是主要的幸福之一，也是每一个人都追求的。《诗经·国风·关雎》："窈窕淑女，君子好逑。"[265]"窈窕"指的是外表，"淑"指的是内在，美丽的外表与贤淑的内在是幸福爱情的保证，这是男性所向往与追求的。叔本华《性爱的形上学》："为了爱情，有时候，连牺牲生命、健康或地位、财富也在所不惜。"[266]对婚姻爱情幸福的追求首先表现在对性幸福的追求上，罗素《婚姻革命》："如果性交不能实现，婚姻则是无价值的，……"[267]对性幸福之追求是由对性幸福之需求所决定了的。人对性之需求同人对食之需求一样，纯属天然之事，与财富之多寡、地位之高低、相貌之美丑没有必然的联系。富者如陶朱猗顿，穷者若乞丐叫花，贵者如帝王将相，贱者若贩夫走卒，美者如貂禅玉环，丑者若东施孟光，人之林林总总、形形色色，凡身体、心理健康者，莫不以食色为基本需求。这从古今中外浩若烟海之论述中可以找到佐

---

262 转引自：恩斯特·卡西尔著《人论》，甘阳译，上海：上海译文出版社，2004年版，第4页。

263 柏拉图《申辩篇》37E（乔威特英译本），转引自：恩斯特·卡西尔著《人论》，甘阳译，上海：上海译文出版社，2004年版，第9页。

264 恩斯特·卡西尔著《人论》，甘阳译，上海：上海译文出版社，2004年版，第9页。

265 阮元校刻《十三经注疏》上册，北京：中华书局，1980年版，第273页。

266 叔本华著《叔本华论文集》，陈晓南译，天津：百花文艺出版社，1987年版，第126页。

267 罗素著《婚姻革命》，靳建国译，北京：东方出版社，1988年版，第111页。

证，《论语·卫灵公》："已矣乎，吾未见好德如好色者也。"[268]《孟子·告子上》："食色，性也。"[269]《礼记·礼运》："饮食男女，人之大欲存焉。"[270]鲁迅《坟·我们现在怎样做父亲》：

> 所以食欲是保存自己，保存现在生命的事；性欲是保存后裔，
> 保存永久生命的事。饮食并非罪恶，并非不净；行交也就并非罪恶，
> 并非不净[271]。

易中天《中国的男人和女人》：

> 性，是男女之间最自然的关系。
> 所谓"最自然的关系"，也就是最天然、最当然、最不勉强、
> 最合乎天性因此自然而然就会发生的一种关系[272]。

马克思《1844 年经济学哲学手稿》：

> 人作为对象性的、感性的存在物，是一个受动的存在物；因为
> 它感到自己是受动的，所以它是一个有激情的存在物。激情、热情
> 是人强烈追求自己的对象的本质力量[273]。

奥古斯特·倍倍尔（August Bebel，1840-1913）《妇女和社会主义》："在人的所有自然需要中，继饮食的需要之后，最强烈的就是性的需要了。"[274]黑格尔也有类似的论述。叔本华《性爱的形上学》：

> 恋爱的主要目的，不是爱的交流，而是占有——肉体的享乐。
> 所以，纵是确有纯洁的爱，但若缺乏肉欲的享乐，前者也无法予以
> 弥补或给予慰藉[275]。

美国人本主义心理学家亚伯拉罕·马斯洛（Abraham Maslow，1908-1970）提出了需要层次理论（hierarchy of needs），把人的需要分成了生理需要

---

268 阮元校刻《十三经注疏》下册，北京：中华书局，1980 年版，第 2517 页。

269 阮元校刻《十三经注疏》下册，北京：中华书局，1980 年版，第 2748 页。

270 阮元校刻《十三经注疏》下册，北京：中华书局，1980 年版，第 1422 页。

271 《鲁迅全集》第一卷，北京：人民文学出版社，1981 年版，第 131 页。

272 易中天著《中国的男人和女人》，上海：上海文艺出版社，2006 年版，第 71 页。

273 马克思著《1844 年经济学哲学手稿》，中共中央马克思恩格斯列宁斯大林著作编译局译，北京：人民出版社，2000 年版，第 107 页。

274 转引自：基·瓦西列夫著《情爱论》，赵永穆、范国恩、陈行慧译，北京：生活·读书·新知三联书店，1984 年版，第 18 页。

275 叔本华著《叔本华论文集》，陈晓南译，天津：百花文艺出版社，1987 年版，第 128 页。

（physiological needs）、安全需要（safety needs）、爱的需要（love needs）、尊重需要（esteem needs）与自我实现需要（self-actualisation）五层，由低到高，呈金字塔状分布。在这五类需要中，只有低一级的需要满足了，才能进入到高一级需要的满足。生理需要是最粗浅的需要，但它又是需要第一满足的需要，对性的需要即是一种生理需要。意大利乔凡尼·薄伽丘（Giovanni Boccaccio，1313-1375）在《十日谈》（*Decameron*,1348-1358）中讲了一个故事，丈夫彼得罗·德·温乔洛有贪恋男色之恶癖，妻子因此过着守活寡的生活，情欲不得满足。于是，她主动出击，在外偷汉子以为补充。不料，有一次少妇在偷汉子遭丈夫现场抓住，她情急之中反过来指责丈夫：

> 你虽然给我好吃好穿，可是你知道我还有别的需要，却不和我睡觉。我宁肯光着脚板，穿得破烂，在床上得到应有的快活，而不要好吃好穿，让你像现在这样对待我[276]。

从社会伦理道德的角度看，这少妇是一个活脱脱的淫妇，她的辩解不合规范，有些不堪入耳，这自然让人难于一下子接受。不过，从自然人道的角度看，这少妇又是一个正常的人，她的辩解乃发乎肺腑、合乎人情，这是可以理解、值得同情的。在英国，经1171年坎特伯雷审判，圣奥古斯丁的一个当选而未就任的男修道院院长仅在一个村子里就有17个私生子；经1130年证实，西班牙圣彼拉奥的一个男修道院院长至少有70个姘妇；列日的主教亨利三世有65个私生子，结果遭到免职[277]。以上三公在性生活方面之如此放纵，从人的社会属性看，当然是应予以坚决否定的；但若从人的自然属性看，或许也是可以理解的。张爱玲在《余烬录》中略带失望而又心平气和地写道：

> 去掉一切的浮文，剩下的仿佛只有"饮食男女"这两项。人类的文明努力要跳出单纯的兽性圈子，几千年来的努力竟是枉费精神么？事实如此[278]。

现代心理学的研究成果表明，自然性是人本能的和动物性的一面，是生命力和创造力的源泉，性权利是人的完整人性和完整人格的有机组成部分。性意识是一种自我意识，是人格发展必经阶段上之正常表现。性意识一定程

---

276 薄伽丘著《十日谈》，王永年译，北京：人民文学出版社，1994年版，第390页。

277 罗素著《婚姻革命》，靳建国译，北京：东方出版社，1988年版，第45页。

278 张爱玲《余烬录》，长春：吉林人民出版社，2003年版，第15页。

度的满足，至少成长环境的相对宽松和谐是人格发展的一个必要前提。

但是，中西方传统文化对人的这种正常性需求均予以排挤甚至无情抹杀。《论语·学而》："子夏曰：'贤贤易色；事父母能竭其力；事君能致其身；与朋友交，言而有信。虽曰未学，吾必谓之学矣。'"[279]在中国封建社会，男女间正常的恋爱常被斥为淫，曰"万恶淫为首"[280]。婚姻的出发点是家庭的社会功能，人的自然欲求遭到忽视，《礼记·昏义》："昏礼者，将合二姓之好，上以事宗庙，而下以继后世也。"[281]《礼记·哀公问》："合二姓之好，以继先圣之后，以为天地宗庙社稷之主。""天地不合，万物不生。大昏，万世之嗣也。"[282]《白虎通·嫁娶》："人承天地施阴阳，故设嫁娶之礼者，重人伦，广继嗣也。"[283]婚姻的本质不是性爱，性爱被排斥到了无足轻重甚至邪恶的地位，于是产生了许多清规戒律。在中国古代，在性的问题上，有时候对男女两性所使用的是双重标准，男的好色叫风流，是褒；女的贪色叫淫荡，是贬。对于同样是年龄相差较大的老夫少妻和老妻少夫，也具有双重标准，《周易·大过》九二："枯杨生稊，老夫得其女妻，无不利。象曰：老夫女妻，过以相与也。"[284]《周易·大过》九五："枯杨生华，老妇得其士夫，无咎无誉。象曰：枯杨生华，何可久也。老妇士夫，亦可丑也。"[285]

《周易》中的大过卦为"䷛"，初爻、六爻为阴爻，二爻、三爻、四爻为阳爻，这让人想起了姤卦中一阴五阳的奇特卦象。郭沫若认为，八卦中的阳爻"－"是男性的阳物，而阴爻"--"则是女性的外阴。据此，姤卦卦象"䷫"表示一女遇五男，足见此女性欲之强，性欲强则难免淫荡。大过卦中是二阴四阳，其卦象表示二女遇四男，平均而言，一女能敌二男，仅略逊于姤卦卦象中敌五男之女。如此之女，何丑之无？故"老妇士夫，亦可丑也"。

基督教亦对人的性需求加以贬斥，予以诅咒，赐以恶名，宣扬性对神灵是一种玷污，性欲是魔鬼对人类的肉体诱惑，它不仅污染人类的灵魂，遭踏

---

279 阮元校刻《十三经注疏》下册，北京：中华书局，1980 年版，第 2458 页。
280 辛立著《男女·夫妻·家国》，北京：国际文化出版公司，1989 年版，第 177 页。
281 阮元校刻《十三经注疏》下册，北京：中华书局，1980 年版，第 1611 页。
282 阮元校刻《十三经注疏》下册，北京：中华书局，1980 年版，第 1680 页。
283 陈立撰、吴则虞点校《白虎通疏证》（下），北京：中华书局，1994 年版，第 451 页。
284 阮元校刻《十三经注疏》上册，北京：中华书局，1980 年版，第 41 页。
285 阮元校刻《十三经注疏》上册，北京：中华书局，1980 年版，第 42 页。

人类的精神，而且会带来无穷的后患。《圣经·新约全书·加拉太书》
（"Galatians"，*The Books of the New Testament, The Holy Bible*）认为，性需
求同圣灵势如水火："情欲和圣灵相争，圣灵和情欲相争，这两个是彼此相
敌，使你们不能做所愿意做的。"[286]圣保罗（Saint Paul）认为，性爱是一件
阻碍得救的勾当，若不是生儿育女，就连婚姻中的性爱也是罪恶的。爱德华·
韦斯特马克（Edvard Alexander Westermarck，1862-1939）《人类婚姻史》（*The
History of Human Marriage*）："有一种新奇的说法，即在婚姻以及一切性关
系中，都存有不洁和罪恶的东西。"[287]罗素《婚姻革命》：

> 人们普遍认为性和罪是有联系的，这种联系虽然不是古代基督
> 教徒的发明，但确实为他们所充分利用，而且现已成为我们大多数
> 人自动的道德判断力的一部分[288]。

黑格尔一方面纵声歌唱爱情，认为爱情是温柔的灵魂美；但另一方面他
却又把灵与肉割裂开来，他在《浪漫型艺术·骑士风·爱情》中认为，情欲是
"恶劣的粗鄙的野蛮的因素"[289]。在中国封建社会和西方清教统治下的社
会，女性的婚姻常常是不幸的，女性对性的需求往往被剥夺，使她们长期在
性肌渴和性苦闷中煎熬和挣扎。在同武大的畸形婚姻中，潘金莲对夫妻生活
是不满的。"云雨"在汉语里系一隐语，是"性交"之委婉表达法。《水浒
传》言潘金莲"常含着雨恨云愁"，表明她的性生活是不和谐与不满足的，
而这种由性而引发的"恨"与"愁"已无可掩饰地流露到了她的眉目之间。
性是爱的基础，爱是性的升华。没有爱情，就没有性的和谐与满足。《红字》
虽未直接写到白兰的夫妻性生活，但在她同齐灵渥斯毫无爱情的婚姻中，其
性生活必然是一片苍白。叔本华《意志和表象的世界》第三卷第三八节："一
切意愿都产生自需要，因而是产生自缺乏，因而是产生自痛苦。"[290]罗素
《婚姻革命》："爱强烈要求在人生中占有公认的地位。但是，爱是一种无政
府的力量，如果放任自流，它是不会安于法律和风俗所规定的范围的。"[291]

---

286 《圣经》（新标准修订版、新标准和合版），中国基督教协会，第 311 页。
287 转引自：罗素著《婚姻革命》，靳建国译，北京：东方出版社，1988 年版，第 25
页。
288 罗素著《婚姻革命》，靳建国译，北京：东方出版社，1988 年版，第 112 页。
289 黑格尔著《美学》第二卷，朱光潜译，北京：商务印书馆，1979 年版，第 331 页。
290 转引自：朱光潜著《悲剧心理学》，合肥：安徽教育出版社，1996 年版，第 183
页。
291 罗素著《婚姻革命》，靳建国译，北京：东方出版社，1988 年版，第 86-87 页。

性的匮乏和需求，推动了潘金莲和白兰在婚外去寻求性的刺激和满足，于是有了她们分别同西门庆和丁梅斯代尔间的通奸事件。她们这一非同寻常的举动，无疑已冲破了传统的道德规范和伦理禁条，是对传统的反动。叔本华《爱与生的苦恼》："性欲和其他欲望的性质截然不同；就动机而言，它是最强烈的欲望，就表达的情形而言，它的力量最强猛。"[292]性欲是生命冲动之本身，它所激发的压抑能量也是最大的，心理扭曲程度和压抑力量成正比。有爱无性是畸形的，有性无爱亦是畸形的。中国封建社会对女性的种种压抑和禁忌在整个人类文明史中大概是十分严重的。在这种种压抑和禁忌之下，中国女性作为人的多种需求和情感欲望、正常的性意识受到深度压抑，造成人格固定：人格始终停滞在自然性的满足之上，无法上升到社会性，即人进化过程中在共同生活的基础上形成的维护群体和社会存在的一种特征，导致心理危机、人格丧失和行为变态，导致美好人性走向彻底毁灭。潘金莲因夫妻性生活的不和谐与不满足，转而"为头的爱偷汉子"，"若遇风流清子弟，等闲云雨便偷期"。嫂叔相见后，见武松"生的这般长大"[293]，她连人伦也不要了，立即想入非非，并伺机对他百般挑逗勾引。同西门庆邂逅后，"见了这表人物，心中倒有五七分意了"[294]，随后两人一拍即合，勾搭成奸。武大同郓哥去捉奸时，她指使西门庆打伤丈夫。武大带伤卧床后，她根本不管他的死活，每日与西门庆寻欢作乐。为了达到长期通奸的目的，她串通王婆和西门庆联手投毒，残忍地杀害了武大。武大死后，她更加肆无忌惮，"每日却自和西门庆在楼上任意取乐。却不比先前在王婆房里，只是偷鸡盗狗之欢，如今家中又没人碍眼，任意停眠整宿"[295]。武松回来为兄报仇，她惧怕他的淫威，将自己与西门庆间的奸情和盘托出。如果说她当初和西门庆"恩情似漆，心意如胶"[296]，两人还有一点感情的话，这点可怜的感情到此已烟销云

292 转引自：周芳芸《挣扎在畸形生存空间的女人》，《四川师范大学学报》（社会科学版），1997年第4期，第57页。

293 施耐庵、罗贯中著《水浒传》（上），北京：人民文学出版社，1975年版，第308页。

294 施耐庵、罗贯中著《水浒传》（上），北京：人民文学出版社，1975年版，第331页。

295 施耐庵、罗贯中著《水浒传》（上），北京：人民文学出版社，1975年版，第350页。

296 施耐庵、罗贯中著《水浒传》（上），北京：人民文学出版社，1975年版，第334页。

散、荡然无存了。瓦西列夫《情爱论》：

> 爱情的根源在本能，在性欲，这种本能的欲望不仅把男女的肉体，而且把男女的心理推向一个特殊的、亲昵的、深刻的相互结合。但是爱情又不仅仅是一种本能，不仅仅是柏拉图式的神奇剧、淫欲、直观和精神的涅槃。爱情是把人的自然本质和社会本质联结一起，它是生物关系和社会关系、生理因素和心理因素的综合体，是物质和意识多面的、深刻的、有生命力的辩证体[297]。

性欲有自然欲、情感欲和理智欲之分，其中自然欲属动物生理本能的欲望，是最低级的。为了追求爱情的幸福，潘金莲以性的满足为突破口向传统发起了猛烈的冲击，但这种追求自始至终仅停留在了满足自然欲望的初浅层面之上而未对之超拔与提升。她得到了短暂的性满足，但未能赢得永恒的爱情。她以反叛传统出发，却以人格的彻底毁灭而告终，这不能不是一个悲剧。这既是她个人的悲剧，也是中国封建社会许多女性的共同悲剧。

基督教文化对女性要宽容得多。从再婚看，中国封建社会，女性再婚的自由被剥夺得一干二净，班昭《女诫·专心》："夫有再娶之义，妇无二适之文，故曰夫者天也。"[298]寡妇的生活是非常艰难的，安徽妇女苦歌中便有描写：

> 年青寡妇命里苦，
>
> 无儿无女是绝户，
>
> 红事没有她的份，
>
> 白事不让她到屋[299]。

鲁迅在《祝福》中也描写了寡妇受人歧视的生活：

> 卫老婆子叫她祥林嫂，说是自己母家的邻舍，死了当家人，所以出来做工了。四叔皱了皱眉，四婶已经知道了他的意思，是在讨厌她是一个寡妇[300]。

---

297 基·瓦西列夫著《情爱论》，赵永穆、范国恩、陈行慧译，北京：生活·读书·新知三联书社，1984 年版，第 42 页。

298 《列女传·曹世叔妻》，范晔撰，李贤等注《后汉书》第十册，北京：中华书局，1965 年版，第 2790 页。

299 段宝林著《中国民间文学概要》（增订本），北京：北京大学出版社，2002 年版，第 156 页。

300 《鲁迅全集》第二卷，北京：人民文学出版社，1981 年版，第 10 页。

　　丧夫而不能再婚的妇女之生活也往往十分艰苦乃至凄凉，民歌《寡妇嫁人犯律条》（爬山调）：

　　　　头带孝来身披麻，

　　　　死了男人我守寡。

　　　　有心再把个人来找，

　　　　寡妇嫁人犯律条。

　　　　婆婆拦住我不让嫁，

　　　　公公在官方又领回了话。

　　　　寡妇门前是非多，

　　　　人人不敢从我门上过。

　　　　恶狼进圈不怕狗，

　　　　尘世上谁让过寡妇走。

　　　　不提起守寡心不惊，

　　　　提起守寡我跳疯了心。

　　　　庄户人常年纳不完税，

　　　　寡妇我眼里流不出泪。

　　　　守寡守的我成了鬼，

　　　　站在人前张不开嘴。

　　　　上刀山来下油锅，

　　　　比起守寡强的多[301]。

　　在这首民歌中，主人公对自己"死了男人"而婆家和官方均不准其再嫁的悲惨之寡居生活进行了控诉，可谓字字滴血、声声流泪。

　　根据基督教教义，妇女也是没有再婚权的。《圣经·新约全书·哥林多前书》："对至于那已经嫁娶的，我吩咐他们；其实不是我吩咐，乃是主吩咐说：妻子不可离开丈夫，若是离开了，不可再嫁，或是仍同丈夫和好。"[302]罗素《婚姻革命》：

　　　　在文明的这个阶段中，男人休妻通常是很容易的，虽然他必须

---

301 中国民间文艺研究会、中国社会科学院文学研究所各民族民间文学组编《中国歌谣选》第一集（近代歌谣），上海：上海文艺出版社，1978 年版，第 222-224 页。

302 《圣经》（新标准修订版、新标准和合版），中国基督教协会，第 276 页。

偿还她的嫁妆。然而，总的说来，妻子休掉丈夫是不可能的[303]。

尽管如此，从《圣经》来看，西方女性则或多或少有了一些自由，《新约全书·罗马书》（"Romans"，*The Books of the New Testament*）：

> 就如女人有了丈夫，丈夫还活着，就被律法约束；丈夫若死了，就脱离了丈夫的律法。所以丈夫活着，她若归于别人，便叫淫妇；丈夫若死了，她就脱离了丈夫的律法，虽然归于别人，也不是淫妇[304]。

《新约全书·哥林多前书》："丈夫活着的时候，妻子是被约束的；丈夫若死了，妻子就可以自由，随意再嫁，只是要嫁这在主里面的人。"[305]

从夫妇关系看，中国封建社会只强调妻子对丈夫绝对顺从、不可离异，至于丈夫对妻子应尽的义务则避而不谈。基督教在告诫女性要顺从、不可离异之同时，又训示丈夫要对妻子尽一定的义务，《圣经·新约全书·以弗所书》："你们作丈夫的，要爱你们的妻子，正如基督爱教会，为教会舍己。""丈夫也当照样爱妻子，如同爱自己的身子；爱妻子便是爱自己了。"[306]《新约全书·哥林多前书》："丈夫也不可离弃妻子。"[307]

同样是婚外性关系，白兰比潘金莲专一，她并未见一个风流子弟便与他发生性关系，相反，她只同丁梅斯代尔保持了这种关系。她已超越了初浅的性爱而达到了爱情的境界。奸情败露后，不管清教势力怎样逼迫她，她自始至终都未供出同伙丁梅斯代尔的名字，独自一人把一切罪责全揽了下来。除此之外，虽然丁梅斯代尔长期没有公开自己就是白兰情夫的身份，但是他对待白兰却没有像躲瘟神那样唯恐避之不及，而是留了下来，一直在关注、关心、关爱、关照着白兰，《红字》三：

> "海丝特·白兰，"老牧师说道，"我曾经跟我这位年轻的兄弟争论过——你是一直有幸在他那儿听布道的。"这时，威尔逊先生把他的一只手放到坐在他身旁的一个脸色苍白的年轻人的肩膀上。"我说，我竭尽全力说服这位虔诚的年轻人，要他面对苍天，在这些英明正直的长官面前，在全体人民的旁听之下，来处理你的

303 罗素著《婚姻革命》，靳建国译，北京：东方出版社，1988年版，第89页。
304 《圣经》（新标准修订版、新标准和合版），中国基督教协会，第254页。
305 《圣经》（新标准修订版、新标准和合版），中国基督教协会，第278页。
306 《圣经》（新标准修订版、新标准和合版），中国基督教协会，第318页。
307 《圣经》（新标准修订版、新标准和合版），中国基督教协会，第276页。

问题，触及你卑劣和见不得人的罪孽。因为他比我更了解你的天性，他知道应该采用何种论据——是刚是柔——来战胜你的顽固不化，从而要你不再隐瞒那个诱使你堕落者的名字。但是，他不同意我的意见（尽管他年少老到，但仍有着年轻人的通病，即过于温存），认为在光天化日之下，大庭广众之前，强迫一个女人供出内心的隐私是蹂躏妇女的天性。"[308]

丁梅斯代尔坚持留下来，在情感上跟白兰一起接受惩罚，这也是白兰的幸运，《红字》五：

在那块土地上住着一个人，在那条小路上踩着他的足迹。虽然世人并不认可，但她自认与此人已结为一体，终有一天要把他们带到末日审判的法庭前，就以那法庭变为他们举行婚礼的圣坛，立誓共同承担未来永无止期的报应[309]。

同样是婚外情夫，西门庆和丁梅斯代尔的形象反差极大。西门庆是个十足的混账东西，《水浒传》第二十四回：

再说那人姓甚名谁？那里居住？原来只是阳谷县一个破落户财主，就县前开着个生药铺；从小也是个奸诈的人，使得些好拳棒；近来暴发迹，专在县里管些公事，与人放刁把滥，说事过钱，排陷官吏，因此满县人都饶让他些个。那人复姓西门，单讳一个庆字，排行第一，人都唤他做西门大郎，近来发迹有钱，人都称他做西门大官人[310]。

从这个描述来看，西门庆几乎一无是处，完全就是一个坏蛋。丁梅斯代尔却大体是个好家伙儿，《红字》三：

他是一位青年牧师，曾就读于英国的一所名牌大学，给我们这块荒蛮的林地带来了当代的全部学识。他那雄辩的口才和宗教的热情早已预示了他将蜚声教坛。他的外貌也是一表人才：额头白皙、高耸而严峻，眼睛呈褐色，大而略显忧郁，嘴唇在不用力紧闭时微微颤动，表明他既具有神经质的敏感，又有巨大的自制力。虽然这

---

308 霍桑著《红字》，姚乃强译，南京：译林出版社，1997 年版，第 57 页。
309 霍桑著《红字》，姚乃强译，南京：译林出版社，1997 年版，第 70 页。
310 施耐庵、罗贯中著《水浒传》（上），北京：人民文学出版社，1975 年版，第 319-320 页。

位年轻的牧师有极高的天赋和学术造诣，他总是显出一幅忧心忡忡、诚惶诚恐的神色，好像自感到在人生的道路上偏离了方向，惘然不知所从，唯有一人独处时才觉得安然自如。因此，公余，他总是孑然一身在枝叶扶疏的幽静上散步，借此保持他自己的纯真和稚气；需要他讲话时，他精神清新盎然，思想如朝露般晶莹透彻，所以许多人说，他的话如同天使的声音一样感人肺腑[311]。

从这个描述来看，无论是教育背景、学识、能力还是外表，丁梅斯代尔都是十分优秀的，尽管他有通奸的污点，但是基本上也算得是一个好人。

《周易·系辞上》："方以类聚，物以群分。"[312]孙星衍："方，道也。谓阳道施生，万物各聚其所也。"[313]南怀瑾、徐芹庭："方犹道也。君子以仁义为道，故以类相聚，小人各以赌、盗、淫、酒、恶毒为道，皆各以其同道为类而相聚。"[314]《战国策·齐策三》："夫鸟同翼者而聚居，兽同足者而俱行。"[315]英语谚语："人以群分。"[316]"臭味相投。"[317]"臭味相投者相聚。"[318]弗吉尼亚·伍尔夫说，女人是男人的镜子（looking glass），意思是从女人身上可以看到男人的形象。伍尔夫这句话反过来也讲得通，男人是女人的镜子，从男人身上可以看到女人的形象。既然西门庆一无是处，那么和他搞在一起的潘金莲就是坏玩意了；同样，既然丁梅斯代尔十分优秀，那么和他混在一堆的白兰就是好东西了。

中西方不同的传统文化决定了，施耐庵、罗贯中笔下的潘金莲是个彻底的坏女人，霍桑笔下的白兰是个好坏兼而有之的女人，所以潘金莲和白兰的命运也就完全不一样了。潘金莲惨遭杀戮，而白兰以自己勤劳、善良、乐于

---

311 霍桑著《红字》，姚乃强译，南京：译林出版社，1997 年版，第 57-58 页。

312 阮元校刻《十三经注疏》上册，北京：中华书局，1980 年版，第 76 页。

313 孙星衍著《周易集解》下册，成都：成都古籍书店，1988 年版，第 535 页。

314 南怀瑾、徐芹庭译注《白话易经》，长沙：岳麓书社，1988 年版，第 355 页。

315 王守谦、喻方葵、王凤春、李烨译注《战国策全译》，贵阳：贵州人民出版社，1992 年版，第 290 页。

316 原文为："Like attracts like."详见：李永芳主编《英汉双解英语谚语辞典》（第二版），上海：上海外语教育出版社，2009 年版，第 345 页。

317 原文为："Like lips, like lettuce."详见：李永芳主编《英汉双解英语谚语辞典》（第二版），上海：上海外语教育出版社，2009 年版，第 346 页。

318 原文为："Birds of a feather flock together."详见：John Simpson, *Oxford Concise Dictionary of Proverbs*, Third Edition, Oxford: Oxford University Press / Shanghai: Shanghai Foreign Language Education Press, 1998, p.24.

助人等优秀品质逐渐赢得了周围普通百姓对她的同情和谅解，甚至连传统、保守的达官贵人也慢慢对她露出了宽容的微笑，"她从很早的时候起就养成了一个习惯，四出走访当一名义务看护，做力所能及的各种善事；同样，她努力给别人排忧解难，特别帮助那些心灵上受到伤害的人。通过这些手段，她像具有这样习性的人经常遇到的那样，她赢得了许多人的崇敬，被视为天使"[319]。她以自己勤劳、善良、乐于助人等优秀品质逐渐赢得了周围普通百姓对她的同情和谅解，甚至连传统、保守的达官贵人也慢慢对她露出了宽容的微笑。她既得到了性爱，也收获了爱情，还赢得了社会的宽恕。她以反叛传统出发，以自己人格的提升结束。小说在第一部分便写道："我目不转睛地盯着那个古老的红字。可以肯定这里含有深奥的意义，值得好好探究，但事实上，从这个神秘符号中泄出的意义可以与我的感情惟妙惟肖地交流沟通，却悄悄地避开我理智的分析。"[320]从霍桑自述的"含有深奥的意义"和"神秘符号"等字眼的暗示来看，白兰胸前佩戴的红字 A 应该是意味深长、涵义丰富的。红字 A 的涵义大概可以作以下揣摸：

第一，它可代表 Adultery（通奸）、Adulteress（通奸妇）、Amour（奸情；跟人通奸的女人）、Adversary（敌手）、Antagonist（敌手）、Ache（痛苦）、Agony（极大的痛苦）、Abashed（羞愧的；窘迫的）、Abduct（劫持；绑架）、Abandon（抛弃；离弃）、Abandoned（无度的；放荡的）、Abet（教唆；怂恿）、Abhorrent（可恨的；令人憎恨的）、Abominable（令人讨厌的；极差的）、Abominably（令人讨厌地；极差地）、Abominate（憎恨；厌恶）、Abomination（令人深恶痛绝的人；令人深恶痛绝的事）、Absurdly（荒谬地；愚蠢地）、Accomplice（帮凶；同谋）、Accost（要钱；性勾搭），等等，当然具有贬义。

第二，它亦可代表 America（美国）、Arthur Dimmesdale（阿瑟·丁梅斯代尔）、American（美国人）、Abnegation（自制；克制）、Abolish（取消；废除）、Abolitionist（废除主义者）、About-face（大转变）、About-turn（大转变）、Absorb（吸收；兼并）、Absorbtion（专注；吸收）、Abstain（戒除；回避）、Abundance（充裕；丰富）、Abundant（充裕的；丰富的）、Accentuate（使突出；强调）、Accept（接受；同意）、Access（进入；进入权）、Acclimatise（〈使〉适应）、Acclimatisation（〈使〉适应）、Accommodate（迎合；迁就）、

---

319 霍桑著《红字》，姚乃强译，南京：译林出版社，1997 年版，第 27 页。
320 霍桑著《红字》，姚乃强译，南京：译林出版社，1997 年版，第 27 页。

Accommodation（和解）、Acquaintance（所知；了解）、Acquire（掌握；赢得）、Acquisition（掌握；赢得）、Acquit（宣判……无罪）、Acquital（无罪判决）、Active（积极；活跃），等等，至少具有中性义。

第三，它还可代表 Angel（天使）、Able（能干的；称职的）、Ably（能干地；巧妙地）、Ability（能力；本领）、Admirable（令人钦佩的）、Art（艺术）、Artist（艺术家）、Artistic（美妙的）、Advance（前进）、Able-bodied（体格健全的；强壮的）、Above board（光明正大的）、Absolve（宣布无罪；免除责任）、Absorbing（引人入胜的；十分吸引人的）、Acceptable（令人满意的；可以接受的）、Acceptance（认可；赞同）、Acclaim（喝彩；推崇）、Acclaimed（广受欢迎的；备受推崇的）、Acclaimation（欢呼；喝彩）、Accolade（赞扬；嘉奖）、Accommodating（随和的；乐于助人的）、Accomplish（完成〈任务〉；取得〈成功〉）、Accomplished（有才华的；有〈艺术〉造诣的）、Accomplishment（成就；才能）、Accredited（得到授权的；经鉴定合格的）、Ace（一流高手）、Action-packed（精彩纷呈的）、Activist（积极分子），等等，明显具有褒义。

梁亚平在《美国文学简史》中写道："对于《红字》中女人海斯特·白兰胸前一直佩戴的'A'字，人们有着各种各样的理解，它最初定为'通奸'或'淫妇'，后来变为'能干'（able），后来又有'天使'（angel）之意，也有人将其解释为'美国'（America）。还有人将其追溯到'亚当'（Adam），或'艺术'（art）或'艺术家'（artist）。这些五花八门的解释，听起来有些牵强附会，但这又何尝不能理解为霍桑的本意就可能是让后人去揣摩，去想像呢？"[321]同样，以上论及的红字 A 字的贬义、中性义、褒义三种涵义的揣摩，或许过于宽泛，但也并不是完全不能那样理解的。

三、潘金莲和白兰命运的文化实质

法国文艺理论家、史学家伊波利特·阿道尔夫·丹纳（Hippolyte Adolphe Taine，1828-1893）在《艺术哲学》（*Philisophie de L'art*）中写道："要了解一件艺术品，一个艺术家，一群艺术家，必须正确地设想他们所处的时代的精神和风俗概貌。这是艺术品最后的解释，也是决定一切的基本原因。"[322]

---

321 梁亚平著《美国文学简史》，上海：东华大学出版社，2006年版，第23-24页。
322 丹纳著《艺术哲学》，傅雷译，合肥：安徽文艺出版社，1998年版，第46页。

艺术如此,文学又何尝不是如此。董学文在《西方文学理论史》中写道:"理解文学的前提是理解整个社会过程,因为文学也是其中的一部分。"[323]邱运华也在《文学批评方法与案例》中写道:"单从作品本身分析显然是不够的,还必须联系作者的生平身世、思想感情,其所处的具体环境和时代背景加以考察。"[324]要了解潘金莲和白兰命运的实质,得从施耐庵、罗贯中与霍桑着手。施耐庵、罗贯中生活在元末明初,而元、明两代正值中国封建社会的壮年期,封建社会的政治、伦理等制度和规范业已完备并不断加强,社会对女性的束缚日趋繁琐、严厉和苛刻。中国妇女的地位自宋代起急剧下降,从元代始统治阶级竭力宣扬和提倡妇女的贞节观,这种情况到了明代则有过之而无不及。在这种社会和文化传统的熏陶下,施耐庵、罗贯中必然养成一种心理定势,在《水浒传》的创作过程中,从男性的角度俯视女性,塑造出一个个耐人寻味的女性形象。这些女性形象可大致分为两类,第一类是坏人型,第二类是英雄型。潘金莲不是好东西,阎婆、阎婆惜、王婆、李鬼的老婆、潘巧云、卢俊义之妻贾氏等也全是坏婆娘,她们属于第一类。母夜叉孙二娘、母大虫顾大嫂、一丈青扈三娘等,在梁山108员英雄人物之列,是小说予以肯定和歌颂的对象,她们属于第二类。但实际上,这第二类女人从总体上看已男性化、甚至妖魔化,值得进一步研究。如孙二娘,便很典型。姑不论她心狠手辣、杀人不眨眼之内在属性,且看她五大三粗、妆饰失体之外在特征,便足以令人翻胃作呕、敬而远之了,《水浒传》第二十七回:

眉横杀气,眼露凶光。辘轴般蠢坌腰肢,棒槌似桑皮手脚。厚铺着一层腻粉,遮掩顽皮;浓搭就两晕胭脂,直侵乱发。红裙内斑斓裹肚,黄发边皎洁金钗。钏镯牢笼魔女臂,红衫照映夜叉精[325]。

这里对孙二娘的描绘非常生动。头上未插金钗,脸上未搽腻粉,身上未穿红裙,臂上未戴钏镯,这完全就是一个男人,哪里还谈得上有什么女人味!若要勉强算个女人,那也只能算个女魔头,哪里还有什么女性魅力!这样的女人当然已不再是传统意义上的女性形象,无法代表北宋时期的普通女性。

《水浒传》中的女人,无论是第一类还是第二类,除潘金莲、阎婆惜、

323 董学文《西方文学理论史》,北京:北京大学出版社,2005年版,第364页。

324 邱运华主编《文学批评方法与案例》,北京:北京大学出版社,2005年版,第297页。

325 施耐庵、罗贯中著《水浒传》(上),北京:人民文学出版社,1975年版,第368页。

潘巧云少数几人外，其余的要么有姓无名，要么既无姓亦无名，第一类中如阎婆、阎婆惜、王婆、李鬼的老婆、卢俊义之妻贾氏，第二类中如母夜叉孙二娘、母大虫顾大嫂、一丈青扈三娘，这说明女性是为家庭、社会所高度忽视的，是为家庭、社会所高度边沿化了的。

基督教是美国文化的核心，清教主义（Puritanism）在美国文化中占据着特别重要的地位，常耀信在《精编美国文学教程》中写道：

> 清教主义作为一种教义或许早已消亡，它所建立的神权统治也不过延续了 70 年；但是，早期清教徒的后辈们，自觉或不自觉地把清教主义的基本思想以及先辈清教徒的习惯及传统，体现到社会生活的各个领域，传播到全国各地去，使之作为一种价值体系、一种生活哲学、一种传统，持久地延续下来。它已不再是一套宗教信条，而是成为一种精神状态，成为所有美国人所呼吸的民族文化空气的重要组成部分。从这个意义上讲，不了解它，就不易了解美国及其文学[326]。

常耀信还在《美国文学简史》中写道："美国的清教主义在美国人生活中起着支配作用，对美国的价值、美国文学的形成的影响最为长久。在某种程度上，它已成为一种思想状态，而不是一些教条，它已是美国民族文化氛围不可缺少的一部分。"[327]这些论述足以说明，清教主义对于美国文化、美国文学是十分重要的。

清教徒（Puritan）这个术语开始用于十六世纪六十年代，指的是"英国中产阶级中一部分激进分子，他们主张清洗圣公会内部天主教残余影响，要求清除英国国教中的腐败现象"[328]，他们"认为'戒律'是治理种种社会弊端的灵丹妙药"[329]。刘农宏在《同是红颜皆苦命缘何生死不尽同——由〈水浒传〉之潘金莲与〈红字〉之海丝特探不同时代的烙印》中描绘清教徒信条时写道：

---

326 常耀信著《精编美国文学教程》（中文版），天津：南开大学出版社，2005 年版，第 7 页。
327 常耀信《美国文学简史》，天津：南开大学出版社，1990 年版，第 15 页。
328 史志康主编《美国文学背景概观》，上海：上海外语教育出版社，1998 年版，第 8 页。
329 史志康主编《美国文学背景概观》，上海：上海外语教育出版社，1998 年版，第 10 页。

清教徒在英国最初反抗罗马教皇专制、反对社会腐败风气，注重理智，排斥感情，推崇理想，禁绝欲望；后来发展到极端，不但迫害异端，甚至连妇女在街上微笑都要处以监禁，儿童嬉戏也要加以鞭打。可以说，清教徒的首要标志就是禁欲主义。清教徒在宗教改革过程中对天主教的腐败奢侈进行了彻底的革故鼎新，他们改革弊端、恢复基督教早年淳朴、廉洁、神圣的传统，他们也继承了中世纪一些苦修团体的禁欲习惯，努力过一种圣洁简朴的生活。在个人生活上，清教徒则禁止纵情享乐、奢侈浪费，把耳目和口腹之欲、情欲和肉欲限制在生活必需的限度内，并严格控制这些欲望的放纵和放任[330]。

霍桑的诞生地马萨诸塞的塞勒姆镇是北美殖民时期的一个港口，是清教主义的猖獗之地，而他的几代祖先都是狂热的清教徒。特定的社会、家庭和文化传统对他产生了深刻的影响，使他自觉不自觉地习惯于从男性中心主义的角度审视女性。但是，早在距霍桑约 200 年前的北美殖民时期，同样在马萨诸塞，女诗人安妮·布雷兹特里特（Anne Bradstreet，1612-1672）就已在诗歌中借助伊利莎白女王等女能人向男性、男权发起了猛烈的攻击：

> 现在请问妇女是否有价值？
> 是否随着女王驾崩而消失？
> 不！你们男人已经压迫我们多少年，
> 女皇虽死，还因我们受气而仗义执言。
> 说我们女子缺少才智者想一想，
> 现在该明白那是名副其实的诽谤[331]。

在元、明两代之前的中国文学史上，象布雷兹特里特这样在作品中大声质问男性、大胆挑战男权的现象是罕见的。十九世纪中叶以后，清教思想的影响已在除美国南方以外的其它地方逐渐式微；同时，资产阶级自由、平等、博爱等价值观已深入人心，霍桑是无法不受这种时代思潮的冲击和影响的。生活在与霍桑几乎同一时代的美国浪漫主义诗人华尔特·惠特曼（Walt

---

330 刘农宏《同是红颜皆苦命缘何生死不尽同——由〈水浒传〉之潘金莲与〈红字〉之海丝特探不同时代的烙印》，《时代文学》，2011 年第 1 期，第 193 页。

331 董衡巽主编《美国文学简史》（修订版），北京：人民文学出版社，2003 年版，第 8 页。

Whitman，1819-1892）对女性的态度则是大胆赞美、纵声歌唱了，《从围栏中放出》：

> 一个男人是地球上和永恒中的一个伟大之物，
>
> 但男人的每一点伟大都来自女人之中，
>
> 男人首先是在女人身上形成的，然后他才能在自己身上形成[332]。

据王晓玲研究，霍桑的《红字》创作受到了欧洲女权主义思潮的影响。十八世纪，欧洲的女权主义思潮产生。1791 年，法国著名女权主义者奥伦比·德·古日（Olympe de Gouges）发表《女权宣言》，主张妇女与男人平权："妇女生来就是自由人，和男人有平等的权利。社会的差异只能建立在利益的基础之上。"[333]同年，英国著名女权主义者玛丽·沃尔斯通克拉夫特（Mary Wollstonecraft）发表《女权辩》，呼吁妇女以理性为武器去争取自身的权利、维护自己的尊严。十九世纪，欧洲女权注意运动方兴未艾、如火如荼。王晓玲研究发现："霍桑与当时一些杰出的女性有一定的交往，对当时的女权斗争有深刻的理解。他把这种理解、同情和支持都融入了小说《红字》中。"[334]

看来，在《红字》中，白兰并不象潘金莲那样一无是处，同时在小说中也没有出现坏女人群像，这是有其深刻的文化背景的。清教主义"对后来的美国人产生极大的影响"[335]，清教主义者"教诲美国人以自己的善行来赋予生活以意义，每个人以自己的以及家庭的幸福负有不可推卸的责任，社会应该帮助贫困的人"[336]。按照这样的信条，人人皆应该多做好事，多积善德，人与人之间互相理解，互相帮助。看来，在《红字》中，白兰并不象潘金莲那样面临着"过街老鼠，人人喊打"[337]的尴尬处境，而是逐渐得到社区群众同

---

332 惠特曼著《草叶集》，李野光译，北京：北京燕山出版社，2005 年版，第 327 页。

333 张岩冰《女权主义文论》，济南：山东教育出版社，1998 年版，第 25 页。

334 王晓玲《相同的追求　不同的命运——〈红字〉中海斯特与〈水浒传〉中潘金莲比较研究》，《江苏广播电视大学学报》，2009 年第 6 期，第 58 页。

335 史志康主编《美国文学背景概观》，上海：上海外语教育出版社，1998 年版，第 11 页。

336 史志康主编《美国文学背景概观》，上海：上海外语教育出版社，1998 年版，第 11-12 页。

337 毛泽东《反对党八股》（一九四二年二月八日），《毛泽东选集》第三卷，北京：人民出版社出版，1991 年版，第 830 页。

情、理解、帮助、原谅，这也是有其深刻的文化背景的。张冲著《新编美国文学史》第一卷载："在新英格兰历史文献中也确有关于类似海丝特·白兰的法律和个案，所以有的批评家认为霍桑是根据历史背景虚构故事，引导读者脱离现实生活的琐碎小事走向历史的通道，从而进行历史与现实的对比和关照。"[338]看来，这是有道理的。

潘金莲和白兰分别是中西方女性的高度缩影，她们的命运集中和典型地反映了传统文化下中西方女性的卑下地位。《论语·阳货》："唯女子与小人为难养也，近之则不孙，远之则怨。"[339]《哈姆莱特》（Hamlet）："弱者，你的名字是女人！"（"Frailty, thy name is woman！"）[340]或曰，孔夫子之言犹一记响亮耳光，一巴掌下去，中国女性两千多年翻不得身，而莎士比亚之语则如法院所断之铁案，判决书一出，英国女性几百年无出头之日。其实，不然。孔夫子之言、莎士比亚之语唯加油添醋、推波助澜而已，且孔夫子不发此言，莎士比亚不出此语，自有他人立类似之论。那么，男尊而女卑，其根源何在？西蒙娜·德·波伏娃《第二性》：

> 女人并不是生就的，而宁可说是逐渐形成的。在生理上、心理上或经济上，没有任何命运能决定人类女性在社会的表现形象。决定这种介于男性与阉人之间的、所谓具有女性气质的人的，是整个文明[341]。

波伏娃是法国著名的女权主义者，《第二性》是她专门研究妇女问题的专著，有"有史以来讨论女人的最健全、最理智、最充满智慧的一本书"[342]之誉，是西方妇女的圣经。尽管如此，她的上述论断仍有偏颇之嫌。平心而论，女性地位之高低，乃是女性生理特性、社会分工、社会生产方式、政治结构、宗教习俗等诸多因素交相作用之结果，是人类特定历史阶段之产物。女性地位低贱于男性，并非始于人类历史之起源。马克思《致路德维希·库格

338 张冲著《新编美国文学史》第一卷，上海：上海外语教育出版社，2000年版，第325页。
339 阮元校刻《十三经注疏》下册，北京：中华书局，1980年版，第2526页。
340 William Shakespeare, *Hamlet*, Annotated by Qiu Ke'an, Beijing: The Commercial Press, 1984, p.28.
341 西蒙娜·德·波伏娃著《第二性》（全译本）II，陶铁柱译，北京：中国书籍出版社，1998年版，第309页。
342 曾艳兵主编《西方现代主义文学概论》，北京：北京大学出版社，2006年版，第235-236页。

曼》（1868 年 12 月 12 日于伦敦）："每个了解一点历史的人也都知道，没有妇女的酵素就不可能有伟大的社会变革。"[343]从生理角度看，一般而言，男性的体魄比女性更强健，女性的心理比男性更细腻。这就决定了男性更适合做主要需要体力的如农耕、狩猎等工作，女性更适宜作主要要求心灵手巧的如采集、家务等工作。在母系社会阶段，狩猎的收入并不稳定，社会主要的生产方式是采集，女性在体力上弱于男性对女性在社会生产中发挥重要作用并未构成负面影响。相反，女性较之男性更心灵手巧，在物质生产中起着决定性的作用。此外，女性还担负着生育子女的任务，生育能力的大小决定着氏族成员的多寡，氏族成员的多寡决定着氏族的生存能力。

汉语"好"字在甲骨文中作"𡥂"（四期甲六六八）、"𡥈"（四期宁一·四九三）、"𡥈"（四期宁一·四九一）、"𡥈"（四期邺三·四三·八）、"𡥈"（一期卜一八一）、"𡥈"（一期天八八）、"𡥈"（一期乙四五五一）[344]、"𡥈"（前一·三八·一）、"𡥈"（铁二〇四·三）[345]，或子左女右，或女左子右，都是一女人下肢弯曲，身体下蹲，双手交叉于胸前，怀抱一小孩，神情亲密。"好"在金文中作"𡥈"（虘钟）、"𡥈"（杕氏壶）、"𡥈"（杜伯盨）、"𡥈"（杜伯盨）、"𡥈"（齐鞄氏钟）、"𡥈"（麩钟）、"𡥈"（仲卣）[346]、"𡥈"（妖氏壶）[347]，或子左女右，或女左子右，一女人或下肢微微弯曲，或身体稍稍前倾，身边带着一小孩，亦神情亲密。不管在甲骨文还是在金文中，"子"与"女"字都象形，合成"好"字都会意，表示女人有了小孩就好，所会之意一致。许慎撰《说文解字》："好，美也，从女子。"[348]段玉裁注："引申为凡美之称。"[349]左民安著《细说汉字——1000 个汉字的起源与演变》："从'好'字的会意形式看，在古代很可能是以多子女的母亲为'好'。"[350]左民安这种揣摩有一定道理，至少可以说，有极大启发意

343 《马克思恩格斯全集》第三十二卷，中共中央马克思恩格斯列宁斯大林著作编译局译，北京：人民出版社，1975 年版，第 571 页。

344 徐中舒主编《甲骨文字典》，成都：四川辞书出版社，1990 年版，第 1312 页。

345 王延林编著《常用古文字字典》，上海：上海书画出版社，1987 年版，第 642 页。

346 容庚编著，张振林、马国权摩补《金文编》，北京：中华书局，1985 年版，第 804 页。

347 王延林编著《常用古文字字典》，上海：上海书画出版社，1987 年版，第 642 页。

348 许慎撰《说文解字》，北京：中华书局，1963 年版，第 261 页。

349 许慎撰，段玉裁注《说文解字注》，上海：上海古籍出版社，1988 年版，第 618 页。

350 左民安著《细说汉字——1000 个汉字的起源与演变》，北京：九州出版社，2005 年版，第 209 页。

义。从现代医学的观点来看，生育后代之性别、数量与质量不仅同母亲有关，而且与父亲相联。至于后代之性别，则完全取决于父亲。人体内有 23 对染色体（23 pairs of chromosomes），其中有一对是决定人性别的，女性的这一对为 XX 染色体，男性的这一对则为 XY 染色体。卵子所含的为 X 染色体（X chromosome），精子所含的则是 X 染色体或 Y 染色体（Y chromosome）。若卵子受精于含 X 染色体的精子，受精卵发育出的是女性。若卵子受精于含 Y 染色体的精子，受精卵发育出的则是男性。但是，在科学极端落后的母系社会的人看来，能否生育出性别优、数量大、质量高的后代关键在于女性，女性自然享有很高的地位。在母系社会阶段，女性享有比男性更高的地位，东西方均是如此。《庄子·盗跖》：“神农之世，卧则居居，起则于于，民知其母，不知其父，与麋鹿共处，耕而食，织而衣，无有相害之心，此至德之隆也。”[351]《吕氏春秋·恃君览》：“昔太古尝无君矣。其民聚生群处，知母不知父。”[352]司马贞补《史记·三皇本纪》载女登感神龙而生炎帝，《诗经·商颂·玄鸟》载简狄吞鸟卵而生商部族祖先契，《诗经·大雅·生民》载姜嫄履帝脚印受孕而生周部族祖先后稷，虽然炎帝、先契、后稷十分神圣，但是就其生活的社会形态来看，可能都是知母而不知父的母系社会。恩格斯《家庭、私有制和国家的起源》：

> 通常是女方在家中支配一切；贮藏品是公有的；但是，倒霉的是那种过于怠惰或过于笨拙因而不能给公共贮藏品增加一分的不幸的丈夫或情人。不管他在家里有多少子女或占有多少财产，仍然要随时听候命令，收拾行李，准备滚蛋。对于这个命令，他甚至不敢有反抗的企图；家对于他变成了地狱，除了回到自己的克兰〈氏族〉去或在别的克兰内重新结婚（大多如此）以外，再也没有别的出路。妇女在克兰〈氏族〉里，乃至一般在任何地方，都有很大的权力。有时，她们可以毫不犹豫地撤换酋长，把他贬为普通的战士[353]。

恩格斯《〈家庭、私有制和国家的起源〉第四版序言》：“按照母权制，

---

351 《诸子集成》第三册，北京：中华书局，1954 年版，第 197 页。
352 《诸子集成》第六册，北京：中华书局，1954 年版，第 255 页。
353 中共中央马克思恩格斯列宁斯大林著作编译局编《马克思恩格斯选集》第四卷，北京：人民出版社，1977 年版，第 44 页。

杀母是最不可赎的大罪。"[354]

但是，随着社会分工和生产方式的改变，尤其是铁器在农耕中的使用，女性在社会和家庭中的角色发生了根本性的变化，这从汉语甲骨文和金文之"男"、"女"、"妇"和英语之"husband"、"husbandman"、"distaffer"中可以得到佐证。

"男"字在甲骨文中为"🔲"（一期前八·七·一）、"🔲"（一期铁一三二）、"🔲"（一期京二一二二）[355]。徐中舒主编《甲骨文字典》：

> 从田从力，与《说文》男字篆文略同，惟甲骨文之田力为左右相并，而篆文乃上田下力也。力象原始耒形，从田从力会以耒于田中从事农耕之意。农耕乃男子之事，故以为男子之称[356]。

"男"字在金文中为"🔲"（矢方彝）、"🔲"（弔男父匜）、"🔲"（趠小子簋）、"🔲"（师衰簋）、"🔲"（蓼生盨）、"🔲"（齐侯敦）、"🔲"（竇侯匜）、"🔲"（無男鼎）[357]，或为左右结构，或为上下结构，表示"力"的部分更象原始耒形。《说文·田部》："男，丈夫也。从田从力，言男用力于田也。"[358]

"女"字在甲骨文中为"🔲"（一期乙一三七八）、"🔲"（一期乙二九八）、"🔲"（一期乙一三六三）、"🔲"（一期乙八七一四）、"🔲"（一期佚六九一）、"🔲"（一期佚七六八）、"🔲"（一期拾一一·七）、"🔲"（一期后上二三·七）、"🔲"（一期林一·二二·二）、"🔲"（二期京三六三〇）、"🔲"（三期拾三·五）、"🔲"（三期邺三·三七·八）、"🔲"（四期粹七二〇）、"🔲"（四期通别一新九〈为小母合文〉）、"🔲"（五期陈九二）[359]。徐中舒主编《甲骨文字典》：

> 象曲膝交手之人形。妇女活动多在室内，曲膝交手为其在室内居处之常见姿态，故取以为女性之特征，以别于力田之为男性特征也。或于胸部加两点以女乳，或于头部加一横画以示其头饰，则女

---

354 中共中央马克思恩格斯列宁斯大林著作编译局编《马克思恩格斯选集》第四卷，北京：人民出版社，1977 年版，第 7 页。

355 徐中舒主编《甲骨文字典》，成都：四川辞书出版社，1990 年版，第 1477 页。

356 徐中舒主编《甲骨文字典》，成都：四川辞书出版社，1990 年版，第 1477 页。

357 容庚编著，张振林、马国权摩补《金文编》，北京：中华书局，1985 年版，第 900-901 页。

358 许慎撰《说文解字》，北京：中华书局，1963 年版，第 291 页。

359 徐中舒主编《甲骨文字典》，成都：四川辞书出版社，1990 年版，第 1299 页。

性之特征益显[360]。

"女"字在金文中为"𢆉"（盉文）、"𢆉"（司母戊鼎）、"𢆉"（司母辛鼎）、"𢆉"（女壴方彝）、"𢆉"（女牢方彝）、"𢆉"（女子鼎）、"𢆉"（子卣）、"𢆉"（𠂤小集母乙觯）、"𢆉"（矢方彝）、"𢆉"（矢尊）、"𢆉"（龏鬲）、"𢆉"（史母癸簋）、"𢆉"（射女方監）、"𢆉"（宁女父丁鼎）、"𢆉"（蓷女觯）、"𢆉"（女帚卣）[361]，多数保留了甲骨文曲膝交手之人形风貌，显示了女性的社会地位是低下的。

"妇"字在甲骨文中为"𡏾"（一期存一·一〇一四）、"𡏾"（一期卜七二三）[362]。徐中舒主编《甲骨文字典》："从女从𣃈帚，与《说文》妇字籇文同。"[363]"妇"字在金文中为"𣃈"（不从女比作伯妇簋）、"𣃈"（觥文）、"𣃈"（簋文）、"𣃈"（妇鸟形觚）、"𣃈"（妇鸼觚）、"𣃈"（杞妇卣）、"𣃈"（𣃈父乙簋）、"𣃈"（子卣）、"𣃈"（盉妇鼎）、"𣃈"（妇未于鼎）、"𣃈"（守妇簋）、"𣃈"（守妇觯）、"𣃈"（商妇甗）[364]，左右结构，一边是扫帚，一边是或完全下跪、或略微弯腿、或直接站立的女人。妇者，女人执苕帚清除粪秽也，《说文·女部》："妇，服也。从女，持帚洒扫也。"[365]甲骨文和金文中的"妇"字均显示出，女性的社会分工是在家料理家务，不是物质财富的直接生产者，其地位无疑是低下的。

---

360 徐中舒主编《甲骨文字典》，成都：四川辞书出版社，1990年版，第1299页。

361 此处仅列举了部分金文中的"女"字，其余的还有：（此处为多个金文字形）。参见：容庚编著，张振林、马国权摩补《金文编》，北京：中华书局，1985年版，第783-785页。

362 徐中舒主编《甲骨文字典》，成都：四川辞书出版社，1990年版，第1304页。

363 徐中舒主编《甲骨文字典》，成都：四川辞书出版社，1990年版，第1304页。

364 此处仅列举了部分金文中的"妇"字，其余的还有：（此处为多个金文字形）。参见：容庚编著，张振林、马国权摩补《金文编》，北京：中华书局，1985年版，第794-795页。

365 《说文·女部》，许慎撰《说文解字》，北京：中华书局，1963年版，第259页。

关于男主外、女主内之社会分工，易中天从"家"、"室"二字着手作过研究，《闲话中国人》：

> 一般的说，男曰"家"，女曰"室"。所以男子有妻叫"有室"，女子有夫叫"有家"；男子娶妻叫"室"，女子嫁夫叫"家"（后来加一"女"旁就叫"嫁"）。因为"家"是住所的统称，"室"则是家中的房间和内室，故"家"与"室"，也有内外之别，——夫家主外，妻室主内[366]。

英语中表示"丈夫"意义的词为"husband"，《新牛津英语词典》(*A New Dictionary of Oxford English*)：

> husband：
>
> ► noun a married man considered in relation to his wife: she and her husband are both retired.
>
> ► verb [with obj.] use (resources) economically: the need to husband his remaining strength.
>
> DERIVATIVES husbander noun (rare), husbandhood noun, husbandless adjective, husbandly adjective.
>
> -- ORIGIN late Old English in the senses "male head of a household" and "manager, steward", from Old Norse húsbóndi "master of a house", from hús "house" + bóndi "occupier and tiller of the soil". The original sense of the verb was "till, cultivate"[367].

据此，有两点是明确的：

（1）"husband"一词来源于后期古英语，本意为："男性家长"，"管理家务尤其是财务之人"，"管事"，"管家"。说明丈夫乃一家之长。

（2）"husband"一词取自古斯堪的纳维亚语中"húsbóndi"，"hús"意为"房屋"，"bóndi"意为"占有和耕种土地之人"。说明丈夫既同房屋有关、是一家之主，亦是土地财产之拥有者、农业之生产者。

由"husband"与"man"合成而有"husbandman"一词，"husbandman"是古词，其涵义为："a person who cultivates the land; a

---

366 易中天著《闲话中国人》，上海：上海文艺出版社，2006 年版，第 184-185 页。

367 *The New Oxford Dictionary of English*, edited by Judy Pearsall, Shanghai: Shanghai Foreign Language Education Press, 2001, p.896.

farmer." [368]（耕种土地之人；农民），又一次说明丈夫乃农业之生产者，亦即物质财富之创造者。

英语中"distaffer"一词的义位为："家庭中的女性成员；〈俚〉妇女。" [369] "distaffer"由自由词素（free morpheme）"distaff"加粘着词素（bound morpheme）"-er"派生而来，"distaff"为"手工纺纱杆"，"妇女们干的事务〈指做饭、缝纫等〉"，"妇女，女性"，"母系" [370]，"-er"表示行为、动作的发出者。

妇女之社会分工则在于家室[371]，中国古人所谓男主外、女主内，说的就是这个道理。《周易·家人》："女正位乎内，男正位乎外。" [372] 《礼记·内则》："男不言内，女不言外。" [373] "内言不出，外言不入。" [374] "礼始于谨夫妇，为宫室，辨外内，男子居外，女子居内。" [375] 《礼记·曲礼》："外言

368 *The New Oxford Dictionary of English*, edited by Judy Pearsall, Shanghai: Shanghai Foreign Language Education Press, 2001, p.896.
369 王同亿主编《汉英大学词典》，北京：科学普及出版社，1986年版，第630页。
370 王同亿主编《汉英大学词典》，北京：科学普及出版社，1986年版，第630页。
371 妇女之社会分工在家室是一般意义上的论断。中国殷商王武丁之妻妇好披挂上阵，指挥13000多兵马在西部同姜族交战，成功击退敌人的进攻。1428年，英军占领法国北部，围攻要塞奥尔良，十万火急。1429年，贞德（Jeanne d'Arc）率军驰援奥尔良，击退英军。妇好、贞德是个别的女性历史人物，活跃在历史舞台的战将更多是廉颇、蒙田、白起、卫青、霍去病、李广、岳飞、拿破仑·波拿巴（Napoléon Bonaparte）、亨利·德·拉图尔·奥弗涅（Henri de La Tour d'Auvergne）、安娜·伊拉里翁·德·图尔维尔（Anne Hilarion de Tourville）、霍雷肖·纳尔逊（Horatio Nelson）、查尔斯·波特尔（Charles Portal）、阿瑟·韦尔斯利（Arthur Wellesley）这样的男性。中国北朝无名氏民歌《木兰辞》中有木兰代父从军的故事，清代熊大木小说《北宋志传》和纪振伦小说《杨家府演义》中有穆桂英挂帅的故事，《水浒传》中有一丈青扈三娘、母大虫顾大嫂、母夜叉孙二娘的故事。木兰、穆桂英、扈三娘、顾大嫂、孙二娘是个别的女性英雄文学形象，活跃在文学作品中的更多的是关羽、张飞、赵云、魏延、姜维、吕蒙、周瑜、关胜、卢俊义、秦明、鲁智深、武松这样的男性。《三国演义》中没有一个女将军，《水浒传》108个头领中女性只有3人，占2.78%，男性却有105人，占97.22%。英国盎格鲁-撒克逊时期吟游诗歌中最早、最重要、最有价值的作品和英国文学史上第一部重要的民族史诗、流传至今欧洲最完整的史诗《贝奥武甫》（*Beowulf*），法国最古老、最优秀的史诗《罗兰之歌》（*La Chanson de Roland*），其中的征战英雄全部是男性，女性是一个也没有的。
372 阮元校刻《十三经注疏》上册，北京：中华书局，1980年版，第50页。
373 阮元校刻《十三经注疏》下册，北京：中华书局，1980年版，第1462页。
374 阮元校刻《十三经注疏》下册，北京：中华书局，1980年版，第1462页。
375 阮元校刻《十三经注疏》下册，北京：中华书局，1980年版，第1468页。

不入于，内言不出于梱。"[376]《墨子·非乐土》："农夫蚤出暮入，耕稼树艺，多聚叔粟，此其分事也。妇人夙兴夜寐，纺绩织纴，多治麻丝葛绪綑布参，此其分事也。"[377]《诗经·小雅·斯干》：

乃生女子，

载寝之地，

载衣之裼，

载弄之瓦。

无非无仪，

唯酒食是议，

无父母诒罹[378]。

《格言联璧》：

仆虽能，不可使与内事。

妻虽贤，不可使与外事[379]。

《诗经·齐风·东方之日》描绘了一幅家居生活的画面，夫唱妇和，其乐融融：

东方之日兮，

彼姝者子，

在我室兮！

在我室兮，

履我即兮！

东方之月兮，

彼姝者子，

在我闼兮！

在我闼兮，

履我发兮[380]！

约翰·辛普森主编《牛津英语谚语词典》（*Oxford Concise Dictionary of*

---

376 阮元校刻《十三经注疏》上册，北京：中华书局，1980年版，第1240页。

377 《诸子集成》第四册，北京：中华书局，1954年版，第159页。

378 阮元校刻《十三经注疏》上册，北京：中华书局，1980年版，第438页。

379 金缨、张琪校注《格言联璧》，兰陵堂存版，武汉：湖北人民出版社，1994年版，第150页。

380 阮元校刻《十三经注疏》上册，北京：中华书局，1980年版，第350页。

Proverbs）："妇女的定位在于家庭。"[381]恩格斯《家庭、私有制和国家的起源》："姑娘们只学习纺织缝纫，至多也不过学一点读写而已。"[382]"农业是整个古代世界的决定性的生产部门，现在它更是这样了。"[383]农业生产是由男性来完成的。恩格斯《家庭、私有制和国家的起源》："家务的料理失去了自己的公共的性质。它不再涉及社会了。它变成了一种私人的事务；妻子成为主要的家庭女仆，被排斥在社会生产之外。"[384]"妇女的家务劳动现在同男子谋取生活资料的劳动比较起来已经失掉了意义；男子的劳动就是一切，妇女的劳动是无足轻重的附属品。"[385]男性成为社会主宰，女性在家中丧失支配地位，社会崇尚重男轻女。恩格斯《家庭、私有制和国家的起源》：

> 母权制的被推翻，乃是女性的具有世界历史意义的失败。丈夫在家中也掌握了权柄，而妻子则被贬低，被奴役，变成丈夫淫欲的奴隶，变成生孩子的简单工具了[386]。

王岳川《后现代主义文化研究》："父权制社会的发展摧毁了女性那不可复得的伊甸园，并将女性压入社会的底层。"[387]男女两性在社会家庭里的这种角色的变化在神话中也有相应的体现：

> 在母系氏族时代，人们崇拜的是女性神祇。后来，这些神祇随着男子权力的建立而逐渐消失，或者沦为新主宰的附庸。高踞于一切超自然的神灵之上的是万能的男性神祇，即人间阶级势力的代表。他在古埃及被称为太阳神或奥西里斯，在印度被称为毗湿奴，

---

381 原文为："A woman's place is in the home."详见：John Simpson, *Oxford Concise Dictionary of Proverbs*, Third Edition, Oxford: Oxford University Press / Shanghai: Shanghai Foreign Language Education Press, 1998, p.299.

382 中共中央马克思恩格斯列宁斯大林著作编译局编《马克思恩格斯选集》第四卷，北京：人民出版社，1977 年版，第 59 页。

383 中共中央马克思恩格斯列宁斯大林著作编译局编《马克思恩格斯选集》第四卷，北京：人民出版社，1977 年版，第 145 页。

384 中共中央马克思恩格斯列宁斯大林著作编译局编《马克思恩格斯选集》第四卷，北京：人民出版社，1977 年版，第 69-70 页。

385 中共中央马克思恩格斯列宁斯大林著作编译局编《马克思恩格斯选集》第四卷，北京：人民出版社，1977 年版，第 158 页。

386 中共中央马克思恩格斯列宁斯大林著作编译局编《马克思恩格斯选集》第四卷，北京：人民出版社，1977 年版，第 52 页。

387 王岳川《后现代主义文化研究》，北京：北京大学出版社，1992 年版，第 384 页。

在腓尼基叫巴尔，在古希腊是宙斯，在罗马称为皮特，在阿拉伯则是安拉等等。这是由历史决定的[388]。

马忆南在《中国妇女在古代婚姻家庭法上之地位》中写道："男女经济地位的不平等是夫妻法律地位不平等的主要根源。宗法统治、重男轻女和礼制上的男尊女卑，是夫妻法律地位不平等的政治根源和思想根源。"[389]这是有道理的。男尊女卑是在古代社会农业文明中成长起来的中西方传统文化的共同特征。但是，中国的封建社会在世界人类史上较为发达，它拥有严格的宗法制、政治和思想上的专制主义以及严格的礼教，它对女性的束缚也是人类文明史上罕见的。古代的西方社会宗法观淡薄，也没有象中国那样发达的宗法制、专制主义、礼教，它对女性加以束缚的同时又体现出了一定的宽容性。从希腊神话、《圣经》看，西方文化既有律法、严格、冷漠的一面，又有仁爱、人性、宽容的一面。潘金莲和白兰的不幸遭遇说明，传统文化下中西方女性的地位是卑下的，要冲破男尊女卑文化的重重锁链，中国女性身上的包袱更为沉重。潘金莲面临的是漫漫长夜，而白兰的眼前已出现了一片黎明的曙光。

---

388 基·瓦西列夫著《情爱论》，赵永穆、范国恩、陈行慧译，北京：生活·读书·新知三联书社，1984 年版，第 61-62 页。

389 马忆南《中国妇女在古代婚姻家庭法上之地位》，《中国典籍与文化》，1994 年第 3 期，第 19-26 页。

陶渊明和华兹华斯的"静"中之"动"[1]

　　文学批评界一论及陶渊明和华兹华斯，一般有一种倾向，把"静"的标签贴在他们身上，似乎"静"就是其精神气质的全部。实际上，"静"只是他们精神气质的一个重要方面而绝非其全部，在其精神气质中还有一个同等重要的方面"动"。关于陶渊明，苏轼评他"纵浪大化中，正为化所缠"[2]，朱熹评他"自豪放"[3]，龚自珍评他"二分梁甫一分骚"[4]，谭嗣同评他"慷慨悲歌之士也"[5]，梁启超评他"是一位极热烈极有豪气的人"[6]，鲁迅评他"并非整天整夜的飘飘然"[7]，朱光潜评他"和我们一般人一样，有许多矛盾和冲

1　本文是四川师范大学 1998-1999 年度重点科研项目"陶渊明和华兹华斯的'静'中之'动'"（项目编号校科研[1998]文科 1-17 号）终端成果、四川省教育厅 2001 年社会科学研究青年基金项目"陶渊明和华兹华斯比较研究"（项目编号川教计[2001] 150 号-川教科 AB01-3）阶段成果。

2　苏轼《问渊明》，王文诰辑注，孔凡礼点校《苏轼诗集》第五册，北京：中华书局，1982 年版，第 1716 页。

3　朱熹《论文下》，黎靖德编，王星贤点校《朱子语类》第八册，北京：中华书局，1994 年版，第 3325 页。

4　龚自珍《己亥杂诗》第一百三十首，刘逸生注《龚自珍己亥杂诗注》，北京：中华书局，1980 年版，第 183 页。

5　谭嗣同《报刘淞芙书二》，蔡尚思、方行编《谭嗣同全集》（增订本）上册，北京：中华书局，1981 年版，第 11 页。

6　梁启超《陶渊明之文艺及其品格》（节录），北京大学北京师范大学中文系、北京大学中文系文学史教研室编《陶渊明资料汇编》上册，北京：中华书局，1962 年版，第 271 页。

7　鲁迅《且介亭杂文二集·"题未定"草六》，《鲁迅全集》第六卷，北京：人民文学出版社，1981 年版，第 422 页。

突"[8]，"表面上虽诙谐，骨子里却极沉痛严肃"[9]，逯钦立评他"自负自己的门第的高贵，从而表现出强烈的门第观念"[10]，袁行霈评他"在政治斗争中当然不是一个风云人物，但在政治风云中却也不甘寂寞"[11]，陆侃如、冯沅君评他"心肠还是很热的"[12]，章培恒、骆玉明评他的"'静默'是在'自然'哲学支配下构造出的美学境界，而激起这种追求的内驱力恰恰是高度的焦灼不安"[13]，方重说他"即便他那些归田退隐、描写田园生活的诗歌、散文，也常常闪烁着'济苍生'的抱负，流露出关心世事与忘怀得失的矛盾心情"[14]，石观海评他"平静只是片刻的，豁达仅限于有时"[15]，魏耕原评他平淡的诗句中"有些刚健或沉重句，挟带着狠重的字眼"[16]，吉川幸次郎（よしかわ こうじろう）评他"身上存在着若干个互相矛盾斗争的自我"[17]，冈村繁（おかむら しげる）评他"许多作品都包含著相互矛盾的内容"[18]。关于华兹华斯，安妮特·鲁宾斯坦（Annette T. Rubinstein）说他隐居后"依然为敬而远之的社会上的罪恶行经极大地困扰着"[19]，艾弗·埃文斯（Ifor Evan）说他在英国对法宣战后的日子里"不得不忍受一种精神上幻灭的极度痛苦"[20]，哈里·布拉

8 朱光潜《陶渊明》，朱光潜著《诗论》，合肥：安徽教育出版社，1997年版，第238页。

9 朱光潜《陶渊明》，朱光潜著《诗论》，合肥：安徽教育出版社，1997年版，第25页。

10 逯钦立《关于陶渊明》，逯钦立校注《陶渊明集》，北京：中华书局，1979年版，第208页。

11 袁行霈《陶渊明与晋宋之际的政治风云》，袁行霈撰《陶渊明研究》，北京：北京大学出版社，1997年版，第106页。

12 陆侃如、冯沅君著《中国诗史》，济南：山东大学出版社，1996年版，第311页。

13 章培恒、骆玉明主编《中国文学史》上卷，上海：复旦大学出版社，1997年版，第360页。

14 方重《应以中国文学为主要研究对象》，方重、朱维云、杨周翰、杜宣、范存忠、周珏良、林焕平、吴强、张隆溪、施蛰枉、赵瑞蕻、赵毅衡、唐弢、贾植芳《建立比较文学阵地开展比较文学研究（笔谈会）》，《中国比较文学》，1984年第1期，第5页。

15 石观海主编《中国文学简史》，武汉：武汉大学出版社，2007年版，第134页。

16 魏耕原著《陶渊明论》，北京：北京大学出版社，2011年版，第82页。

17 吉川幸次郎著，高桥和巳编《中国诗史》，章培恒、邵毅平、骆玉明、贺圣遂、李庆、孙猛译，上海：复旦大学出版社，2001年版，第174页。

18 冈村繁著《陶渊明李白新论》，陆晓光、笠征译，陆晓光、俞慰慈主编《冈村繁全集》第四卷，上海：上海古籍出版社，2002年版，第35页。

19 Annette T. Rubinstein, *The Great Tradition in English Literature From Shakespeare to Shaw*, Volume II, New York and London: Modern Reader Paperbacks, 1969, p.413.

20 艾弗·埃文斯《英国文学简史》，蔡文显译，北京：人民文学出版社，1984年版，

迈尔斯（Harry Blomires）说"随着大革命而来的恐怖时期，加剧了他个人的痛苦，使年轻的诗人在一段时间里六神无主"[21]，安德鲁·桑德斯（Andrew Sanders）说他有"灵魂的骚动不安"[22]，季亚科诺娃说他"以同样愤慨和悲伤的心情看待出卖自由的法国和力图去偶奴役法国的英国，看待在他眼中已经声名狼藉的理想和受粗暴的政府怂恿的无知而自私的人们对理想的嘲弄"[23]，阿尼克斯特说他对"社会上的压迫和不公道的现象""感到愤慨"[24]，高尔基世界文学研究所说他"在可怕的历史事件面前感到恐惧和慌乱"[25]，金东雷说他"有革命的思想和热烈的情绪"，"失望、悲哀、颓丧都抓住他的心坎"[26]，王佐良说"除了一个行吟湖畔的华兹华斯之外，确是还有一个歌颂自由、反抗暴政的弥尔顿式的华兹华斯"[27]，"在思想上有过大起大落"[28]，侯维瑞说他对现代工业社会有着"不满情绪和悲天怜人的心境"[29]。显然，在陶渊明和华兹华斯"静"的面罩之下，还掩藏着"动"的一面。但是，批评界多把关注之焦点放到了其"静"的一面，对其"动"的一面却未予足够的重视，更谈不上把两人之"动"加以系统之对比研究了。为了于全面认识陶渊明和华兹华斯这两位文学巨人，有必要对其"静"中之"动"作一全面的比较研究。

一、陶渊明和华兹华斯"静"中之"动"的表现

《坛经·行由》："善知识，菩提自性，本来清净。"[30] "何期自性，本

第 69 页。

21 哈里·布拉迈尔斯《英国文学简史》，濮阳翔、王义国等译，成都：四川人民出版社，1987 年版，第 330 页。
22 安德鲁·桑德斯著《牛津简明英国文学史》（上），谷启楠、韩加明、高万隆译，北京：人民文学出版社，2000 年版，第 524 页。
23 H·яя季亚科诺娃著《英国浪漫主义文学》，聂锦坡、海龙河译，沈阳：辽宁大学出版社，1990 年版，第 44 页。
24 阿尼克斯特著《英国文学史纲》，戴镏龄、吴志谦、桂诗春、蔡文显、周其勋、汪梧封译，北京：人民文学出版社，1959 年版，第 286 页。
25 苏联科学院高尔基世界文学研究所编《英国文学史》(1789-1832)，缪灵珠、秦水、蔡文显、廖世健、陈珍广译，北京：人民文学出版社，1984 年版，第 89 页。
26 金东雷著《英国文学史纲》，上海：上海书店，1991 年版，第 227 页。
27 王佐良著《英国浪漫主义诗歌史》，北京：人民文学出版社，1991 年版，第 73 页。
28 王佐良《英诗的境界》，北京：三联书店，1991 年版，第 70 页。
29 侯维瑞主编《英国文学通史》，上海：上海外语教育出版社，1999 年版，第 345 页。
30 慧能著《坛经》，长沙：湖南出版社，1996 年版，第 2 页。

自清净，何期自性本不生灭，何期自性本自具足，何期自性本无动摇，何期自性能生万法。"[31]《大学》："静而后能安，安而后能虑，虑而后能得。"[32]《礼记·乐记》："人生而静，天之性也。感于物而动，性之欲也。物至知知，然后好恶形焉。"[33]陶渊明和华兹华生于现实社会，长于现实社会，观于现实社会，闻于现实社会，即使他们天生就有静之性，但是他们在对现实社会的耳闻目睹之中不可能内心毫无所感。内心既有所感，则必有所动，即于"静"中又定有所"动"。陶渊明和华兹华斯的"静"中之"动"，是指他们的心理矛盾所引发的心理波动。事物是矛盾的，矛盾无所不在、无时不在，陶渊明和华兹华斯一生在心理上均有诸多心理矛盾。从内涵上看，他们的心理矛盾是多种多样的，其中，既有他们共有的，也有他们独有的，但是，绝大多数还是他们共有的。

陶渊明和华兹华斯共有的心理矛盾主要有：入世与出世、社会理想与社会现实、生存与死亡、贫穷与富贵所引起的心理矛盾。

（一）入世与出世

陶渊明入世与出世的心理矛盾集中体现在对入仕与隐居的取舍上。儒家文化主张积极入世，但对于士人而言，入世以求实现自身价值的途径是非常单一的，入仕几乎是其入世之唯一出路。孔子认为，入仕是士人天经地义的本分，是知识分子的根本出路，"学而优则仕"[34]。子路认为，"不仕无义。长幼之节，不可废也。君臣之义，如之何其废之。欲洁其身，而乱大伦。君子之仕也，行其义也"[35]。孟子进一步认为，"士之仕也，犹农夫之耕也"[36]，"士之失位也，犹诸侯之失国家也"[37]，干脆把入仕当作了士人的基本生存方式。入仕是绝大多数士人坚定不移的追求目标，"名岂文章著，官应老病

---

31 慧能著《坛经》，长沙：湖南出版社，1996 年版，第 20 页。

32 朱熹撰《四书章句集注》，北京：中华书局，1983 年版，第 3 页。

33 阮元校刻《十三经注疏》下册，北京：中华书局，1980 年版，第 1529 页。

34 《论语·子张》，阮元校刻《十三经注疏》下册，北京：中华书局，1980 年版，第 2532 页。

35 《论语·微子》，阮元校刻《十三经注疏》下册，北京：中华书局，1980 年版，第 2529 页。

36 《孟子·滕文公下》，阮元校刻《十三经注疏》下册，北京：中华书局，1980 年版，第 2711 页。

37 《孟子·滕文公下》，阮元校刻《十三经注疏》下册，北京：中华书局，1980 年版，第 2711 页。

休"[38]，"穷且益坚，不坠青云之志"[39]。孔子立志入仕，但壮志不酬，故而喟然长叹："甚矣，吾衰也。久矣，吾不复梦见周公。"[40]《增广贤文》："家中无才子，官从何处来。"[41]陶渊明早在青少年时代就胸怀入世志向，"忆我少壮时，无乐自欣豫。猛志逸四海，骞翮思远翥"[42]，"少时壮且厉，抚剑独行游。谁言行游近？张掖至幽州"[43]。陶渊明的入世之志主要有大济苍生和收复故土两个内容。《咏贫士》第五首：

袁安困积雪，

邈然不可干；

阮公见钱入，

即日弃其官[44]。

《咏贫士》第七首：

昔在黄子廉，

弹冠佐名州。

一朝辞吏归，

清贫略难俦[45]。

袁安、阮公、黄子廉道德高远、为官廉洁，陶渊明在此对他们表示了欣赏，表明他胸怀以他们为榜样去大济苍生之志。他所生活的年代，正值东晋偏安江南但又多次北伐之际，383年的淝水之战和东晋末年的刘裕北伐是其中最有名的两次。在这种形势之下，他自然希望能参与收复故土、立功边陲、为国申威。前引"谁言行游近，张掖至幽州"诗句即是他想象自己纵横边疆收复故土的情形。惜乎东晋王朝偏安东南，既没有收复失土之决心，又

38 杜甫《旅夜抒怀》，仇兆鳌注《杜诗详注》第三册，北京：中华书局，1979年版，第1229页。
39 王勃《滕王阁序》，吴楚材、吴调侯选《古文观止》下册，北京：中华书局，1959年版，第306页。
40 《论语·述而》，阮元校刻《十三经注疏》下册，北京：中华书局，1980年版，第2481页。
41 李冲锋译注《增广贤文》，北京：中华书局，2021年版，第233页。
42 陶渊明《拟古》第五首，逯钦立校注《陶渊明集》，北京：中华书局，1979年版，第117页。
43 陶渊明《拟古》第八首，逯钦立校注《陶渊明集》，北京：中华书局，1979年版，第113页。
44 逯钦立校注《陶渊明集》，北京：中华书局，1979年版，第126页。
45 逯钦立校注《陶渊明集》，北京：中华书局，1979年版，第127页。

缺乏完成统一之力量，陶渊明虽怀从戎理想而终究报国无门，其入世之志被冷酷之现实击得粉碎。

在中国封建社会，向有官场险恶之说。官场中上下左右、里里外外之诸种关系盘根错节、犬牙交错，为官者常常需要八面玲珑、小心呵护，稍有疏失便可能埋下祸根、留下后患，轻则影响仕进、报废前程，重则危及生命、殃及家人。为官者常常需要阴险狡诈、心狠手辣，随时眼观六路、耳听八方，处于紧张、戒备状态，所谓诚惶诚恐，"战战兢兢，如临深渊，如履薄冰"[46]，道的就是这种情况。为官者还常常需要融会于世俗社会、通谙迂回之术，否则便难于在官场立足，更谈不上飞黄腾达了。宋代之包拯和明代之海瑞皆因过于清正耿介而在仕途上无法伸展、不得善终，即是显例。陶渊明虽胸怀入仕之志，但他"性刚才拙，与物多忤"[47]，是个秉直耿介、高蹈独善之人。古人云，"论至德者，不和于俗"[48]，"水至清则无鱼，人太紧则无智"[49]，"古者冕而前旒，所以蔽明也；统纩塞耳，所以弇聪也。故水至清则无鱼，人至察则无徒"[50]，陶渊明孤介清高的个性给他的入仕造成了极大的困难，并在入仕与归隐之抉择上将自己置于进退两难、矛盾痛苦之境地，"遥遥从羁役，一心处两端"[51]，"念此怀悲凄，终晓不能静"[52]。冈村繁评论陶渊明说："他对自己在生活处世上难以与世俗协调的'拙'也时或隐或显地表现出两种不同的态度。"[53]冈村繁在这里所说的就是陶渊明在入仕与归隐抉择上或明或暗地流露出来的矛盾痛苦。一方面，他想实现抱负，大展宏图，但又不肯汩泥扬波、与世俗周旋，"总发抱孤介，奄出四十

46 《诗经·小雅·小旻》，阮元校刻《十三经注疏》上册，北京：中华书局，1980 年版，第 449 页。

47 陶渊明《与子俨等疏》，逯钦立校注《陶渊明集》，北京：中华书局，1979 年版，第 187 页。

48 《商君书·更法》，《诸子集成》第五册，北京：中华书局，1954 年版，第 1 页。

49 李冲锋译注《增广贤文》，北京：中华书局，2021 年版，第 60 页。

50 《大戴礼记·子张问入官》，王聘珍撰，王文锦点校《大戴礼记解诂》，北京：中华书局，1983 年版，第 141 页。

51 陶渊明《杂诗》第九首，逯钦立校注《陶渊明集》，北京：中华书局，1979 年版，第 120 页。

52 陶渊明《杂诗》第二首，逯钦立校注《陶渊明集》，北京：中华书局，1979 年版，第 116 页。

53 冈村繁著《陶渊明李白新论》，陆晓光、笠征译，陆晓光、俞慰慈主编《冈村繁全集》第四卷，上海：上海古籍出版社，2002 年版，第 37 页。

年"[54]，"贞刚自有质，玉石乃非坚"[55]。另一方面，他要全身远祸，保持人格的自由，但又不时受到壮志未酬的烦扰，"欲言无予和，挥杯劝孤影。日月掷人去，有志不获骋"[56]，故而失望叹息，"怅恨独策还，崎岖历榛曲"[57]，"此士难再得，吾行欲何求"[58]，"知音苟不存，已矣何所悲"[59]。

随着入世屡屡受挫和年纪不断增长，陶渊明的壮志逐渐消磨，但其入世之心并未完全暝没。魏耕原在《陶渊明论》中说"他的思想看似纯净而又复杂，外似旷达而内具矛盾"[60]，韩愈在《送王秀才序》中一针见血地说他"虽偃蹇不欲与世接，然犹未能平其心"[61]，鲁迅在《魏晋风度及文章与药及酒之关系》中也说他"于世事也并没有遗忘和冷淡"，"总不能超于尘世，而且，于朝政还是留心"[62]。吴澄在《陶诗注序》中写道：

> 晋陶渊明自其高祖长沙桓公为晋忠臣，及桓玄篡逆，刘裕起自布衣诛剿，又灭秦灭燕，挟镇主之威，晋祚将易，既无昭烈可辅以兴复，又无高皇可依以报复，志愿莫伸，其愤闷之情往往发见于诗[63]。

钟惺在《古诗归》中说："人知陶公高逸，读《荣木》、《劝农》、《命子》诸四言，竟是一小心翼翼、温慎忧勤之人。"[64]陶渊明在《杂诗》第五首中自

---

54 陶渊明《戊申岁六月中遇火》，逯钦立校注《陶渊明集》，北京：中华书局，1979年版，第82页。

55 陶渊明《戊申岁六月中遇火》，逯钦立校注《陶渊明集》，北京：中华书局，1979年版，第82页。

56 陶渊明《杂诗》第二首，逯钦立校注《陶渊明集》，北京：中华书局，1979年版，第115-116页。

57 陶渊明《归园田居》第五首，逯钦立校注《陶渊明集》，北京：中华书局，1979年版，第43页。

58 陶渊明《拟古》第八首，逯钦立校注《陶渊明集》，北京：中华书局，1979年版，第114页。

59 陶渊明《咏贫士》第一首，逯钦立校注《陶渊明集》，北京：中华书局，1979年版，第123页。

60 魏耕原著《陶渊明论》，北京：北京大学出版社，2011年版，第3页。

61 韩愈《送王秀才序》，《韩昌黎集》第五册，北京：商务印书馆，1958年版，第21-22页。

62 鲁迅《而已集》，《鲁迅全集》第三卷，北京：人民文学出版社，1981年版，第516页。

63 《附录五·陶渊明评论辑要·吴文正集》，龚斌校笺《陶渊明集校笺》，上海：上海古籍出版社，1996年版，第552页。

64 《附录五·陶渊明评论辑要·靖节先生集诸本评陶汇集》，龚斌校笺《陶渊明集校

述道：

> 壑舟无须臾，
>
> 引我不得住。
>
> 前途当几许？
>
> 未知止泊处。
>
> 古人惜寸阴，
>
> 念此使人惧[65]。

在《荣木》一诗中，他首先坦白"安此日富"，"怛焉内疚"[66]，然后叹息"总角闻道，首无成"[67]，既而自慰"四十无闻，斯不足畏"[68]，最后坚信"千里虽遥，孰敢不至"[69]。朱熹在《论文下》中批评说：

> 陶渊明诗人皆说是平淡。据某看，他自豪放，但豪放得来不觉耳。其露出本相者是《咏荆轲》一篇，平淡底人如何说得这样言语出来[70]！

陶渊明在入世与出世之间有过数次反复，每次归隐未必就是跟入仕之念一刀两断、心无一丝杂念。冈村繁评论陶渊明说："在身后的名誉问题上，他时而冷坦，时而热衷。"[71]"曾几度辞官，而在其归返故乡田园之际，他的心境却表现出令人意外的矛盾性。"[72]冈村繁是看得很清楚的。其实，即使在完全隐居后，陶渊明的心境也并不完全的平静。《读山海经》第九首、第十首约作于义熙四年戊申（公元 408 年），距他完全隐居已经三年。《咏荆轲》作于义熙十年甲寅（公元 414 年），距他完全隐居已经九年。但是，这三首诗却都是雄壮刚健、豪迈悲慨的作品，从中丝毫看不出他有平和宁静的心境。夸父、精卫、刑天和荆轲最终都失败了，但在他们身上却散发出了一股豪迈悲

笺》，上海：上海古籍出版社，1996 年版，第 566 页。

65 逯钦立校注《陶渊明集》，北京：中华书局，1979 年版，第 117 页。

66 逯钦立校注《陶渊明集》，北京：中华书局，1979 年版，第 16 页。

67 逯钦立校注《陶渊明集》，北京：中华书局，1979 年版，第 15 页。

68 逯钦立校注《陶渊明集》，北京：中华书局，1979 年版，第 16 页。

69 逯钦立校注《陶渊明集》，北京：中华书局，1979 年版，第 16 页。

70 黎靖德编，王星贤点校《朱子语类》第八册，北京：中华书局，1994 年版，第 3325 页。

71 冈村繁著《陶渊明李白新论》，陆晓光、笠征译，陆晓光、俞慰慈主编《冈村繁全集》第四卷，上海：上海古籍出版社，2002 年版，第 49 页。

72 冈村繁著《陶渊明李白新论》，陆晓光、笠征译，陆晓光、俞慰慈主编《冈村繁全集》第四卷，上海：上海古籍出版社，2002 年版，第 35 页。

壮的英雄之气，表现出了为实现宏伟抱负而不畏艰险、不惧强暴的抗争精神。在这些失败了的英雄人物身上，寄托着陶渊明身在山林田野而犹望能有作为的豪情壮志。《九日闲居》也是很好的说明，该诗作于元熙元年（公元419年）九月，此时他完全隐居已长达十四年，但他在该诗中依然还发出了壮志未酬的叹息："如何蓬庐士，空视时运倾！""栖迟固多娱，淹留岂无成？"[73]王定璋评论说："这种仕与隐的冲突，一心出两端的痛苦如影之随形，挥之不去，折磨咬啮着陶渊明的心灵。"[74]是说得有道理的。

华兹华斯入世与出世的心理矛盾集中体现在对革命态度的取舍上。他早年对资产阶级革命怀有崇高的理想，《罪恶和悲伤》（"Guilt and Sorry"）一诗便反映出了他明显的民主倾向。他认为革命是人的权利和本性产生的自然结果，因而对君主政体和贵族政治感到气愤，他用散文谴责道："阿谀产生恶习，显贵践踏劳动"[75]。这类谴责在其诗歌《素描杂咏》（*Descriptive Sketches*）中也能找到。由于胸怀革命理想，他希望能投入到轰轰烈烈的革命运动中去。法国革命的爆发很快激起了他的兴趣和激情，他先后两度亲赴法国，对革命表示欢迎、同情和支持。《序曲》第九卷：

> ……那是个万民骚动的
>
> 时刻：就连最温和的人也变得燥热
>
> 不安；各种情绪或观点相互
>
> 撞击、冲突，让平静的家庭充满
>
> 激扬的叫喊[76]。

他在《序曲》第十一卷中称颂道：

> 啊，希望与欢乐的演练，多么
>
> 惬意！我们这些热情洋溢的
>
> 人们，毕竟有强大的盟友在我们
>
> 一边！能活在那个黎明，已是
>
> 幸福，若再加年轻，简直就是

---

73 逯钦立校注《陶渊明集》，北京：中华书局，1979年版，第39页。

74 王定璋著《陶渊明悬案揭秘》，成都：四川大学出版社，1996年版，第53页。

75 H·Я季亚科诺娃著，《英国浪漫主义文学》，聂锦坡、海龙河译，沈阳：辽宁大学出版社，1990年版，第43页。

76 第九卷《寄居法国》第160-164行，威廉·华兹华斯著《序曲》，丁宏为译，北京：中国对外翻译出版公司，1999年版，第238行。

　　　　天堂[77]！

他在《漫游》（*The Excursion*）第三章中展望道：

　　　　恐怖的塔楼内的所有房间，

　　　　倒塌在地：——通过推翻的暴力，

　　　　出于愤怒；喊叫声淹没了

　　　　它带来的破坏！从废墟中

　　　　一座金殿拔地而起了，或像要拔地而起了，

　　　　为公平的法律选择的场地

　　　　温和的父权离身而去[78]。

　　尽管如此，残酷的现实把他的革命理想打得粉碎。1989 年 7 月 14 日，巴黎群众攻占巴士底狱。据乔治·勒费弗尔（Georges Lefebrvre）著《法国革命史》（*La Révolution Française*）载，冲突中，堡垒指挥官“德洛内被人群带到市政厅门口，并在那里处死。不久，巴黎市商会会长弗莱塞尔遭到了同样的命运。人们割下他们的首级，刺在矛尖上，在市内游街示众”[79]。随着法国革命的深入，英国国内的白色恐怖也日益严重，很多共和主义者都公开放弃了自己的政治主张，现出了变节嘴脸。而以罗伯斯庇尔、圣鞠斯特为首的雅各宾派在法国掌握了实权后，对吉仑特派进行了大量的血腥屠杀，以丹敦为首的右派集团和以埃贝尔为首的左派集团均被镇压。华兹华斯在法国的许多好友曾对革命忠心耿耿，但也被送上了断头台。他本人因提前回国，方幸免于难。“法国大革命的风暴也带来了华兹华斯心里的风暴”[80]，尤其是革命的一系列血腥与暴力使他对革命既震惊又害怕，白天沮丧，夜不能寐，恶梦中出现“绝望和暴虐的可怕景象，/ 还有那死亡的刑具”[81]。加之他恋人安妮特·瓦隆（Annette Vallon）[82]又出自法国一个保王主义家庭，他的革命信仰随

---

77 第十一卷《法国——续完》第 105-110 行，威廉·华兹华斯著《序曲》，丁宏为译，北京：中国对外翻译出版公司，1999 年版，第 293 页。

78 William Wordsworth, Book Third "Despondency", Lines 711-716, *The Excursion, The Collected Poetry of William Wordsworth*, Ware: Wordsworth Editions Limited, 1994, p.796.

79 乔治·勒费弗尔著《法国革命史》，顾良、孟湄、张慧君译，北京：商务印书馆，2019 年版，第 129 页。

80 王佐良著《英国浪漫主义诗歌史》，北京：人民文学出版社，1991 年版，第 49 页。

81 王佐良著《英国浪漫主义诗歌史》，北京：人民文学出版社，1991 年版，第 82 页。

82 Vallon：或译“华龙”、“瓦朗”与“法隆”，分别见：梁实秋著《英国文学史》（三）第十五章，北京：新星出版社，2011 年版，第 879-1001 页；侯维瑞主编

之动摇，革命理想随之瓦解，"剧变都危险，一切机会都不可靠"[83]。1792年，他从法国返回英国，革命理想破灭了，入世之道不通了。1995年9月，他同多萝西来到多西特郡乡间的拉塞敦房屋（Racedown Lodge in Dorset）居住。1799年12月，他同多萝西来到英格兰北部湖区格拉斯米尔的鸽庄（Dove Cottage in Grasmere）隐居，走上了出世之路。希望是精神的支撑，没有精神支撑的生活是没有意义的，没有意义的生活是痛苦的。他在《序曲》第六卷中倾诉道：

> ……我们的命运——我们生命的
>
> 心房与归宿——在于无极，别无
>
> 他方；在于希望，不灭的希望，
>
> 还有奋争、企盼、渴求，或某个
>
> 永远等待诞生的形象[84]。

华兹华斯回国后仍对革命抱有一些信心。1793年，他写成《一个共和派致兰道夫主教的信》（"A Letter to the Bishop of Landoff on the Extraordinary Avowal of His Political Principles Contained in the Appendix to His Late Sermon-By A Republican"），驳斥了兰道夫主教责难革命的谬论，明确表示了自己反对专制主义、拥护法国革命的立场。1795年，他"来到伦敦，进入了激进人士的圈子"[85]。他在这里见到无政府主义政治学家威廉·戈德温（William Godwin，1756-1836）[86]，而且还成为了戈德温的信徒，两人常常谈论到深更半夜。早在1794年，华兹华斯就把戈德温的唯理性哲学视为一盏明灯，认为它能够"带领人类走向和平的变革"[87]。他关心政治，如饥似渴地阅读如托马斯·潘恩（Thomas Paine，1737-1809）《人的权利》（*The Right of Man*）这样

《英国文学通史》，上海：上海外语教育出版社，1999年版，第341页；乔艳《华兹华斯在中国的影响与接受研究》，四川大学博士论文，2014年提交，第13页。

83 华兹华斯《无题》，王佐良著《英国浪漫主义诗歌史》，北京：人民文学出版社，1991年版，第74页。

84 第六卷《剑桥与阿尔卑斯山脉》第605-609行，威廉·华兹华斯著《序曲》，丁宏为译，北京：中国对外翻译出版公司，1999年版，第152页。

85 Stephen Hebron, *William Wordsworth*, Shanghai: Shanghai Foreign Language Education Press, 2009, p.108.

86 William Godwin：或译"威廉·葛德汶"，详见：陈才忆著《湖畔对歌：柯尔律治与华兹华斯交往中的诗歌研究》，成都：四川大学出版社，2007年版，第3页。

87 Nicolas Roe, *Wordsworth and Coleridge: The Radical Years*, Oxford: Clarendon Press, 1988, p.197.

思想激进的著作。他同柯勒律治的《抒情歌谣集》（*Lyrical Ballads*）完成于他放弃革命手段之后，但他在歌谣集的许多诗篇中依然流露出了革命的倾向。他在《早春命笔》（"Lines Written in Early Spring"）一诗中认为，天地中的万物互相爱护，天地是仁慈的，而自以为文明的人却对物残酷对人也残酷，人是残酷的，"我岂不更有理由悲叹／人这样作践自己"[88]。一方面，他对法国革命理想之一的博爱说仍持肯定态度；另一方面，他对革命所体现出的理性主义表示怀疑。他在《伦敦，1802》（"London，1802"）一诗中，歌颂了热爱自由的弥尔顿，这也表明他没有完全放弃革命理想。《序曲》共十四卷，其中同法国革命有关的就有三卷以上，约占 22%，分量还是比较大的。在这些相关的章节中，他对法国革命进行了深刻的反思。这表明，即使在隐居之后，他对革命理想还情缘未了，也未对自己的理想作全盘的否认，心理矛盾非常明显。

（二）社会理想与社会现实

陶渊明的社会理想直接来源于《礼记·礼运》中的大同之世、《老子·八十章》中的小国寡民之世和《庄子·胠箧》中的至德之世。在其理想社会中，环境幽雅秀美，经济自给自足，民风朴素真淳，人民安居乐业。但是，他所面对的却是一个动乱黑暗的社会。他生活于东晋、刘宋之交，阶级矛盾、民族矛盾和统治阶级内部的矛盾都非常尖锐，社会动乱。北方"五胡十六国"、西北各少数民族的贵族在中原一带割据混战，并不断骚扰南方。东晋王朝苟安江南，把持政权的豪族地主对人民进行残酷压榨。孙恩领导的农民起义之战火燃及今江苏、浙江、福建、广东、广西等地，前后持续十二年。东晋王朝统治集团内部互相倾扎，不断地发生争权夺利的斗争。陶渊明的家乡浔阳处于敌对双方争夺的战略要冲，在战乱年代受害尤烈。不仅有人祸，而且有天灾，人民死伤流离，村落破败不堪，其景象惨不忍睹。《和刘柴桑》："荒涂无归人，时时见废墟。"[89]《归园田居》第四首：

> 徘徊丘垄间，
> 依依昔人居。
> 井灶有遗处，

---

88 华兹华斯《早春命笔》，《华兹华斯抒情诗选》，杨德豫译，长沙：湖南文艺出版社，1996 年版，第 235 页。

89 逯钦立校注《陶渊明集》，北京：中华书局，1979 年版，第 57 页。

桑竹残朽株。

借问采薪者，

此人皆焉如？

薪者向我言，

死没无复余[90]。

陶渊明生活的年代也很黑暗，"自真风告逝，大伪斯兴，间阎懈廉退之节，市朝驱易进之心"[91]。正直的人没有出路，朝堂上"是非苟相形，雷同共誉毁"[92]。朴素纯真之风丧失怠尽，"羲农去我久，举世少复真"[93]。魏晋以来，士人无端被杀者甚众，他们朝不保夕、人心惶惶，"密网裁而鱼骇，宏罗制而鸟惊"[94]，"矰缴奚施，已卷安劳"[95]。对于社会种种丑恶现象，陶渊明心中应该是悲哀愤怒的。《淮南子·本经》："心有忧丧则悲，悲则哀，哀斯愤，愤斯怒，怒斯动。"[96]陶渊明面对动乱黑暗的社会现实同社会理想所形成的强烈的反差，产生了心理矛盾。

华兹华斯对英国资本主义社会有极大期望。他少年时期就同情劳动人民的处境，他们的悲惨地位引起了他的愤怒。英国是世界上最早进行和完成资产阶级革命与工业革命的国家，他曾希望它能给人民带来真正的富裕与幸福。但工商业的发展却摧残和毒害了土地独立劳动者的身心，平静朴素的生活破坏了，农场经济迅速衰落了，农村社会出现了疾病和贫困。工商业的发展还把所有人都成了发财的牺牲品，社会上形成了普遍的拜金主义思想。同时，日益发展的科学主义对英国人民的心灵价值造成了漠视。欧洲文化中科学主义的传统源远流长，自近代以来，英国的实证哲学和科学发展彼此推波助澜，引起社会对文学作用的漠视。华兹华斯认为，只有科学的社会是人性

90 逯钦立校注《陶渊明集》，北京：中华书局，1979 年版，第 42 页。

91 陶渊明《感士不遇赋》，逯钦立校注《陶渊明集》，北京：中华书局，1979 年版，第 145 页。

92 陶渊明《饮酒》第六首，逯钦立校注《陶渊明集》，北京：中华书局，1979 年版，第 90 页。

93 陶渊明《饮酒》第二十首，逯钦立校注《陶渊明集》，北京：中华书局，1979 年版，第 99 页。

94 陶渊明《感士不遇赋》，逯钦立校注《陶渊明集》，北京：中华书局，1979 年版，第 147 页。

95 陶渊明《归鸟》，逯钦立校注《陶渊明集》，北京：中华书局，1979 年版，第 33 页。

96 《诸子集成》第七册，北京：中华书局，1954 年版，第 123 页。

的沙漠，它最终使人蜕变为机器。十八世纪末十九世纪初，拜金主义和心灵漠视在英国社会已形成为两种强大的社会习俗。华兹华斯赞同启蒙主义人天生善良的信条，认为社会制度是人所犯罪过的根本原因。他对丑恶的社会现实感到非常忧虑和失望，从而长期对社会持有极端的批评态度。他在《无题：这尘世拖累我们可真够厉害》（"Untitled: The World is Too Much With Us; Late and Soon"）一诗中说：

> 这尘世拖累我们可真够厉害；
>
> 　得失盈亏，耗尽了毕生精力；
>
> 　对我们享有的自然界所知无几；
>
> 为了卑污的利禄，把心灵出卖[97]！

他在《漫游》（*The Excursion*）[98]第三章：

> 历史，时代的忠实抄写员，将会分辨
>
> 对这个事业的热情多么迅速地
>
> 遭到抛弃——或出现于敌对的阵营；
>
> 一些人，厌倦于诚实服务；这些，
>
> 因而被更加热情的追随者的热忱所征服，
>
> 厌烦或者吓倒——所以混乱开始了，
>
> 比较诚实的人迫不得已说出
>
> 布鲁图说过的话，"自由，
>
> 我曾对你敬若神明，原来只是一个影子！"[99]

公元前 44 年 3 月 15 日，罗马政治家马库斯·朱尼斯·布鲁图（Marcus Junius Brutus，前 85-前 42）联络一批元老院成员以诛灭独裁者为名刺杀了罗马政治家盖乌斯·尤利乌斯·恺撒（Gaius Julius Caesar，前 100-前 44），布鲁图因此成为深受国王独裁之苦的、参与法国大革命的群众的偶像。华兹华斯在《漫游》第三章中详细描绘了社会的种种阴暗面，最后引用布鲁图的一句名言酸楚地作结："自由，／我曾对你敬若神明，原来只是一个影子！"（"Liberty, / I warshipped thee, and find thee but a Shade！"）表达

---

97 《华兹华斯抒情诗选》，杨德豫译，长沙：湖南文艺出版社，1996 年版，第 131 页。

98 *The Excursion*：或译"《远游》"。

99 William Wordsworth, Book Third "Despondency", Lines 669-777, *The Excursion, The Collected Poetry of William Wordsworth*, Ware: Wordsworth Editions Limited, 1994, p.797.

了极大的失望。他在《伦敦，1802》一诗中说英国成了死水污池，接着他写道：

> 教会，弄笔的文人，仗剑的武士，
>
> 千家万户，豪门的绣阁华堂，
>
> 断送了内心的安恬——古老的风尚；
>
> 世风日下，我们都汲汲营私[100]；

于是，在这首诗歌里，他只好把已经作古的人抬了出来："弥尔顿！今天，你应该活在世上：／英国需要你！""哦！回来吧，快来把我们扶持，／给我们良风，美德，自由，力量！"[101]在《献给自由的十四行诗》（"Sonnets Dedicated to Liberty"，1802-1807）中，他又把英国社会比作一潭死水，并向当时的政治家提起了弥尔顿。华兹华斯对英国资本主义社会抱有理想，但"结果，除了绝望，他什么也没有挑到"[102]，"我生不逢时，不得其所"[103]，心理矛盾非常明显。

（三）生存与死亡

《吕氏春秋·孟冬纪·节丧》："凡生于天地之间，其必有死，所不免也。"[104]艾布·阿塔希叶（Abū al-'atāhiyah，748-825）《为死亡而生殖》："为死亡而生殖，为毁坏而建筑！／灭亡是你们所有人的归宿。"[105]死亡是宇宙间所有生物之最终归宿，生物出于本能无不极力同这一无可改变的命运进行抗争，人类亦不例外。一方面，人类希望自己的生命能够永恒，另一方面又无法逃脱终将归于死亡的命运，生存与死亡成了触及人类灵魂的使人类不断思索和反复叩问的永恒命题。陶渊明热爱和执着于生命，期望它能长久甚至永恒，"在世无所须，唯酒与长年"[106]。但他又清楚地知道，他所希冀的长寿与永

---

100 《华兹华斯抒情诗选》，杨德豫译，长沙：湖南文艺出版社，1996 年版，第 199 页。

101 《华兹华斯抒情诗选》，杨德豫译，长沙：湖南文艺出版社，1996 年版，第 199 页。

102 H·月季亚科诺娃著《英国浪漫主义文学》，聂锦坡、海龙河译，沈阳：辽宁大学出版社，1990 年版，第 44 页。

103 华兹华斯《序曲》，吴富恒主编《外国著名文学家评传》第二卷，济南：山东教育出版社，1996 年版，第 58 页。

104 《诸子集成》第六册，北京：中华书局，1954 年版，第 96 页。

105 《阿拉伯古代诗选》，仲跻昆译，北京：人民文学出版社，2001 年版，第 227 页。

106 陶渊明《读山海经》第五首，逯钦立校注《陶渊明集》，北京：中华书局，1979 年版，第 135 页。

恒是可望而不可即的，"宇宙一何悠，人生少至百"[107]。亲友的相继去世加重了生死命题对他的折磨，其《祭程氏妹文》和《祭从弟敬远文》情真意切，催人泪下，表达了深切的失亲之痛。严峻的现实使他清醒地认识到生而必死是无法抗拒的自然规律，"运生会归尽，终古谓之然"[108]。于是，心理矛盾油然而生，"世短意恒多，斯人乐久生"[109]，"常恐大化尽，气力不及衰"[110]，"从古皆有没，念之中心焦"[111]。《形影神》组诗充分流露了生死命题给他带来的困惑与苦痛，"三首诗里面反映出他对人生很多重要问题的思考"[112]。他在《形赠影》中说，天地永存，山川无改，草木枯而复荣，人却生命有限，刚见一个人还活着，转眼逝去，再无归来之可能。其物依旧，其人不存，睹物思人，泪流满面。推人及己，深知自己亦难逃死亡，忧人忧己，矛盾痛苦。无怪乎高建新在《自然之子——陶渊明》中写道："面对死亡，陶渊明确实有汉末文人和阮籍一样的痛苦、疑惧。"[113]陶渊明在《影答形》中说，他曾想寻仙访道，以求长生不老，但通往仙家之道过于渺茫，长生之路堵死了。想到身体消亡名声亦将不复存在，于是心潮起伏，不能自已。他在《神释》中说，男女老少都难免一死，无可奈何，只有听从命运的摆布。冈村繁评论陶渊明说："在生死问题上表现出了彻悟和执迷的两面性。"[114]说的就是陶渊明在生存与死亡问题上的心理矛盾。

华兹华斯也对生死命题产生了心理矛盾。他是个过早承受失亲之痛的人，他年仅八岁时母亲便去世了，几个月后他喜爱的妹妹死去，五年后他父

107 陶渊明《饮酒》第十五首，逯钦立校注《陶渊明集》，北京：中华书局，1979 年版，第 96 页。

108 陶渊明《连雨独饮》，逯钦立校注《陶渊明集》，北京：中华书局，1979 年版，第 55 页。

109 陶渊明《九日闲居》，逯钦立校注《陶渊明集》，北京：中华书局，1979 年版，第 39 页。

110 陶渊明《还旧居》，逯钦立校注《陶渊明集》，北京：中华书局，1979 年版，第 80-81 页。

111 陶渊明《己酉岁九月九日》，逯钦立校注《陶渊明集》，北京：中华书局，1979 年版，第 83 页。

112 叶嘉莹著《叶嘉莹说陶渊明饮酒及拟古诗》，北京：中华书局，2007 年版，第 18 页。

113 高建新《自然之子——陶渊明》，呼和浩特：内蒙古大学出版社，2003 年版，第 82 页。

114 冈村繁著《陶渊明李白新论》，陆晓光、笠征译，陆晓光、俞慰慈主编《冈村繁全集》第四卷，上海：上海古籍出版社，2002 年版，第 45 页。

亲又去世。他的弟弟约翰·华兹华斯、友人塞缪尔·泰勒·柯勒律治等亲友亦先他而逝。人生而必死的现实使他内心充满了"模糊的绝望感……时时袭来的对苦难与死亡的意识"[115]。当他看到友人博蒙特所画的皮尔古堡图时，图中风雨大作的情形使他触景生情，勾起对死难的海军军官弟弟约翰·华兹华斯的哀悼，于是写下了一首题为《哀歌》（"Elegiac Verses, In Memory of My Brother John Wordsworth"）的诗歌寄托悼念之情。《哀歌》第十一章：

> 如今我再也见不到含笑的碧海，
>
> 再也无法回到当时的心境；
>
> 我这伤悼的情怀会常新永在；……
>
> 这阴沉的海岸，这凶狂暴烈的海洋[116]。

在《无题：昔日，我没有人间的忧惧》（"Untitled: A Slumber Did My Spirit Seal"）一诗中，他虽没有直接表示自己对露西之死的感情，但他那不问世事的平静态度却已说明肉体毁灭是不可避免的，这种平静态度也把他绝望的心情衬托得更加突出：

> 昔日，我没有人间的忧惧，
>
> 恬睡锁住了心魂；
>
> 她有如灵物，漠然无感于
>
> 尘世岁月的侵寻。
>
> 如今的她呢，不动，无力，
>
> 什么也不看不听；
>
> 天天和岩石、树木一起，
>
> 随地球旋转运行[117]。

他在此冷静列举了迫使露西伴随石木长眠地下的死亡预兆，冷静态度同绝望情绪形成了鲜明的对比。诗中表现出了严格的朴素和克制，完全没有传统的描写和比喻，这一切所表达的绝望和痛苦情绪比任何词语所能表达的都强烈。在《露西·格瑞》（"Lucy Gray"）[118]中，他对露西·格瑞这一年轻生

---

115 R. T. Davis, *Literature of the Romantic Period*, Liverpool: Liverpool University Press, 1976, p. 38.

116 《湖畔诗魂》，杨德豫译，北京：人民文学出版社，1990 年版，第 282 页。

117 《华兹华斯抒情诗选》，杨德豫译，长沙：湖南文艺出版社，1996 年版，第 237 页。

118 Lucy Gray：或译"露西·葛雷"，详见：华兹华斯等著《英国浪漫主义五大家诗

命的死亡表示了深切的怀念和绵绵的忧伤。在《露西组诗》(*The "Lucy" Poems*) 之一的《无题：三年里晴晴雨雨，她长大》("Untitled: Three Years She Grew in Sun and Shower") 中，他对露西之死依依不舍，表现了淡淡的惋惜：

> 好快呵，露西走完了旅程！
>
> 她死了，给我留下来
>
> 这一片荒原，这一片沉寂，
>
> 对往事旧情的这一片回忆——
>
> 那旧情永远不再[119]。

赵光旭分析说："华兹华斯露西诗组中的讲话者对露茜的怀念表达了他对死亡问题的思考，他的思考内容从最基本的死亡问题逐步上升到深层次的一些伦理问题。这种对死亡问题的不断深化的真正意义在于表达了诗人对于一种化身意义的主体性的认可。"[120]

但生与死的矛盾在陶渊明和华兹华斯这里有着一定的差异。儒家对鬼神之事采取的是敬而远之的怀疑态度，"未知生，焉知死？"[121]"未能事人，焉能事鬼？"[122]"死生有命，富贵在天"[123]，"敬鬼神而远之，可谓知矣"[124]。儒家和道家虽然在入世和出世问题上持完全相反的态度，但都有重今生而轻来世的特点。在儒道文化中，只有此岸而无彼岸，它们奉行的是注重今生的人生哲学。在这种人生哲学影响下，陶渊明把生死命题给他造成的心理矛盾疏导到了对有限生命的珍惜、热爱和对今生的充分享受上。《酬刘柴

选》，李昌陟译，重庆：重庆出版社，2000 年版，第 13 页；华兹华斯著《华兹华斯抒情诗选》，黄杲炘译，上海：上海译文出版社，2000 年版，第 116 页；威廉·华兹华斯著《华兹华斯抒情诗选》，杨德豫译，西安：陕西师范大学出版社，2016 年版，第 104 页。

119 《华兹华斯抒情诗选》，杨德豫译，长沙：湖南文艺出版社，1996 年版，第 73 页。

120 赵光旭著《华兹华斯"化身"诗学研究》，上海：上海大学出版社，2010 年版，第 154 页。

121 《论语·先进》，阮元校刻《十三经注疏》下册，北京：中华书局，1980 年版，第 2499 页。

122 《论语·先进》，阮元校刻《十三经注疏》下册，北京：中华书局，1980 年版，第 2499 页。

123 《论语·颜渊》，阮元校刻《十三经注疏》下册，北京：中华书局，1980 年版，第 2503 页。

124 《论语·雍也》，阮元校刻《十三经注疏》下册，北京：中华书局，1980 年版，第 2479 页。

桑》："今我不为乐，知有来岁不？命室携童弱，良日登远游。"[125]《杂诗》第一首："得欢当作乐，斗酒聚比邻。盛年不重来，一日难再晨；及时当勉励，岁月不待人。"[126]与此不同的是，在基督教文化中，既有此岸，亦有彼岸，死亡是重回自然，是人类的最终归宿，是肉体的消亡，是精神的永存。在这种文化的影响下，华兹华斯对死亡的认识是虽死犹生、万物有灵，死亡似乎并非十分令人痛苦。在《我们是七个》（"We Are Seven"）一诗中，他借一小姑娘之口巧妙地阐释了这一观点。他在《露西·格瑞》一诗中认为，露西·格瑞是自然界不可分割的一部分，她和自然界融为了一体，她死去和活着一样，都显得自然而然。他在《露西组诗》中多次写到露西之死，她生前不为人注意，死后无人忧虑，她的死不是真正的消亡，她的灵魂在自然中得到永生，她的精神在宇宙中得以永存。

（四）富贵与贫贱

人的生存离不开一定的物质财富，"人生归有道，衣食固其端"[127]。对于人的生存而言，富贵与贫贱是一对不可调和的矛盾。陶渊明虽出身于仕宦之家，但到他出生时，家道业已衰落。他自叙说，"自余为人，逢运之贫"[128]，"少而穷苦，每以家弊，东西游走"[129]。颜延之说他"少而贫病，居无仆妾，井臼不任，藜菽不给；母老子幼，就养勤匮"[130]。他有时甚至沦到无粮下锅只好向他人求贷的地步，其《乞食》诗可为证。他曾五仕五隐，之所以有如此反复的从政冲动，除为博取功名外，另一个原因是希望通过入仕挣取一定的俸禄养家糊口，"畴昔苦长饥，投耒去学仕。将养不得节，冻馁固缠己"[131]。萧

---

125 陶渊明《酬刘柴桑》，逯钦立校注《陶渊明集》，北京：中华书局，1979 年版，第 59 页。

126 陶渊明《杂诗》第一首，逯钦立校注《陶渊明集》，北京：中华书局，1979 年版，第 115 页。

127 陶渊明《庚戌岁九月中于西田获早稻》，逯钦立校注《陶渊明集》，北京：中华书局，1979 年版，第 84 页。

128 陶渊明《自祭文》，逯钦立校注《陶渊明集》，北京：中华书局，1979 年版，第 197 页。

129 陶渊明《与子俨等疏》，逯钦立校注《陶渊明集》，北京：中华书局，1979 年版，第 187 页。

130 颜延之《陶徵士诔》，北京大学北京师范大学中文系、北京大学中文系文学史教研室编《陶渊明资料汇编》上册，北京：中华书局，1962 年版，第 1 页。

131 陶渊明《饮酒》第十九首，逯钦立校注《陶渊明集》，北京：中华书局，1979 年版，第 98 页。

统说他"亲老家贫，起为州祭酒"[132]，可谓一矢中的。富贵与贫贱的选择引发了他的心理矛盾，"贫富常交战"[133]，冈村繁评论陶渊明说："在几乎同一时期中，他有时吟咏贫穷，有时又赞美富裕。并且，他对自己生活扎状况的描写也显得判若两人。"[134] "当他向别人乞食或面对别人施舍时，时而断然拒绝，以示高洁；时而又坦然接受，不以为耻。"[135]入仕可给他一家带来一定的生活保障，但要以随波逐流、失去身心自由为代价。归隐田园可把他从案牍之劳行中解脱出来，但他要付出忍受贫困煎熬的代价，"量力守故辙，岂不寒与饥"[136]。自他四十一岁时归耕以来，贫困饥乏不断折磨着他及家人，其苦况屡屡见诸《咏贫士》、《乞食》、《杂诗》、《归去来兮辞》和《怨诗楚调示庞主簿邓治中》等诗篇。《归去来兮辞》序："余家贫，耕植不足以自给。"[137]《杂诗》第八首："躬亲未曾替，寒馁常糟糠。"[138]他在《怨诗楚调示庞主簿邓治中》一诗中言自己遇到天灾人祸，庄稼欠收，生活极为艰难，故而指责天道，怨及鬼神，但呼天天不应，叫地地不灵，其悲苦之状难以言表。

华兹华斯一生也曾遭受贫困的折磨。在英国文学史上的桂冠诗人中，埃德蒙·斯宾塞（Edmund Spenser，约 1552-1599）和本·琼生（Ben Jonson，约 1573-1637）均一生贫困潦倒，命运凄凉，去世时依然囊空如洗。华兹华斯虽不象他门那样一生困苦不堪，但也曾受贫困的折磨。他从法国返回英国时年纪尚轻，但不久生活上便没有了着落，不时靠举债务度日。在此后近十年期间，他生活上非常困难，无法继续为实现作诗人的梦想而努力。幸好有象赖斯雷·卡尔弗特（Raisley Calvert）这样的朋友在经济上鼎力相助，他才得以度过难关。他本已厌恶世事、心系田园，但在贫困的折磨下，他被迫重回

132 萧统《陶渊明传》，北京大学北京师范大学中文系、北京大学中文系文学史教研室编《陶渊明资料汇编》上册，北京：中华书局，1962 年版，第 7 页。

133 陶渊明《咏贫士》第五首，逯钦立校注《陶渊明集》，北京：中华书局，1979 年版，第 126 页。

134 冈村繁著《陶渊明李白新论》，陆晓光、笠征译，陆晓光、俞慰慈主编《冈村繁全集》第四卷，上海：上海古籍出版社，2002 年版，第 39 页。

135 冈村繁著《陶渊明李白新论》，陆晓光、笠征译，陆晓光、俞慰慈主编《冈村繁全集》第四卷，上海：上海古籍出版社，2002 年版，第 41 页。

136 陶渊明《咏贫士》第一首，逯钦立校注《陶渊明集》，北京：中华书局，1979 年版，第 123 页。

137 逯钦立校注《陶渊明集》，北京：中华书局，1979 年版，第 159 页。

138 逯钦立校注《陶渊明集》，北京：中华书局，1979 年版，第 119 页。

社会去做律师、当记者，甚至在政府机关里谋取了一个韦斯特摩兰税务官（official Distributor of Stamps for Westmoreland）的卑微闲职。从事世俗事务有助于解决养家糊口的问题，求得生活上的相对安定，但这又违背他的本性，艰难的选择使他一度产生了心理上的矛盾冲突。

但在中国传统文化中，富贵与贫贱的取舍不仅与维持生存的物质需要有关，而且同修身养性的精神需求相联，《论语·卫灵公》："子曰：'君子谋道不谋食。耕也馁在其中矣，学也禄在其中矣。君子忧道不忧贫。'"[139]取富贵不可害仁义，倘二者不可兼得，应抛弃前者选择后者，《论语·述而》："子曰：'饭疏食，饮水，曲肱而枕之，乐亦在其中矣。不义而富且贵，于我如浮云。'"[140]富贵贫贱仁义之事同国家之兴旺衰亡亦密切相联，《论语·泰伯》："邦有道，贫且贱焉，耻也；邦无道，富且贵焉，耻焉。"[141]甘于贫困之人则要受到赞赏：《论语·雍也》："子曰：'贤哉回也！一箪食，一瓢饮，在陋巷。人不堪其忧，回也不改其乐。贤哉回也！'"[142]这一价值观进一步演化成了安贫乐道、固守清贫的思想，《论语·卫灵公》："子曰：'君子固穷，小人穷斯滥矣。'"[143]这一思想极大影响了陶渊明，《癸卯岁始春怀古田舍》第二首："先师有遗训，忧道不忧贫。"[144]《感士不遇赋》："宁固穷以济意，不委曲而累己。既轩冕之非荣，岂缊袍之为耻。"[145]他晚年饿病，江州刺使檀道济馈以粱肉，并劝他出仕，但麾而去之，乐于过自己粗衣淡饭的清贫生活。对于他的行为，萧统等人给予了很高的评价。华兹华斯对富贵与贫贱却有不同的价值取向。他在沉重的经济压力之下为出仕积极奔走，并托人在政府机关里弄了一个税务官挂名闲职，每年领取几百镑俸禄。他的这一行动招致了非议，珀西·比希·雪莱（Percy Bysshe Shelley, 1792-1822）为此感到非常痛心，乔治·戈登·拜伦（George Gordon Byron，1788-1824）亦写诗对之嘲讽挖苦。

上述这些心理矛盾是陶渊明和华兹华斯共有的。除此之外，还有一些心

139 阮元校刻《十三经注疏》下册，北京：中华书局，1980 年版，第 2518 页。
140 阮元校刻《十三经注疏》下册，北京：中华书局，1980 年版，第 2482 页。
141 阮元校刻《十三经注疏》下册，北京：中华书局，1980 年版，第 2487 页。
142 阮元校刻《十三经注疏》下册，北京：中华书局，1980 年版，第 2478 页。
143 阮元校刻《十三经注疏》下册，北京：中华书局，1980 年版，第 2516 页。
144 逯钦立校注《陶渊明集》，北京：中华书局，1979 年版，第 77 页。
145 逯钦立校注《陶渊明集》，北京：中华书局，1979 年版，第 148 页。

理矛盾分属于陶渊明和华兹华斯，不为对方所有，主要有：对子女的期望与子女的表现给陶渊明所带来的心理矛盾，对爱情的追求与爱情的失败给华兹华斯所带来的心理矛盾。

（一）对子女的期望与子女的表现

陶渊明对子女是寄予厚望的，他殷切希望他们将来能有所作为，以便光宗耀祖、扬名天下。《咏贫士》第七首："丈夫虽有志，固为儿女忧。"[146]在《命子》一诗中，他表达了对儿子的期望，流露了拳拳爱子之情。但五个儿子都与他的期望相去甚远，《责子》：

> 白发被两鬓，
>
> 肌肤不复实。
>
> 虽有五男儿，
>
> 总不好纸笔。
>
> 阿舒已二八，
>
> 懒惰故无匹。
>
> 阿宣行志学，
>
> 而不爱文术。
>
> 雍端年十三，
>
> 不识六与七。
>
> 通子垂九龄，
>
> 但觅梨与栗。
>
> 天运苟如此，
>
> 且进杯中物[147]。

他已年老体弱、精力不逮，但儿子一个个都还不成器，失望、无奈之情流露于诗篇之字字句句。他除了对他们一一加以责备之外，只有自认命运的安排，并悲伤地转向酒杯以求安慰。可见他在子女的问题上未能超凡脱俗、保持一颗平和的心，难怪杜甫在《遣兴》五首其三中批评他"有子贤与愚，何其挂怀抱"[148]，并说他"未必能达道"[149]。

---

146 逯钦立校注《陶渊明集》，北京：中华书局，1979 年版，第 127 页。

147 逯钦立校注《陶渊明集》，北京：中华书局，1979 年版，第 106 页。

148 仇兆鳌注《杜诗详注》第二册，北京：中华书局，1979 年版，第 563 页。

149 仇兆鳌注《杜诗详注》第二册，北京：中华书局，1979 年版，第 563 页。

陶渊明生活在古代中国，古代中国的宗法观极其浓厚，子孙后代是关系到宗族繁衍昌盛的大事，在家庭和社会中占有极其重要的位置，《白虎通·嫁娶》："人承天地施阴阳，故设嫁娶之礼者，重人伦，广继嗣也。"[150]《孟子·离娄上》："不孝有三，无后为大。"[151]在这种文化背景下，一般中国人都很看重子女。看重子女的第一个体现是希望儿孙满堂、子孙繁衍不绝，《诗经·周南·螽斯》：

　　　　螽斯羽，

　　　　诜诜兮。

　　　　宜尔子孙，

　　　　振振兮。

　　　　螽斯羽，

　　　　薨薨兮。

　　　　宜尔子孙，

　　　　绳绳兮。

　　　　螽斯羽，

　　　　揖揖兮。

　　　　宜尔子孙，

　　　　蛰蛰兮[152]。

乍一看，这是一首咏叹蝗虫的诗作。其实，不然。螽斯是蝗虫一类的昆虫，又名蜙蝑、斯螽，多子。诗人采用比之艺术手法，以螽斯之多子喻人之多子，表示对多子者的祝贺，是中国人看重子女价值取向之明证。一般中国人看重子女的第二个体现是希望下一代发达昌盛，子成龙，女成凤，出人头地，光宗耀祖。陶渊明也受到了这种思想的影响，对子女寄予了莫大的希望，而子女又不争气，故产生了激烈的心理冲突。与此对照的是，古代英国的宗法观原本不甚浓厚，而近代的英国又受到了资产阶级价值观的冲击，子孙后代在家庭和社会中占据的位置已远远没有在古代中国这样重要。华兹华斯生活在近代英国，自然也就没有象陶渊明那样因子女是否成材而来的剧烈

---

150 陈立撰、吴则虞点校《白虎通疏证》（下），北京：中华书局，1994 年版，第 451 页。

151 阮元校刻《十三经注疏》下册，北京：中华书局，1980 年版，第 2723 页。

152 阮元校刻《十三经注疏》上册，北京：中华书局，1980 年版，第 279 页。

的心理矛盾。

（二）对爱情的追求与爱情的失败

华兹华斯是个大胆歌颂爱情的人，《亚美尼亚公主的爱情》、《世界上最美的一切中，有我爱人》、《路易莎》、《无题：我有过奇异的心血来潮》、《致——》、《无题：记得我初次瞥见她倩影》、《无题：哦，夜莺！我敢于断定》、《无题：三年里晴晴雨雨，她长大》（"Untitled: Three years she grew in sun and shower"）、《鲁思》（"Ruth"）、《无题：我爱人见过世间美妙的种种》、《洛钦瓦》、《你的命运叫人愁》，等等，都是他描写爱情的诗篇。如在《洛钦瓦》一诗中，他描写了一个动人的爱情故事：一个英俊潇洒的小伙子洛钦瓦，在心爱姑娘的婚礼上用勇敢和智慧战胜新娘的父母亲友，同姑娘一道在众目睽睽之下双双逃走，终成秦晋之好。在《你的命运叫人愁》中，他抒发了情人别离的苦痛：

> 你熟悉的我将离去。
> 欢乐的玫瑰正含苞欲放，
> 在这个六月的清晨；
> 但它先要对冰雪吐芬芳，
> 我们俩才能重逢[153]。

华兹华斯在爱情生活中经历过磨难和痛苦。他 1791 年在法国奥尔良（Orléans）逗留期间，同当地一外科医生之女、比他约大 4 岁的安妮特·瓦隆坠入了爱河。他随她回到她家乡布卢瓦（Blois），两人继续保持恋爱关系并生活在一起，不久她有了身孕。由于家人竭力反对，他们又回到奥尔良。这一事情遭到了双方家庭的强烈反对。瓦隆的父母知道女儿怀孕后非常愤慨，"为了掩盖／构成威胁的家丑，姑娘的父母／急忙想方设法连夜把她弄走"[154]。他俩的风流韵事暴光后，他的叔辈们认为他在行为上有失检点，深感恼怒。在他此次逗留法国期间，正逢法国革命进入一个激化的新阶段，法国对奥地利宣战、"九月大屠杀"等事件接二连三地发生，他感到法国已是一个失去安全感的国家，"似乎是一个充满恐惧的地方"[155]，"像一片未增设防

---

153 《英国抒情诗选》，黄杲炘译，上海：上海译文出版社，1997 年版，第 116 页。

154 William Wordsworth, "Vaudracour and Julia", *William Wordsworth Selected Poetry and Prose*, edited by Philip Hobsbaum, London: Routledge, 1989, p.4.

155 William Wordsworth, *The Prelude, William Wordsworth Selected Poetry and Prose*, edited by Philip Hobsbaum, London: Routledge, 1989, p.4.

的／森林，到处有散漫的老虎游荡"[156]。于是，孩子未及出世，他便仓促告别瓦隆途经巴黎返回英国。1792 年 12 月 5 日，瓦隆在奥尔良生下女儿卡罗琳（Caroline）。他回国后的打算是，先寻找一份工作，再正式迎娶瓦隆。但1793 年 2 月，他回国后还不到两个月，法国对英国宣战，两个恋人的国家成了敌对国。他离开恋人却又无法回到她身边，从此同她天各一方，失去了联系，"一时萎靡不振，陷入无比的痛苦与伤感之中"[157]。直到十年之后，他才得以重返法国同瓦隆母女见面。曲折而痛苦的异国爱情使他在心理上产生了极大的心理矛盾。

华兹华斯生活在以人为中心、高扬个性的英国资本主义社会。在这样的社会中，爱情作为人的神圣权利得以充分肯定，他对爱情亦因之具有高度的自觉。一方面，他高声歌颂爱情，另一方面，他大胆追求爱情，为其如此，他才有因爱情失意而来的剧烈心理矛盾和深刻苦痛。与此对照的是，陶渊明生活在以集体为中心、压抑个性的中国封建社会。在这样的社会中，爱情受到高度的排挤和忽视，爱情不是婚姻的目的，《礼记·昏义》："昏礼者，将合二姓之好，上以事宗庙，而下以继后世也。"[158]在这样的文化背景下，陶渊明自然难于产生对爱情的高度自觉，也就谈不上他有因爱情失意而来的剧烈心理矛盾了。

二、陶渊明和华兹华斯"静"中之"动"的消解

陶渊明和华兹华斯在心理上的诸多心理矛盾使他们表现出了深层的悲剧感、孤独感、疏离感和焦灼感，心理能量受到极度压抑。根据西格蒙德·弗洛伊德（Sigmund Freud，1856-1939）精神分析学中的能量移置理论，某种欲望或心理能量不会因压抑而消失，它总是通过另外的方式加以宣泄，受到压抑的欲望或心理能量的替代性满足总是选择与它切近并且最容易实现的途径。陶渊明和华兹华斯由诸多心理矛盾而来的诸多心理能量是不会因压抑而自行消失的，它们需要通过其它方式加以宣泄，从而使心理趋于平和与宁静。宣泄心理能量实际上就是消解心理矛盾冲突。陶渊明和华兹华斯用来消解矛盾冲突的途径是多种多样的，其中，既有他们共有的，也有他们独有的，但是，绝大多数还是他们共有的。

---

156 第十卷《寄居法国——续》第 92-93 行，威廉·华兹华斯著《序曲》，丁宏为译，
　　北京：中国对外翻译出版公司，1999 年版，第 263 页。

157 侯维瑞主编《英国文学通史》，上海：上海外语教育出版社，1999 年版，第 341 页。

158 阮元校刻《十三经注疏》下册，北京：中华书局，1980 年版，第 1611 页。

陶渊明和华兹华斯共有的消解矛盾冲突的途径主要有：隐居世外、寄情山水、文学活动、描绘乌托邦、亲朋好友。

（一）隐居世外

在中外文学史上，都有不得志的文人学士在孤云野鹤、湖泊大川中寄托痛苦灵魂、宣泄心理矛盾的现象，隐居世外成了他们消解人生冲突的重要手段。隐居是出世，是入世之路不通而作出的迫不得已的选择，但可有效消解入世而来的人生冲突，陈继儒《小窗幽记》："隐逸林中无荣辱，道义路上无炎凉。"[159]儒家积极入世的主张虽具有积极意义，但它极大地束缚了人性，主观个体与社会客体间产生了尖锐的矛盾冲突，"自三代以下者，天下莫不以物易其性矣。小人则以身殉利，士则以身殉名，大夫则以身殉家，圣人则以身殉天下。故此数子者，事业不同，名声异号，其于伤性以身为殉一也"[160]。早在先秦就有先圣发出呼唤自然的声音了，孔子提出君子"见大水必观焉"[161]，荀子强调重视"山林川谷美"[162]，老子主张"法自然"[163]，庄子主张投入自然山水"使我欣欣然而乐与"[164]。庄子认为，要摆脱人世的痛苦，只有复归自然。这是一种独特的生活方式，"就薮泽，处闲旷，钓鱼闲处，无为而已矣"[165]。这种生活方式的实质是超越世事，遁入内心，以寻求人格独立、精神自由为最终归属。陶渊明生活在一个篡乱迭起的时代和一个日益分离异化的世界，"同日斩戮，名士减半"[166]，"密网裁而鱼骇，宏罗制而鸟惊"，他心理上笼罩着一层浓重的忧患意识。当他纯洁的心灵反复经受痛苦折磨之后，便产生了一种要求解脱的强烈愿望，"彼达人之善觉，乃逃禄而归耕"[167]。他企图找到一副能够暂时冲淡苦闷与悲哀的安魂剂，以求得相对的心理平衡和精神慰安，隐居世外成了他唯一的选择。《答庞参军》描写了隐

159 陈眉公著《小窗幽记》，北京：中国妇女出版社，1999 年版，第 167 页。

160 《庄子·骈拇》，《诸子集成》第三册，北京：中华书局，1954 年版，第 55 页。

161 《荀子·宥坐》，《诸子集成》第二册，北京：中华书局，1954 年版，第 344 页。

162 《荀子·强国》，《诸子集成》第二册，北京：中华书局，1954 年版，第 202 页。

163 《老子·二十五章》，《诸子集成》第三册，北京：中华书局，1954 年版，第 14 页。

164 《庄子·知北游》，《诸子集成》第三册，北京：中华书局，1954 年版，第 145 页。

165 《庄子·刻意》，《诸子集成》第三册，北京：中华书局，1954 年版，第 96 页。

166 《魏书·王凌》，陈寿撰，裴松之注《三国志》第三册，北京：中华书局，1954 年版，第 759 页。

167 陶渊明《感士不遇赋》，逯钦立校注《陶渊明集》，北京：中华书局，1979 年版，第 147 页。

居世外给他带来的心灵慰藉：

> 有客赏我趣，
> 每每顾林园。
> 谈谐无俗调，
> 所说圣人篇。
> 或有数斗酒，
> 闲饮自欢然[168]。

鲁枢元认为，陶渊明具有"放旷冲澹"之性："以清静自如的心态、放任自己的意愿、纵情地生活在空旷天地间。其中，既含有对当下世俗物欲的漠视、退避与超越；也含有对自己独立人格、高远志向的护持与守望。"[169]陶渊明的确有"放旷冲澹"之性，当然，这种天性不时受到了世俗的侵扰，隐居世外恰好顺应了他的这一天性，让他慢慢获得内心的宁静。

1787年，华兹华斯进入剑桥大学圣约翰学院学习，在校期间受到了法国启蒙主义思想家、哲学家卢梭的很大影响。卢梭在《论人类不平等的起源和基础》（*Discours sur L'orgine et les Fondements de L'inégalité parmi les Hommes*）中，从人类发展史的高度提出了一个重要的历史现象：社会的进步与人性的发展成反比，文明的演进是以人的善良天性和主体精神的丧失为前提的。英国哲学家、社会达尔文主义理论的创建人赫伯特·斯宾塞则把社会叫做"社会森林"，认为弱肉强食是其普遍规律。这样，社会就成了个披着文明外衣的血腥竞技场，大鱼吃小鱼，小鱼吃虾米，虾米啃泥巴。针对社会的种种弊端，卢梭很强调人性的善良纯真状态，强调精神的平等自由及个性的解放，并提出了回归自然的主张。在卢梭的影响下，华兹华斯早在1790年于剑桥大学读书时就曾与友人罗伯特·琼斯（Robert Jones）徒步漫游了法国和瑞士等欧洲国家的山区。当他在心理上有着诸多矛盾冲突之时，通过反复考虑，最终从都市生活中退了出来，同妹妹多萝西·华兹华斯（Dorothy Wordsworth，1771-1855）来到英格兰南部多塞特郡的雷斯唐农庄，过起隐居世外的生活来。隐居世外成了他宣泄痛苦化解矛盾冲突的重要方式之一。

隐居世外在陶渊明和华兹华斯这里还有所不同。陶渊明是以儒道两家的思想作为立身准则的，他在心理上有着诸多矛盾冲突时，老庄思想成了他有

---

168 逯钦立校注《陶渊明集》，北京：中华书局，1979年版，第51-52页。
169 鲁枢元著《陶渊明的幽灵》，上海：上海文艺出版社，2012年版，第21页。

效的心理调节剂。由儒家入世之道带来的心灵撞击，用道家的达观哲学来消解，充分体现了儒道互补、相反相成的平衡作用。隐居世外不仅可消解心灵痛苦，而且能保持人格高洁，故孔子对隐士伯夷、叔齐、虞仲、夷逸大加赞赏："不降其志，不辱其身，伯夷叔齐与。"[170]"谓虞仲夷逸，隐居放言，身中清，废中权。"[171]陶渊明在失意之时愤世嫉俗，奉行老庄避世之道，却始终不能彻底摆脱儒家"兼济天下"思想的影响，身在江湖之上，心存魏阙之下。故有《读山海经》第九首、第十首这类诗篇，雄壮、刚健和悲慨，给人以"烈士暮年，壮心不已"[172]之感。同时，他还始终无法忘怀儒家"隐居以求其志，行义以达其道"[173]的训诫，不弃于仁义的修养，"朝与仁义生，夕死复何求"[174]。故有《咏贫士》这类诗篇，冲淡、自然和清奇，予人以"闻赤松之清尘兮，愿承风乎遗则"[175]之感。

（二）寄情山水

在中外文学史上，都有失意文人通过采撷自然景物消解人生痛苦的现象。首先，美丽的自然景物可为他们带来感官的愉悦与欢乐。微风、细柳、鲜花、芳草、鸟鸣、泉响、青天、碧水等景物可给他们的听觉、视觉、触觉、嗅觉等诸种感觉器官带来愉悦与欢乐。陈继儒认为，人生有三乐，其中一个就是"出门寻山水"[176]。西方文人也多有发现自然之乐的。"罗马最伟大的诗人"（"Greatest of Roman Poet"）[177]维吉尔（Vergil 或 Virgil，前 70-前 19）[178]

---

170 《论语·微子》，阮元校刻《十三经注疏》下册，北京：中华书局，1980 年版，第 2529 页。

171 《论语·微子》，阮元校刻《十三经注疏》下册，北京：中华书局，1980 年版，第 2530 页。

172 曹操《步出夏门行》，《曹操集》，北京：中华书局，1959 年版，第 11 页。

173 《论语·季氏》，阮元校刻《十三经注疏》下册，北京：中华书局，1980 年版，第 2522 页。

174 陶渊明《咏贫士》第四首，逯钦立校注《陶渊明集》，北京：中华书局，1979 年版，第 125 页。

175 《远游》，洪兴祖撰，白化文、许德楠、李如鸾、方进点校《楚辞补注》，北京：中华书局，1983 年版，第 164 页。

176 陈眉公著《小窗幽记》，北京：中国妇女出版社，1999 年版，第 131 页。

177 *Britannica Concise Encyclopedia*, Shanghai: Shanghai Foreign Language Education Press, 2008, p.1745.

178 维吉尔：原名"普布留斯·维吉留斯·马罗"（Publius Vergilius Maro），英文作"维吉尔"（Vergil 或 Virgil）。

出生、成长于农村，对自然之美有独特而深刻的感受，这直接影响了他的文学创作。他 3 部传世之作中有《牧歌》(*Eclogues*) 10 章与《农事诗》(*Georgics*) 4 卷。《牧歌》包括爱情诗、哀歌、哲理诗、酬友诗等，诗中"描写田野自然景色，歌颂农村生活的纯朴和恬静"，"表现田园快乐"[179]。《农事诗》写到种庄稼、葡萄、橄榄，写到牧羊、养蜂等，也写到自然风光。萨福（Sappho，前 612? -?）是古希腊最著名的抒情诗人，柏拉图称赞她是"第十位文艺女神"[180]。她一生中写下了 9 卷诗歌，大多数是咏叹恋爱的痛苦与快乐的爱情诗，也有歌颂崇高母爱、缅怀有珍贵友谊的抒情诗，还有描写美好景色的自然诗。她的自然诗同样写得很好，第 17 首：

> 明月升起
>
> 群星失色
>
> 用它圆满的光辉
>
> 把世界锻成白银[181]

这首诗歌虽然只有短短 4 句，但是语言朴素，感情真挚，形象鲜明，意境优美，予人以很大的审美愉悦。菲利普·弗瑞诺（Philip Freneau, 1752-1832）是美国第一个本土出生的诗人，享有"美国诗歌之父"（"the Father of American Poetry"）之美称，其作品可以归为革命诗歌和自然诗歌两类。其作品大多是政治讽刺诗和富有爱国主义、民主思想的革命诗歌，他因此而有"美国革命诗人"（"the Poet of American Revolution"）之美誉。同时，他是最早将眼光投向美洲大陆自然风光的诗人之一，对那里的自然景色情有独钟。在 1776-1778 年任西印度群岛秘书期间，他对美国乡村过去的传奇和目前的风光产生兴趣，创作了大量抒情诗歌，其中，最杰出的是《野忍冬花》（"The Wild Honey Suckle"）：

> 美丽的花，长着这般标致的模样，
>
> 你隐藏的地方这么静寂而又阴暗，
>
> 无人触摸，甜蜜的花朵自由绽放，

---

179 聂珍钊主编《外国文学史》（第二版）上册，北京：高等教育出版社，2018 年版，第 51 页。

180 郑克鲁主编《外国文学史》（修订版）上，北京：高等教育出版社，2006 年版，第 19 页。

181 《"萨福"：一个欧美文学传统的生成》，田晓菲编译，北京：生活·读书·新知三联书店，2003 年版，第 79 页。

　　　　　也没人看见，小小花枝迎风招展：
　　　　　……182

　　弗瑞诺的抒情诗清新隽逸，不落窠臼，具有卓尔不群的特点，这首堪称代表作的作品流露了他对自然极大的喜爱。威廉·卡伦·布莱恩特（William Cullen Bryant, 1794-1878）是美国的"剑桥诗人"（"the Cambridge Poets"）、"新英格兰诗人"（"the New England Poets"）和第一个杰出的抒情诗人，享有"美国自然诗人"、"美国的华兹华斯"（"the American Wordsworth"）之誉，其诗歌主要是自然抒情诗。他在《死之念》（"Thanatopsis"）中写道：

　　　　　对爱自然的人，
　　　　　对与自然的有形之物
　　　　　息息相通的人，
　　　　　自然之语义蕴无尽：
　　　　　她以欢声、笑容和美颜
　　　　　伴他快乐的时光；
　　　　　……183

　　弗瑞诺在这里说得很清楚，自然所具备的丰富的内涵与美丽的外表给人带来了快乐，让人的生活充满了愉悦。

　　其次，美丽的自然景物能给他们送来医治精神痛苦的镇痛药和滋养品。山、川、草、木、鸟、兽、虫、鱼、风、花、雪、月、长河、落日等景物能转移他们的视线，让他们忘却内心的烦恼和痛苦，求得心灵的平衡和宁静。谢灵运、柳宗元、苏轼等，皆为显例。谢灵运出身于士族大地主家庭，这个家庭曾在东晋荣华富贵、显赫一时，但在刘宋却屡遭排挤、备受打击。家庭命运的变化给谢灵运个人命运的变化带来深刻的影响，导致他在政治上很不得意。于是他纵情山水，以此消解现实带来的心灵苦痛。张衡深刻地领悟到，只有超然世外、放情自然，才能寄托自己"从容淡静"184的高洁情操，将名

---

182 菲利普·弗瑞诺《野忍冬花》，李正栓、魏慧哲译，详见：李正栓、陈岩著《美国诗歌研究》，北京：北京大学出版社，2007 年版，第 16 页。

183 威廉·卡伦·布莱恩特《死之念》，张顺赴译，详见：卡尔·博德编《美国文学精华》（第一分册），四川师范大学文学与翻译研究会译，成都：四川师大学学报编辑部，1985 年版，第 66 页。

184 范晔《张衡传》，范晔撰《后汉书》第七册，北京：中华书局，1965 年版，第 1897 页。

利荣辱置之度，"苟纵心于物外，安知荣辱之所如"[185]。汉赋作家的这种投情自然的人生领悟，对后世不得志的文人学士产生了极大的影响，它促使他们将目光纷纷转向自然，在田园山水之间寻找心灵的依托。据章沧授研究，尔后陶渊明之《归去来兮辞》、柳宗元之《始得西山宴游记》、苏轼之《前赤壁赋》等，"无不是与之遥承远继"[186]。柳宗元仕途失意，被贬永州，处蛮荒之地，怀痛苦之情，但他敞胸怀于自然，觅知音于泉鱼，以此将世事之愁烦抚平，将人生之痛苦消解。苏轼受政敌打击，被贬黄州，过着贫困、苦闷、孤独、徘徊的谪居生活，但他在放任山水之中找到了一定超尘出世的心境。关于自然给人带来精神慰籍的事情，西方文人也有意识、论述。威廉·卡伦·布莱恩特认为，人类社会充满七情六欲，人生活于其间，天性会遭受损害，天真会丧失，人性会堕落。与此相反，自然界的一切充满了生机和灵气，它对人的思想具有修补和洗涤的作用。他在《死之念》中写道：

> 她以绵绵温情
>
> 抚慰他的郁郁忧思，
>
> 待他醒来，
>
> 愁绪已冰释[187]。

陶渊明生长于东晋江州寻阳柴桑，从小置身于广阔的乡村，朝夕同山水田园接触，庐山、鄱阳湖的山光水色陶冶了他的审美情趣。他在《归园田居》第一首中开章即说"少无适俗韵，性本爱丘山"[188]，一语道破他天性热爱自然的玄机。一方面，他从"丘山"中获得了巨大审美愉悦。另一方面，他又以"丘山"为媒介，转移了心理上的矛盾冲突，"世与我而相违"[189]，"林园无世情"[190]。他尚未离开仕途时，总有一种暂为人所羁的感觉，"望云惭

185 张衡《归田赋》，费振刚、胡双宝、宗明华辑校《全汉赋》，北京：北京大学出版社，1993 年版，第 468 页。

186 章沧授《论汉赋的和合文化》，《东方丛刊》，1999 年第 4 期，第 201 页。

187 威廉·卡伦·布莱恩特《死之念》，张顺赴译，详见：卡尔·博德编《美国文学精华》（第一分册），四川师范大学文学与翻译研究会译，成都：四川师大学学报编辑部，1985 年版，第 66 页。

188 陶渊明《归园田居》第一首，逯钦立校注《陶渊明集》，北京：中华书局，1979年版，第 40 页。

189 陶渊明《归去来兮辞》，逯钦立校注《陶渊明集》，北京：中华书局，1979 年版，第 161 页。

190 陶渊明《辛丑岁七月赴假还江陵夜行涂口》，逯钦立校注《陶渊明集》，北京：中华书局，1979 年版，第 74 页。

高鸟，临水愧游鱼"[191]。但当他远离污浊的社会回归自然后，却感到获得了归宿，在"采菊东篱下，悠然见南山"[192]悠然自得的生活中获得了自由宁静的心境。

华兹华斯生长于英格兰西北部坎伯兰郡的科克茅斯湖区，在这里的山峰丘陵谷地间，湖泊星罗棋布，湖光肃穆，山色深沉，养育和陶冶了他的审美情趣。他在《序曲》中说，当他还在褓襁里时，百鸟的啼鸣、琤淙的流水就和着乳歌渗入他的心灵。成年后他进入剑桥大学圣约翰学院学习，但他仍旧醉心于山川河流，着迷于花鸟草木，对学院开设的课程却缺少热情和兴趣。在剑桥大学期间，他曾同友人一道徒步游历法国、意大利、瑞士等欧洲国家，尽情享受那里的美丽景色。他在《无题：我一见彩虹高悬天上》（"Untitled: My Heart Leaps up When I Behold a Rainbow in the Sky"）中说："我一见彩虹高悬天上，心儿便欢跳不止"[193]，开门见山地表达了自己看到雨后彩虹时的喜悦心情。其实，这里的彩虹不仅只是种具体物象，而是美丽的自然景物的象征，故该诗句所表达的是他看到美丽的自然风光的喜悦。他认为，自然美丽的景色有治愈人们心灵创伤的能力，并常以自己的亲身经历在其诗作中表达这种观点。《序曲》第二卷：

> ……如果说在这沮丧
> 与退缩的年代，我尚未对人性绝望，
> 尚擎持着胜似天主教徒的信念，
> 一个永不衰愈的信仰，我逆境中的
> 依托，我生命的万幸——这都是因为
> 你们的恩泽，你们，天风与轰鸣的
> 落瀑！都因为你们，千山万壑！
> 啊，大自然，你的恩泽[194]！

最能反映他借自然美景抚慰心灵化解痛苦的诗歌当属《廷腾寺》

---

191 陶渊明《始作镇军参军经曲阿》，逯钦立校注《陶渊明集》，北京：中华书局，1979年版，第71页。

192 陶渊明《饮酒》第五首，逯钦立校注《陶渊明集》，北京：中华书局，1979年版，第89页。

193 《华兹华斯抒情诗选》，杨德豫译，长沙：湖南文艺出版社，1996年版，第3页。

194 第二卷《学童时代（续）》第440-447行，威廉·华兹华斯著《序曲》，丁宏为译，北京：中国对外翻译出版公司，1999年版，第47页。

（"Tintern Abbey"）：

> 我同样深信，是这些自然景物
>
> 给了我另一份更其崇高的厚礼——
>
> 一种欣幸的、如沐天恩的心境：
>
> 在此心境里，人生之迷的重负，
>
> 幽晦难明的世界的如盘重压，
>
> 都趋于轻缓[195]；

在他因于斗室的孤独、苦于都市的喧嚣、倦于理想的追逐之时，自然景物鲜明的影象便翩然而来，给他欢愉，使他激动，让他康复，人生的一切迷茫和痛苦"都趋于轻缓"。在湖区的乐园里，他的心灵同自然相互映照，二者形成了一个整体，自然帮助他从矛盾、混乱的心理状况中返回，心灵之功能得以恢复。

自然在陶渊明和华兹华斯这里具有不同的内涵。华兹华斯的心中常有三层意识，第一层是上帝的灵魂，第二层是大自然的灵魂，第三层是人的灵魂。据《圣经·旧约全书·创世记》（"Genesis", *The Books of the Old Testament, The Holy Bible*）载，万物皆上帝所造，自然是上帝的创造物。在华兹华斯看来，上帝的灵魂存在于自然，上帝的精神在自然中无所不在，而人的灵魂又是依赖于自然界的。二十世纪六十年代以前的英美几代批评家都一致认为，在华兹华斯的理解中，自然完全等同于上帝。走向自然，便是投向上帝的怀抱。他认为，社会中所缺乏的人性在自然中可寻到，热爱自然就是热爱人类。

（三）文学活动

文人学士在人生不得意的情况下，常常转而从事文学活动，借以排遣心中的苦闷，化解心理矛盾，西伯、孔子、屈原、左丘明、孙膑、吕不韦、韩非、司马迁、贾谊、欧阳修、柳宗元、蒲松龄和柏拉图等都是很好的例子。文学活动包含了两个方面的内容，一是文学创作，一是文学接受，文学接受在此具体化为文学欣赏。文学活动很重要，是修身养性、安邦治国、建功立业、光宗耀祖的必然选择，《论语·学而》："君子食无求饱，居无求安，敏于事而慎于言，就有道而正焉，可谓好学也已。"[196]《大戴礼记·劝学》："君子不

---

195 《华兹华斯抒情诗选》，杨德豫译，长沙：湖南文艺出版社，1996年版，第109-110页。

196 阮元校刻《十三经注疏》下册，北京：中华书局，1980年版，第2458页。

可以不学。"[197] "学不可以已矣。"[198]诸葛亮《诫子书》："夫学须静也,才须学也,非学无以广才,非志无以成学。"[199]苏轼《少年自题门联》："发愤识遍天下字;立志读尽人间书。"[200]左宗棠《题左氏家塾联》："身无半亩,心忧天下;读破万卷,神交古人。"[201]《三字经》:

> 犬守夜 鸡司晨 苟不学 曷为人 蚕吐丝 蜂酿蜜 人不学 不如物 幼而学壮而行 上致君 下泽民[202]

文学活动能给人以快乐,化解人心中的苦闷,《论语·学而》:"学而时习之,不亦说乎?"[203]柳宗元《愚溪诗序》:"余虽不合于俗,亦颇以文墨自慰。漱涤万物,牢笼百态,而无所避之。"[204]蒲松龄《聊斋自志》:"浮白载笔,仅成孤愤之书;寄托如此,亦足悲矣!嗟乎!惊霜寒雀,抱树无温;吊月秋虫,偎阑自热。知我者,其在青林黑塞间乎!"[205]李贽《读诗乐》:"龙湖卓吾,其乐何如?四时读书,不知其余。……其乐无穷,寸阴可惜,曷敢从容!"[206]郑成功楹联:"至乐无如读书。"[207]《格言联璧》:"至乐无如读书,至要莫如教子。"[208]金庸说,只要有书籍阅读,人生中一切烦恼都会消失,故在做囚徒失去人生自由但有书籍可供阅读和富有自在但不准接触书籍的两种生活中,他宁愿选择第一种。隐地《快乐需要播种》:"阅读,欣赏音乐,让自己的一颗心安静下来。安静而踏实的心灵,也是快乐的泉源。"[209]柏拉图(Plato,约前429-约前347)把快乐分成了两类,一是向生活索取知识

197 王聘珍撰,王文锦点校《大戴礼记解诂》,北京:中华书局,1983年版,第134页。

198 王聘珍撰,王文锦点校《大戴礼记解诂》,北京:中华书局,1983年版,第130页。

199 诸葛亮著《诸葛亮集》,北京:中华书局,1960年版,第28页。

200 唐子畏编著《历代名人名联鉴赏》,长沙:岳麓书社,2007年版,第11页。

201 唐子畏编著《历代名人名联鉴赏》,长沙:岳麓书社,2007年版,第241页。

202 王应麟著,王相训诂《三字经训诂》,北京:中国书店,1991年版,第72-74页。

203 阮元校刻《十三经注疏》下册,北京:中华书局,1980年版,第2457页。

204 吴楚材、吴调侯选《古文观止》下册,北京:中华书局,1959年版,第404页。

205 张友鹤辑校《聊斋志异》第一册,上海:上海古籍出版社,1962年版,第3页。

206 转引自:徐希平编《中国教育名家思想研究》(提纲),成都:西南民族学院中文系、古代文学教研室、硕士点,1999年稿,未刊,第53页。

207 黄金旺《楹联中的养生之道》,《文摘周报》,2003年9月1日,第3版。

208 金缨、张琪校注《格言联璧》,兰陵堂存版,武汉:湖北人民出版社,1994年版,第145页。

209 台湾《中央日报》,2002年12月6日。

的快乐，一是从各种感觉中得到的快乐，前者产生于智能发展的过程中，它较之后者更为高尚。苏格拉底（Socrates，前 469-前 399）宣称："知识即美德; 罪恶仅仅源于无知; 有德者即幸福者。"[210]弗兰西斯·培根（Francis Bacon, 1561-1626）《论学问》（"Of Studies"）："读书为学底用途是娱乐、装饰和增长才识。"[211]约翰·穆勒（John Stuart Mill，1806-1873）[212]《约翰·穆勒自传》（*The Autobiography of John Stuart Mill*）："华滋华斯的诗像一味治我心病的良药。"[213]亚历山大大帝（Alexander the Great，前 356-前 323）、拿破仑·波拿巴皇帝（Napoleon Bonaparte，1769-1821）、毛泽东主席（1893-1976）等历史伟人也是非常喜欢书籍的。亚历山大每次远征都把荷马《伊利亚特》（*Iliad*）装在宝匣中带上，拿破仑行军打仗时身边有孙武的《孙子兵法》，毛泽东长征时也把各种书籍带在身边。拉尔夫·瓦尔多·爱默生（Ralph Waldo Emerson, 1803-1882）相信，文学艺术能陶冶人的情操，使人摆脱俗世的纷扰，超越现实汲取灵感。爱默生《自然》（"Nature"）："当我读书写作时，我并不是孤独的，尽管我身边没有旁人。"[214]亨利·戴维·梭罗（Henry David Thoreau，1817-1862）《瓦尔登湖·阅读》："我的住处比起一所大学，更讨人喜欢，不仅有利于思想，也有利于认真地阅读。"[215]"书是世界宝贵的财富，是一代又一代人的健康遗产，一个又一个民族的健康遗产。"[216]米尔·卡玛·乌丁·马斯特说："安坐下来，驰骋精神世界的领域; 我在书中得到了这种好处。"[217]阿尔弗雷德·丁尼生（Alfred Tennyson，1809-1892）忧郁苦闷之

---

210 转引自：尼采《悲剧的诞生》（修订本），周国平译，太原：北岳文艺出版社，2004 年版，第 56 页。

211 弗·培根著《培根论说文集》，水天同译，北京：商务印书馆，1983 年版，第 179 页。

212 John Stuart Mill: 或译"约翰·斯图尔特·密尔"与"约翰·斯图亚特·穆勒"。

213 约翰·穆勒著《约翰·穆勒自传》，吴良健、吴衡康译，北京：商务印书馆，1987 年版，第 91 页。

214 吉欧·波尔泰编《爱默生集》（上），赵一凡、蒲隆、任晓晋、冯建文译，北京：三联书店，1993 年版，第 8 页。

215 亨利·戴维·梭罗著《瓦尔登湖》，苏福忠译，北京：人民文学出版社，2004 年版，第 103 页。

216 亨利·戴维·梭罗著《瓦尔登湖》，苏福忠译，北京：人民文学出版社，2004 年版，第 107 页。

217 转引自：亨利·戴维·梭罗著《瓦尔登湖》，苏福忠译，北京：人民文学出版社，2004 年版，第 103 页。

时，进而转向文学活动："他少儿时期的生活并不美满，性情比较忧郁、腼腆并常怀戒心。为求解脱，他很早就以写诗自娱，后来也常以写诗驱愁。"[218]艾米莉·伊丽莎白·狄金森（Emily Elizabeth Dickinson，1836-1886）《没有一艘船能像一本书》（"There is No Frigate Like a Book"）：

> 没有一艘船能像一本书
>
> 也没有一匹骏马能像
>
> 一页跳跃着的诗行那样——
>
> 把人带向远方[219]。

伊拉克遭受以美国为首的联军入侵与占领，狼烟四起，家国破碎，人民生活在水深火热之中，于是很多人转而写诗，"以此减轻内心的痛苦"[220]。

在中国，向来有尊重从事文学活动的人之传统，《荀子·大略》："国将兴，必贵师而重傅，贵师而重傅，则法度存。"[221]《增广贤文》："士者国之宝，儒为席上珍。"[222]"学者如禾如稻，不学者如蒿如草。"[223]"世上万般皆下品，思量唯有读书高。"[224]《中国俗语典》："万般皆下品，惟有读书高。"[225]《格言联璧》："古今来许多世家，无非积德。天地间第一人品，还是读书。"[226]"读书即未成名，究竟人品高雅。修德不期获报，自然梦稳心安。"[227]"祖宗富贵，自诗书中来，子孙享富贵，则弃诗书矣。"[228]"非读书，不能入圣贤之域。非积德，不能生聪慧之儿。"[229]"一时劝人以口，百

---

218 《译者前言》（1993 年 7 月），《丁尼生诗选》，黄杲炘译，上海：上海译文出版社，1995 年版，第 2 页。

219 《狄金森抒情诗选》，江枫译，长沙：湖南文艺出版社，1996 年版，第 289 页。

220 《伊拉克人吟诗"疗伤"》，《参考消息》，2004 年 8 月 20 日，第 3 版。

221 《诸子集成》第二册，北京：中华书局，1954 年版，第 336 页。

222 李冲锋译注《增广贤文》，北京：中华书局，2021 年版，第 44 页。

223 李冲锋译注《增广贤文》，北京：中华书局，2021 年版，第 154 页。

224 李冲锋译注《增广贤文》，北京：中华书局，2021 年版，第 164 页。

225 曹聪孙编注《中国俗语典》，成都：四川教育出版社，1991 年版，第 345 页。

226 金缨、张琪校注《格言联璧》，兰陵堂存版，武汉：湖北人民出版社，1994 年版，第 1 页。

227 金缨、张琪校注《格言联璧》，兰陵堂存版，武汉：湖北人民出版社，1994 年版，第 1 页。

228 金缨、张琪校注《格言联璧》，兰陵堂存版，武汉：湖北人民出版社，1994 年版，第 145 页。

229 金缨、张琪校注《格言联璧》，兰陵堂存版，武汉：湖北人民出版社，1994 年版，第 181 页。

世劝人以书。"[230]

　　在中国，还总结出了许多具体的学习之法，《论语·为政》："温故而知新，可以为师矣。"[231]"学而不思则罔，思而不学则殆。"[232]"知之为知之，不知为不知，是知也。"[233]《论语·述而》："默而识之，学而不厌，……"[234]《论语·泰伯》："学如不及，犹恐失之。"[235]《三字经》："口而诵　心而维　朝于斯　夕于斯"[236]《格言联璧》："读书贵能疑，疑乃可以启信。读书在有渐，渐乃克底有成。"[237]"看书求理，须令自家胸中点头。与人谈理，须令人家胸中点头。"[238]《常用谚语》："一生不读书，恰似瞎眼珠。人生不读书，活着不如猪。"[239]

　　刻苦学习、乐于学习、勤于学习、善于学习往往受到高度赞扬、大力倡导，《论语·雍也》："贤哉回也。一箪食，一瓢饮，在陋巷，人不堪其忧，回也不改其乐。贤哉回也。"[240]《三字经》：

昔仲尼	师项橐	古圣贤	尚勤学	赵中令	读鲁论	彼既
仕	学且勤	披蒲编	削竹简	彼无书	且知勉	头悬梁	锥刺股
彼不教	自勤苦	如囊萤	如映雪	家虽贫	学不辍	如负薪
如挂角	身虽劳	犹苦卓	苏老泉	二十七	始发愤	读书籍
彼既老	犹悔迟	尔小生	宜早思	若梁灏	八十二	对大廷
魁多士	彼既成	众称异	尔小生	宜立志	莹八岁	能吟诗
泌七岁	能赋棋	彼颖悟	人称奇	尔幼学	当效之	蔡文姬
能辨琴	谢道韫	能咏吟	彼女子	且聪敏	尔男子	当自警

230 金缨、张琪校注《格言联璧》，兰陵堂存版，武汉：湖北人民出版社，1994 年版，第 200 页。

231 阮元校刻《十三经注疏》下册，北京：中华书局，1980 年版，第 2462 页。

232 阮元校刻《十三经注疏》下册，北京：中华书局，1980 年版，第 2462 页。

233 阮元校刻《十三经注疏》下册，北京：中华书局，1980 年版，第 2462 页。

234 阮元校刻《十三经注疏》下册，北京：中华书局，1980 年版，第 2481 页。

235 阮元校刻《十三经注疏》下册，北京：中华书局，1980 年版，第 2487 页。

236 王应麟著，王相训诂《三字经训诂》，北京：中国书店，1991 年版，第 61 页。

237 金缨、张琪校注《格言联璧》，兰陵堂存版，武汉：湖北人民出版社，1994 年版，第 15 页。

238 金缨、张琪校注《格言联璧》，兰陵堂存版，武汉：湖北人民出版社，1994 年版，第 15 页。

239 王陶宇编《常用谚语》，成都：四川辞书出版社，1991 年版，第 42-43 页。

240 阮元校刻《十三经注疏》下册，北京：中华书局，1980 年版，第 2478 页。

唐刘晏　方七岁　举神童　作正字　彼虽幼　身已仕　尔幼学

勉而致　有为者　亦若是[241]

文学活动同隐居生活如影随形，是隐居生活的重要组成部分，如梁鸿"以耕织为业，咏《诗》《书》、弹琴以自娱"[242]，王维之张弟富有"五车书，读书乃隐居"[243]，刘禹锡"谈笑有鸿儒，往来无白丁"[244]。亚历山大·蒲柏（Alexander Pope，1688-1744）《幽居颂》（"Ode on Solitude"）说得十分清楚：

　　　　夜晚是酣眠；读书和休息

　　　　　相互交替；愉快地消遣，

　　　　返朴归真，那天真带沉思

　　　　　最使人喜欢[245]。

文学活动是排忧解闷的有效途径，钟嵘《诗品·序》："使穷贱易安，幽居靡闷，莫尚于诗矣。"[246]文学活动能成为排忧解闷的有效途径是有文学本身的性质所决定了的：

　　　　文学从某种意义上说，是一种具有补偿功能的艺术，它帮助人们实现对不自由的现实世界的虚幻超越，但这并不等于它无关乎实际的人生。因为虚幻的超越、瞬间的自由，也是对心灵的抚慰。有了这样的抚慰，至少可以使实际的人生不至过于沉重，使苦难的人们得以生存下去，而且虚幻的超现实的审美境界也可以成为心灵的家园。有了这样的家园，人们就可以在一定程度上从苦难的现实世界中超脱出来，过着一种似乎超然世外的人生[247]。

陶渊明一生创作了大量诗文，现存诗125首，计四言诗9首，五言诗116

241 王应麟著，王相训诂《三字经训诂》，北京：中国书店，1991年版，第61-72页。

242 范晔《逸民列传·梁鸿传》，范晔撰《后汉书》第十册，北京：中华书局，1965年版，第2766页。

243 王维《戏赠张五弟諲》，赵殿成笺注《王右丞集笺注》，上海：上海古籍出版社，1961年版，第25页。

244 刘禹锡撰，卞孝萱校订《刘禹锡集》下册，北京：中华书局，1990年版，第628页。

245 《英国历代诗歌选》上册，屠岸选译，南京：译林出版社，2007年版，第199页。

246 曹旭集注《诗品集注》，上海：上海古籍出版社，1994年版，第47页。

247 徐东日《李德懋诗作：自我省察意识》，《北华大学学报》（社会科学版），2003年第4期，第18页。

首；文 12 篇，计赋辞 3 篇，韵文 5 篇，散文 4 篇。这些诗文中仅有约 20%创作于他出仕前和出仕期间，其余的约 80%则创作于他隐居之后。创作这些诗文客观上起到了一些化解他心理矛盾的作用。他的文学欣赏也起到了一些类似的作用。他在《辛丑岁七月赴假还江陵夜行塗口》中说"诗书敦宿好，林园无世情"[248]，把读书视为同世俗相对抗的事情。他在《五柳先生传》中明确提出读书的目的应是趣味性的，是为了赏心悦目、心领神会和期与古人心灵冥合，而不必像章句之学那样，深求一字一句的解释。事实上，他从读书中得到了极大的乐趣，"息交游闲业，卧起弄书琴"[249]，"衡门之下，有琴有书，载弹载咏，爱得我娱"[250]，"好读书，不求甚解；每有会意，便欣然忘食"[251]，"泛览周王传，流观山海图。俯仰终宇宙，不乐复何如"[252]。读书的乐趣分散、冲淡了他的心理矛盾，"乐琴书以消忧"[253]。文学活动是陶渊明排忧解蒽、抒发情怀的途径，《五柳先生传》："常著文章自娱，颇示己志。忘怀得失，以此自终。"[254]《饮酒·序》："既醉之后，辄题数句自娱，纸墨遂多。辞无诠次，聊命故人书之，以为欢笑尔。"[255]李元度《金粟山房诗集序》："渊明之《饮酒》，景纯之《游仙》，康乐之《登山》，太冲之《咏史》，各有所以伤心之故，借题发之，未可契舟而求剑也。"[256]

华兹华斯的父亲是个通晓诗书的人，在父亲的教育、影响和督促下，他自小就阅读并背诵威廉·莎士比亚（William Shakespeare，1564-1616）、埃德蒙·斯宾赛（Edmund Spenser，1552-1599）、约翰·弥尔顿（John Milton，1608-1674）

---

248 逯钦立校注《陶渊明集》，北京：中华书局，1979 年版，第 74 页。

249 陶渊明《和郭主簿》第一首，逯钦立校注《陶渊明集》，北京：中华书局，1979 年版，第 60 页。

250 陶渊明《答庞参军》，逯钦立校注《陶渊明集》，北京：中华书局，1979 年版，第 22 页。

251 陶渊明《五柳先生传》，逯钦立校注《陶渊明集》，北京：中华书局，1979 年版，第 175 页。

252 陶渊明《读山海经》第一首，逯钦立校注《陶渊明集》，北京：中华书局，1979 年版，第 133 页。

253 陶渊明《归去来兮辞》，逯钦立校注《陶渊明集》，北京：中华书局，1979 年版，第 161 页。

254 逯钦立校注《陶渊明集》，北京：中华书局，1979 年版，第 175 页。

255 逯钦立校注《陶渊明集》，北京：中华书局，1979 年版，第 86-87 页。

256 《附录五·陶渊明评论辑要·天岳山馆文钞》，龚斌校笺《陶渊明集校笺》，上海：上海古籍出版社，1996 年版，第 579 页。

等大文豪的诗歌，从而培养了文学方面的兴趣爱好。他在 1847 年的《回忆录》中说，他在童年时期自由地阅读了许多文学书籍，如英国十八世纪小说家亨利·菲尔丁（Henry Fielding，1707-1754）的全部作品、英国十八世乔纳森·斯威夫特（Jonathan Swift，1667-1745）的部分作品、西班牙十六世末十七世纪初现实主义作家米盖尔·德·塞万提斯·萨阿维德拉（Miguel de Cervantes Saavedra，1547-1616）的《拉曼却的机敏堂·吉诃德传》（*Don Quijote de la Mancha*）、法国十七至十八世纪作家阿兰·勒内·勒萨日（Alain Rene Lesage，1668-1747）的《吉尔·布拉斯·德·桑蒂亚纳传》（*L'Histoire de Gil Blas de Santillane*）、阿拉伯民间故事集《一千零一夜》（*The Arabian Nights: Tales of 1001 Nights*）等许多童话故事。他在《序曲》第五卷中回忆说，这些"朴实无华的故事，／甜美诗文的曼妙韵调""曾经令我心醉、如今／给我慰藉"[257]，这些诗歌中的某些章节"曾屡次／让我神魂颠倒"[258]，晶莹的诗篇尤使他"倾心消魂"[259]。他认为，书籍是列在自然之后的第二位向导。《序曲》第四卷：

> 确实，
> 一个青年，以大自然和书籍为代价，
> 在琐碎的乐趣中颓放消磨，这是
> 划不来的交易[260]。

《序曲》第五卷：

> ……我将维护他们——作者与
> 书籍，为其英名伟绩作证，
> 毫不犹豫地在此为他们祝福，
> 将他们视做一种伟力，永远
> 尊为神圣——仅逊于大自然的力量，
> 只因她更能昭示我们的人性，

---

257 第五卷《书籍》第 177-180 行，威廉·华兹华斯著《序曲》，丁宏为译，北京：中国对外翻译出版公司，1999 年版，第 107 页。

258 第五卷《书籍》第 548-549 行，威廉·华兹华斯著《序曲》，丁宏为译，北京：中国对外翻译出版公司，1999 年版，第 121 页。

259 第五卷《书籍》第 590 行，威廉·华兹华斯著《序曲》，丁宏为译，北京：中国对外翻译出版公司，1999 年版，第 123 页。

260 第四卷《暑假》第 298-300 行，威廉·华兹华斯著《序曲》，丁宏为译，北京：中国对外翻译出版公司，1999 年版，第 92 页。

更激发我们的潜能；她是上帝的

低语，是他的真言在奇迹中显灵[261]。

在他看来，书籍是"智慧的儿女"[262]，是心灵的朋友。若没有书籍的帮助，心灵便无法承受生活之重压。他在《序曲》第六卷中描述，约翰·牛顿（John Newton）在海上死里逃生，被狂涛巨浪抛到荒无人烟的岸上，结果靠一本几何学论文的书"解消逆境的 / 痛苦，几乎忘记了悲伤"[263]。《序曲》第四卷："但愿远离人群，/ 在研读中使心灵激奋，在静思中维系 / 强烈的企望。"[264]《序曲》第五卷："后来，当假期把我送回父亲的 / 屋宅，让我重逢久别的宝贵 / 书籍，我是何等欢乐！"[265]在他看来，文学活动能予人以极大的精神慰藉。威廉·柯林斯（William Collins，1721-1759）在汤姆森逝世时写下了一首颂诗，华兹华斯认为柯林斯是在用诗歌宣泄心中的痛苦："因为没有办法摆脱痛苦的世情 / 只能那样抒写幽婉的悯人哀伤。"[266]关于文学活动能予人以极大的精神慰藉这一点，从华兹华斯对十四行诗的理解中也可得以印证。在《无题：别小看十四行；批评家，你皱起双眉》（"Untitled: Scorn Not the Sonnet; Critic, You Have Frowned"）一诗中，他一连列举了七个著名诗人运用十四行诗的事例来讨论十四行诗的好处：

> 别小看十四行；批评家，你皱起双眉，
>
> 　忘了它应得的荣誉：像钥匙一把，
>
> 　它敞开莎士比亚的心房；像琵琶，
>
> 彼特拉克的创伤靠它来抚慰；
>
> 像笛子，塔索吹奏它不下千回；

261 第五卷《书籍》第 215-222 行，威廉·华兹华斯著《序曲》，丁宏为译，北京：中国对外翻译出版公司，1999 年版，第 109 页。

262 华兹华斯《我为波拿巴特哀伤》（1801 年），《华兹华斯抒情诗选》，谢耀文译，南京：译林出版社，1991 年版，第 190 页。

263 第六卷《剑桥与阿尔卑斯山脉》第 152-153 行，威廉·华兹华斯著《序曲》，丁宏为译，北京：中国对外翻译出版公司，1999 年版，第 135 页。

264 第四卷《暑假》第 304-306 行，威廉·华兹华斯著《序曲》，丁宏为译，北京：中国对外翻译出版公司，1999 年版，第 92 页。

265 第五卷《书籍》第 476-478 行，威廉·华兹华斯著《序曲》，丁宏为译，北京：中国对外翻译出版公司，1999 年版，第 118 页。

266 华兹华斯《忆柯林斯》（1789 年），《华兹华斯抒情诗选》，谢耀文译，南京：译林出版社，1991 年版，第 8-9 页。

卡蒙斯靠它排遣逐客的离情；

又像桃金娘莹莹绿叶，在但丁

头上缠绕的柏枝里奕奕生辉；

像萤火，它温雅的斯宾塞振奋，

当他听从召唤，离开了仙乡，

奋进于黑暗的征途；而当弥尔顿

见一片阴霾潮雾笼罩路旁，

这诗便成了激励心魄的号角，

他昂然吹起来，——可惜，吹得还太少[267]！

意大利诗人弗朗西斯科·彼特拉克（Francesco Petrarch，1304-1374）写过 300 多首十四行诗歌咏他对少女劳拉（Laure de Noves）的爱情，他依靠十四行诗抚慰了爱情的失意和苦痛。意大利诗人托尔夸托·塔索（Torquato Tasso，1544-1595）不下千次地运用十四行诗，抒发自己的情感。葡萄牙诗人路易斯·瓦兹·德·卡蒙斯（Luiz Vaz de Camöens，约 1524-1580）曾遭长期放逐，浪迹于摩洛哥、印度、澳门等地，他依靠十四行诗排遣了逐客的离情。意大利诗人但丁·阿利吉耶里（Dante Alighieri，1265-1321）依靠十四行诗抒发了对贝雅特里齐的悼念。英国诗人约翰·弥尔顿（John Milton，1608-1674）依靠十四行诗战胜了阴霾潮雾。华兹华斯在《无题：修女不嫌修道院房舍狭小》（"Untitled: Nuns Fret not at Their Convent's Narrow Room"）一诗中一连用了十个比喻，以此说明十四行诗虽篇幅狭小，但却适合诗人在不同心境之中抒发情怀，获得自我娱乐和心灵的慰藉：

拿我来说，在不同心境里，把自身

拘禁于十四行诗的狭小地界

是一种消遣；我也会为之欣悦，

倘若有（我相信准有）这样的灵魂——

厌倦于海阔天空，愿步我后尘，

愿到我这方寸之土来寻找慰藉[268]。

十四行诗是诗歌的一种体裁，诗歌又是文学的一种体裁，十四行诗的创

---

267 《华兹华斯诗歌精选》，杨德豫译，太原：北岳文艺出版社，2000 年版，第 140-141 页。

268 《华兹华斯诗歌精选》，杨德豫译，太原：北岳文艺出版社，2000 年版，第 133 页。

作实际上是一种文学创作。华兹华斯在上引两诗中所表达的观点是，文学创作具有消解作者心理矛盾的作用。他一生创作了大量诗文，主要著作有《黄昏信步》(*An Evening Walk*)（1793）、《写景诗》(*Descriptive Sketches*)（1793）、《抒情歌谣集》(*Lyrical Ballads*)（1798）、《两卷本诗集》(*Poems in Two Volumes*)（1807）、《漫游》(*The Excursion*)（1814）、《彼得·贝尔》(*Peter Bell*)（1819）、《达顿诗十四行诗》、《华兹华斯杂诗集》、《序曲》(*The Prelude*)和《隐者》。创作这些作品对于化解他心理矛盾发挥了一定的作用。对于他来说，文学欣赏也起到了一些类似的作用，他在《劝导与回答》中借马修之口说：

> 怎么不读书？书才是光明，
> 　没有它，人就会盲目、绝望！
> 起来！读书吧！去吸收古人
> 　留下的精神滋养[269]。

他在《序曲》第二卷中直接写道：

> ……少年时
> 不乏开心的时刻，但是，当每时
> 每刻都能体味知识的收获，
> 当所有的知识都令人欢愉，这是
> 何等的幸福——全无丝毫的忧愁[270]！

他在《序曲》第五卷中谈到梦幻中出现的两本书的时候写道：

> ……另一本像个天神，
> 不，是众多天神，具有浩繁的
> 语声，超越所有的风的呼唤，
> 能振奋我们的精神，能在所有
> 艰难困苦中抚慰人类的心田[271]。

阿诺德在回顾法国革命期间的情形时认为："最好的诗歌相当于一剂

---

269 《华兹华斯诗歌精选》，杨德豫译，太原：北岳文艺出版社，2000年版，第212页。

270 第二卷《学童时代（续）》第284-288行，威廉·华兹华斯著《序曲》，丁宏为译，北京：中国对外翻译出版公司，1999年版，第41页。

271 第五卷《书籍》第105-109行，威廉·华兹华斯著《序曲》，丁宏为译，北京：中国对外翻译出版公司，1999年版，第105页。

应对法国大革命引起的现代社会政治问题的解药。""华兹华斯的抒情短诗和礼赞自然的诗歌完全具有安慰和平息由于社会动乱与变迁而困惑的读者的力量。"[272]

文学活动在陶渊明这里可能还有特别的内涵。在中国传统文化中,文学活动和修身养性有密切关系,《论语·子张》:"博学而笃志,切问而近思,仁在其中矣。"[273]文学活动和入仕也有密切关系,《论语·子张》:"仕而优则学,学而优则仕。"[274]在陶渊明的潜意识中,一要的文化修养是入仕必备的条件,文学欣赏和文学创作属文学修养的范畴,它们既可在他入仕受挫时为他提供医治创伤的解药,还能为他于它日之复出积蓄力量。

(四)咏古和描绘乌托邦

失意文人往往喜欢追忆过去和幻想未来,把心理矛盾化解到陈旧的历史堆和虚幻的乌托邦中去。陶渊明的《咏二疏》、《咏三良》、《咏荆轲》和《读山海经》十三首等追咏的是历史和神话故事,这些诗篇通过对疏广、疏受、子车奄息、子车仲行、子车鍼虎、荆轲、夸父、刑天、精卫等人物的歌颂咏叹,表达了他对社会现实的不满和这些人物出现于现实社会的期盼,理想同现实的矛盾冲突得到了一定的宣泄。他还创作了幻想未来的作品,"理想与现实的矛盾促使诗人的思想进一步升华,于是创造出了一个与现实农村相对称的'桃花源'的理想境界"[275]。在《桃花源记并诗》中,他描绘了一幅超越尘世的"桃源社会"图画,从根本上否定了黑暗的现实社会,寄托了他美好的社会理想。《咏二疏》、《咏三良》、《咏荆轲》、《读山海经》、《桃花源记并诗》等并非简单的复古主义和乌托邦主义作品。实际上,它们都是咏时事指而可想的述怀之作,在一定程度上缓解了作者在心理上的矛盾冲突。

华兹华斯生活于工业文明时期,但他热衷于描绘自然景物和田园生活。他作品中的自然景物具有古代农业文明性质,没有遭受工业文明的破坏,这反映了他的怀古情结。他在《孤独的割麦女》("The Solitary Reaper")、《西蒙·李》("Simon Lee")、《迈克尔》("Michael")和《露西·格瑞》等诗

272 Antony Easthope, *Wordsworth: Now and Then*, Maidenhead: Open University Press, 1993, p.26.
273 阮元校刻《十三经注疏》下册,北京:中华书局,1980 年版,第 2532 页。
274 阮元校刻《十三经注疏》下册,北京:中华书局,1980 年版,第 2532 页。
275 饶东原、曾炽海主编《中国文学史》(先秦汉魏六朝时期),武昌:华中师范大学出版社,1987 年版,第 245 页。

篇中所描绘的田园生活，具有旧的宗法制小农经济的特征。这类诗作看似在歌颂田园生活，实际上是在咏叹古代社会。他在后期创作中把题材范围转向了西腊古典神话和英国传说，更具有复古倾向。咏古中的事物虽已成过去，但这些事物都是现实社会中所缺乏的，是对丑恶的社会现实的有力鞭打，寄托了作者的美好愿望。在《孤独的割麦女》中，"割麦女的歌声之所以比鸟的婉转甜美，是因为她唱的是人间的歌，更涉及人间悲苦"[276]。《迈克尔》描写了一个自给自足、落后闭塞的前资本主义社会的农村生活，而这种生活在十九世纪的英国是不真实的。诗中的"大路"（the public way）[277]代表着历史进程，那堆"散乱的石头"（straggling heap of unhewn stones）[278]则是被历史抛弃的、曾经有过的事实。迈克尔一家人身上具有节省、俭朴和忍耐等优秀品质，他们就在这里过着与世隔绝、自给自足、充满天伦之乐的生活，这些都是华兹华斯那个年代所缺少的。又如在《罗布·罗伊之墓》一诗中，他将罗布·罗伊同罗宾汉相提并论，大加颂扬。罗伊同传说中十二世纪英格兰侠盗罗宾汉有共同之处，是十七至十八世纪苏格兰高地的氏族首领、民族英雄和侠盗。他率领山民起义，反抗民族压迫，劫富济贫，在苏格兰享有盛名，被称为"富豪的死对头，穷人的好朋友"[279]。华兹华斯作诗歌颂罗伊，虽有怀古色彩，但这也是对他所生活的时代贫富不均、正义不伸社会现象的间接揭露、批判和否定，是其消解心理矛盾的途径之一。

（五）亲朋好友

梁启超《陶渊明之文艺及其品格》："他是一位缠绵悱恻最多情的人。读集中《祭程氏妹文》、《祭从弟敬远文》、《与子俨等疏》，可以看出他家庭骨肉间的情爱热到什么地步。"[280]正是由于陶渊明是个看重感情的人，所以他才

---

276 丁宏为著《理念与悲曲——华兹华斯后革命之变》，北京：北京大学出版社，2002年版，第298页。

277 "Michael", *William Wordsworth: Selected Poetry and Prose*, edited by Philip Hobsbaum, London: Routledge, 1989, p.31.

278 "Michael", *William Wordsworth: Selected Poetry and Prose*, edited by Philip Hobsbaum, London: Routledge, 1989, p.32.

279 《罗布·罗伊之墓》题注，《华兹华斯诗歌精选》，杨德豫译，太原：北岳文艺出版社，2000年版，第166页。

280 梁启超《陶渊明之文艺及其品格》（节录），北京大学北京师范大学中文系、北京大学中文系文学史教研室编《陶渊明资料汇编》上册，北京：中华书局，1962年版，第272页。

有众多亲戚朋友，他们给了他不少帮助和安慰，吴宽《陶靖节归去来图》：

> 摇摇轻舟，
> 暧暧故里。
> 陶翁归来，
> 僮仆咸喜。
> 柔橹将停，
> 长缆斯理。
> 迎候者谁，
> 曰维五子。
> 舒宣前拜，
> 继以阿端，
> 雍佟傍门，
> 翟氏整冠。
> 家人相见，
> 孰云寡欢[281]。

周振甫说，"渊明在家庭里对孩子是慈爱的"[282]，确实如此。陶渊明《杂诗》第四首："亲戚共一处，子孙环相保。"[283]《和郭主簿》第一首：

> 弱子戏我侧，
> 学语未成音。
> 此事真复乐，
> 聊用忘华簪[284]。

《归去来兮辞》对亲朋好友之乐有更详细之描述：

> 童仆欢迎，稚子候门。三径就荒，松菊犹存。携幼入室，有酒盈樽。引壶觞以自酌，眄庭柯以怡颜。倚南窗以寄傲，审容膝之易安。园日涉以成趣，门虽设而常关。策扶老以流憩，时矫首而遐观。云无心以出岫，鸟倦飞而知还。景翳翳以将入，抚孤松而盘桓。归去来兮，请息交以绝游。世与我而相违，复驾言兮焉求？悦

281 《附录五·陶渊明评论辑要》，龚斌校笺《陶渊明集校笺》，上海：上海古籍出版社，1996 年版，第 562 页。
282 周振甫著《陶渊明和他的诗赋》，南京：江苏教育出版社，2006 年版，第 46 页。
283 逯钦立校注《陶渊明集》，北京：中华书局，1979 年版，第 116 页。
284 逯钦立校注《陶渊明集》，北京：中华书局，1979 年版，第 60 页。

亲戚之情话，乐琴书以消忧[285]。

他的性情同世俗不合，心灰意冷、心绪不宁，但他从同亲友的相处和交谈中得到了一些愉悦、安慰。《祭陈氏妹文》和《祭从弟敬远文》充分体现了他同他兄弟姊妹间浓浓之亲情。在他的好朋友中，最值得一提的有颜延之、刘遗民和周续之。颜延之是著名的山水诗人，虽比陶渊明小二十岁，但他却是陶渊明最好的朋友，两人情深谊长。据《宋书·隐逸传》载，他曾馈赠陶渊明二万钱，帮他解决经济困难。陶渊明去世后，他写了《陶徵士诔》表示对友人的称颂与怀念。刘遗民遁迹匡山，周续之隐居庐山，他们和陶渊明合称"寻阳三隐"[286]，相处很好。江州刺使王弘亦是他好朋友，两人相处得十分融洽。借助于亲友的帮助、安慰和同他们的相处，他心理上的矛盾冲突得到了一定的缓解。

华兹华斯在内心充满诸多矛盾冲突时，亲友也给了他帮助和安慰。亲人中给他帮助最大的是他妹妹多萝西，她终生未嫁，一直陪伴着他。华兹华斯同她有过长达九年的分别，大约在1787年夏重逢之时，他非常高兴，忍不住将她称作"上天的馈赠"[287]。他认为，自己早年在她那里汲取了满腔的温柔，而柔美的感化和兄妹情谊让他的童年涌出了温润的思绪，他在《序曲》第十四卷中写道：

> ……亲爱的
>
> 妹妹！你的喃喃低语就好似
>
> 那春天的气息，只比它更轻柔，引着
>
> 我的脚步前行[288]。

在他经受革命和爱情双重幻灭感之时，她给了他长期的体贴和照料，使他受伤的心灵得以慢慢恢复。《序曲》第十一卷：

> ……该提到亲爱的
>
> 妹妹，她与我一起度过了那些
>
> 日子，有时给予我忽然的忠告，

285 逯钦立校注《陶渊明集》，北京：中华书局，1979年版，第161页。

286 龚斌《前言》，龚斌校笺《陶渊明集校笺》，上海：上海古籍出版社，1996年版，第4页。

287 第六卷《剑桥与阿尔卑斯山脉》第202行，威廉·华兹华斯著《序曲》，丁宏为译，北京：中国对外翻译出版公司，1999年版，第137页。

288 第十四卷《结尾》第263-266行，威廉·华兹华斯著《序曲》，丁宏为译，北京：中国对外翻译出版公司，1999年版，第354页。

宛如一条小溪与凄凉的小路

交叉而过；有时则是并行数里的

伙伴，能让我看到、听到、感觉到，

弯转回折都与我相随。是她

使我保持了与真实自我的联络，

因此将我拯救，因为我就像

下弦的月亮，被乌云遮住，虽然

朦胧、亏缺，但她细语喃喃，

说那辉光总会再现；是她，

无论何时，一直在心中维护着

我诗人的名姓，让我以这惟一的

名义在世间尽奉职能；最终

是大自然本身，读者若兴趣不减，

我后面还会提到，在各种人类

感情的帮助下，她将我领会，借开阔的

空间，终让我重享脑与心之间那种

甜蜜的和谐，充满平静的真知

由此而生——它支撑着我，帮我面对

那事业后来的堕落，让我今天

能静观剧终的高潮（如此称呼，

因惟有此刻才满足他们的梦想）：

为最终结清和确认法兰西的收益，

他们请来教皇，为一个皇帝

加冕[289]。

　　1795 年 8 月，他在布里斯托尔（Bristrol）同塞缪尔·泰勒·柯尔律治（Samuel Taylor Coleridge, 1772-1834）、罗伯特·骚塞（Robert Southey, 1774-1843）相遇，三个文人的友谊开始。柯尔律治和华兹华斯一见面便很投机，以后也时常有书信往来，在文学上互相切磋。1797 年 7 月，华兹华斯和多萝西搬到了位于萨默塞特郡尼瑟斯托维的柯勒律治家附近的阿尔福克斯登。华兹

---

[289] 第十一卷《法国——继完》第 334-360 行，威廉·华兹华斯著《序曲》，丁宏为译，北京：中国对外翻译出版公司，1999 年版，第 301-302 页。

华斯、多萝西和柯勒律治之间的亲密友谊开始了"[290]。1799 年 12 月，华兹华斯和多萝西来到湖区（the Lake District）隐居，次年，柯尔律治也搬来湖区居住了。据阎照祥《英国史》载，柯尔律治"用激情把华兹华斯从对时局的悲愤和消沉中搭救出来，继续讴歌大自然"[291]。1804 年，久病未愈的柯尔律治离开英国赴马耳他疗养，华兹华斯向他表示了由衷的祝愿，《序曲》第二卷：

> 一路平安！
> 健康的体魄与安恬的心境永远
> 与你相伴！人群熙攘处常见
> 你的身影，但更多时，你生活中惟有
> 自己，或为了自己。或许这样
> 你能长寿，那将是人类的幸事[292]。

由此可见他们之间的感情是多么的深厚。《序曲》第六卷：

> ……今天你已远行，去寻找
> 健康和更柔的轻风——如此命运
> 令人悲伤！但无论过去、现在，
> 还是将来，你永远在我们身旁。
> 对于那些爱我们所爱的人们，
> 不存在悲痛、忧伤、绝望；不存在
> 消闷、气馁、沮丧，也不会有什么
> 迷茫。祝你万事如意！让我们
> 分享你的快乐；祝你每日
> 恢复活力，这是我们的欣悦；
> 也分享你新的兴致，无论是地中海
> 　　季风的施舍，还是受惠于妙思[293]。

---

290 原文为："1797 ... In July, Wordsworth and Dorophy move to Alfoxden near Coleridge's home at Nether Stowey, Somerset. Intimate friendship begins between Wordsworth, Dorophy and Coleridge."详见：Stephen Hebron, *William Wordsworth*, Shanghai: Shanghai Foreign Language Education Press, 2009, p.109.

291 阎照祥著《英国史》，北京：人民出版社，2003 年版，第 283 页。

292 第二卷《学童时代（续）》第 467-471 行，威廉·华兹华斯著《序曲》，丁宏为译，北京：中国对外翻译出版公司，1999 年版，第 48 页。

293 第六卷《剑桥与阿尔卑斯山脉》第 240-251 行，威廉·华兹华斯著《序曲》，丁宏为译，北京：中国对外翻译出版公司，1999 年版，第 139 页。

1803 年，华兹华斯同多萝西、柯勒律治游历苏格兰，他见到了瓦尔特·司各特（Walter Scott，1771-1832）。1817 年，华兹华斯在伦敦与约翰·济慈（John Keats，1795-1821）会面。1831 年，他和女儿多拉·华兹华斯（Dora Wordsworth，1804-1847）到苏格兰漫游，他见到了司各特。卡尔弗特、司各特等文人朋友也长期同他保持着友好关系，关心、安慰和帮助他。1794 年，卡尔弗特送给了他 900 镑，这在当时是一笔不小的金钱。1795 年 9 月，他同妹妹多萝西来到多西特郡乡间的拉塞敦房屋居住，房屋是他的私人学生平尼兄弟慷慨提供的，免收费用。另一位朋友给他弄了个年薪 400 镑的政府闲职，还有一个朋友为他补贴了外出旅游的费用。朋友的这些帮助为他解决了一定的生活困难。约翰·弗莱明（John Fleming）是他另一个好朋友，他们两人一起度过了很多愉快的童年时光。从《序曲》第二卷、第五卷中的描述看，这段时光是快乐而美好的，给华兹华斯带来了极大的精神慰藉。1779 年，他进入霍克斯海德语法学校（Hawkshead Grammar School），同校长威廉·泰勒（William Taylor）结下了较为深厚的感情，《序曲》第十卷：

> ……他热爱诗人，当我
>
> 依从他的意志，开始辛勤地
>
> 编织我最初的歌谣，他对我产生
>
> 殷切的希望；今天他若活着，
>
> 定会喜欢我，认定我并非没有
>
> 出息，也未违背他的意愿[294]。

对华兹华斯慷慨出手的朋友还大有人在，吴敦粲（Duncan Wu）[295]《华兹华斯：内心生活》（Wordsworth: An Inner Life）载："几乎令人吃惊的是，1803 年 8 月，乔治·博蒙特爵士在靠近凯瑟克的阿普尔思韦特给华兹华斯一个小农场，这样他就可以离柯勒律治近一些，但是他却婉言谢绝了。"[296]亲人之情、朋友之意和师长之爱在一定程度上化解了华兹华斯心理上的矛盾冲突。

上述这些消解矛盾冲突的途径是为陶渊明和华兹华斯所共有的。除此之外，还有一些消解矛盾冲突的途径分属陶渊明和华兹华斯，不为对方所有，

---

294 第十卷《寄居法国——续》第 547-552 行，威廉·华兹华斯著《序曲》，丁宏为译，北京：中国对外翻译出版公司，1999 年版，第 280 页。

295 吴敦粲：根据"Duncan Wu"音译而来。

296 Duncan Wu, *Wordsworth: An Inner Life*, Oxford: Blackwell Publishing, 2002, p.189.

主要有：陶渊明之饮酒享乐，华兹华斯之浸润爱情与归依上帝。

（一）饮酒享乐

对于陶渊明来说，饮酒享乐也是一种消解矛盾冲突的重要途径。中国的酒文化具有悠久的历史，这可从考古成果中得以验证。早在距今七千年左右的西安半坡村遗址发掘出的陶器中已有与"酒"字相通的"酉"字形罐子。在新石器时期龙山文化遗存的陶制品中已有"尊"、"罍"、"盉"、"斝"和"鬶"等酒具。在距今四千年前的山东大汶口遗址发掘出的陶器中已有大量的尊、豆、杯、斝等盛酒陶器。在距今三千多年的河南安阳殷墟发掘出的商代武丁时期近二百件青铜礼器中，仅各种酒具就占了 70%。在甲骨文中已有"酒"字，比如 🖼（一期甲二一二一）、"🖼"（三期人一九三二）[297]、"🖼"（京都一九三二）[298]等。在比甲骨文稍后一些的金文中亦有"酒"字，比如 🖼（天君鼎）、"🖼"（乙亥鼎）、"🖼"（宰峀簋）、"🖼"（盂鼎）、"🖼"（毛公鼎）、"🖼"（殳季良父壶）、"🖼"（国差瞻）、"🖼"（沇儿钟）、"🖼"（三年瘋壶）、"🖼"（三年瘋壶）[299]等。在汉印中，"酒"字常有所见，比如"🖼"（汉匈奴伊酒莫当百）、"🖼"（新城左祭酒）、"🖼"（酒单祭尊）、"🖼"（步昌祭酒）、"🖼"（韩多酒印）[300]等。在汉金中，"酒"字多有所见，比如"🖼"（二年酒钫）、"🖼"（梁钟）、"🖼"（长贵富竟）、"🖼"（情铜竟）、"🖼"（大中宜酒酒器）[301]等。在其他一些考古材料中，"酒"字亦时有所见，比如"🖼"（三体石经·无逸）、"🖼"（一号墓漆杯·一九〇）、"🖼"（流沙简·简牍一·九）、"🖼"（武威简·有司一六）、"🖼"（熹·仪礼·乡饮酒）、"🖼"（曹全碑阴）[302]等。这些都说明了，早在七千年前酒便已开始出现并逐渐变得相当普遍，成为生活中的重要组成部分。《史记·殷本纪》中有一朝最高统治者纣王嗜酒以至于极致之记载："以酒为池，县肉为林，使男女倮相逐其间，

---

297 徐中舒主编《甲骨文字典》，成都：四川辞书出版社，1990 年版，第 1601 页。
298 王延林编著《常用古文字字典》，上海：上海书画出版社，1987 年版，第 770 页。
299 容庚编著，张振林、马国权摩补《金文编》，北京：中华书局，1985 年版，第 1001 页。
300 王延林编著《常用古文字字典》，上海：上海书画出版社，1987 年版，第 770 页。
301 王延林编著《常用古文字字典》，上海：上海书画出版社，1987 年版，第 771 页。
302 《汉语大字典》（下），成都／武汉：四川辞书出版社／湖北辞书出版社，1995 年版，第 3574 页。

为长夜之饮。"[303]一朝之最高统治者对酒如此嗜好，那其他人又当如何？隋唐时期，傅奕生前为自己写了一个别具一格的墓志铭，从中可以窥测一般人对酒的态度：

> 傅奕，
>
> 青山白云人也。
>
> 以醉死。
>
> 呜呼[304]。

在中国，酒与文学自古以来就有不解之缘，吴澄《渡江云·揭浩斋送春》："诗朋酒伴，趁此日、流转风光。"[305]李白以《月下独酌》为题，一口气写了四首诗歌，其二对酒的理解最为深刻：

> 天若不爱酒，
>
> 酒星不在天。
>
> 地若不爱酒，
>
> 地应无酒泉。
>
> 天地既爱酒，
>
> 爱酒不愧天。
>
> 已闻清比圣，
>
> 复道浊如贤。
>
> 贤圣既已饮，
>
> 何必求神仙？
>
> 三杯通大道，
>
> 一斗合自然。
>
> 但得酒中趣，
>
> 勿为醒者传[306]。

陈眉公《小窗幽记·三十七》："佳思忽来，书能下酒。"[307]昔苏舜钦以

---

303 司马迁撰《史记》第一册，北京：中华书局，1959 年版，第 105 页。

304 夏晓虹、杨早编《酒人酒事》，北京：生活·读书·新知识三联书店，2007 年版，第 204 页。

305 王步高执行主编《金元明清词鉴赏辞典》，南京：南京大学出版社，1989 年版，第 192 页。

306 王琦注《李太白全集》中册，北京：中华书局，1977 年版，第 1063 页。

307 陈眉公著《小窗幽记》，北京：中国妇女出版社，1999 年版，第 37 页。

《汉书》下酒[308]，后人以为美谈。孔尚任《桃花扇》第四出《侦戏》："且把钞本赐教，权当《汉书》下酒罢。"[309]文天祥："痛饮读《离骚》。"[310]于成龙《与友人荆雪涛书》："夜以四钱沽酒一壶，无下酒物，快读唐诗，痛哭流涕，并不知杯中之为酒为泪也。"[311]吴熙："痛饮读离骚，放开今古才子胆。"中国酒与文学之间的这种不解之缘，西方人也有所察觉，德国学者卡松山（Karl Heinz Pohl）在《诗与真——漫谈陶渊明与酒》一文中写道："正如葡萄酒之于西方抒情诗人那样，中国的美酒香醪也永远是激起骚人墨客们诗兴与灵感的不竭源泉。"[312]酒进入诗歌滥觞于《诗经》，《小雅·鹿鸣》："我有旨酒，嘉宾式燕以敖。"[313]在《诗经》305 篇作品中，同酒相关的有约 40 多篇，约占 10%。在中国文学史上，留下了许多文人与酒的佳话。天宝初年，李白和杜甫在河南洛阳和山东曲阜两次相聚，进行了长达数月的诗酒交往。唐肃宗乾元二年（公元 759 年），杜甫携家弃官人蜀，住在成都西郊浣花溪草堂寺，每日饮酒作诗，"蜀酒浓无敌，江鱼美可求"[314]。杨世昌长年居住在绵竹县武都山，常自酿自饮。李白苦于经济拮据，竟在绵竹脱下貂皮衣服换取剑南烧春，"士解金貂，价重洛阳"[315]。李调元六十多岁时还从罗江金山出发，经孝泉到绵竹，又经新市镇到什邡，沿途饮酒作诗。在中国文学史上，嗜酒而能豪饮者甚众。郑玄从早到晚可饮 200 多杯。阮籍终日在醉乡中。山涛能饮八斗。刘伶在出游车中载酒，沿途痛饮。苏舜钦于岳丈杜衍家每晚灯下读书，必饮酒一斗。曹操、曹丕、曹植、嵇康、阮籍、山涛、向秀、阮咸、王戎、刘伶、孔融、毕卓、李白、杜甫等人皆以酒与文学而闻名于世。饮酒是文人宣泄情感的重要方式，《乐府诗集·西门行》："酿美酒，炙肥牛，请呼心

308 苏舜钦以《汉书》下酒的故事，参见《桃花扇本末》注[二五]。亦可参见：孔尚任著《桃花扇》，北京：人民文学出版社，1959 年版，第 36 页。

309 孔尚任著《桃花扇》，北京：人民文学出版社，1959 年版，第 31 页。

310 转引自：郭绍虞、罗根泽主编，陆机著，张少康集释《文赋集释》，北京：人民文学出版社，2002 年版，第 80 页。

311 转引自：郭绍虞、罗根泽主编，陆机著，张少康集释《文赋集释》，北京：人民文学出版社，2002 年版，第 80 页。

312 卡松山著《与中国作跨文化对话》（修订本），刘惠儒、张国刚等译，北京：中华书局，2003 年版，第 249 页。

313 阮元校刻《十三经注疏》上册，北京：中华书局，1980 年版，第 406 页。

314 杜甫《戏题寄上汉中王三首》其二，杜甫著，仇兆鳌注《杜诗详注》第二册，北京：中华书局，1979 年版，第 938 页。

315 余世谦《茶·酒·烟》，上海：上海科技教育出版社，1991 年版，第 129 页。

所欢，可用解忧愁。"[316]曹操《短歌行》其一："何以解忧？唯有杜康。"[317]李白《月下独酌》其四："穷愁千万端，美酒三百杯。愁多酒虽少，酒倾愁不来。所以知酒圣，酒酣心自开。"[318]杜甫《可惜》："宽心应是酒，遣兴莫过诗。"[319]王羲之《兰亭集序》："虽无丝竹管弦之盛，一觞一咏，亦足以畅叙幽情。"[320]晏几道《玉楼春》："劝君频入醉乡来，此是无愁无恨处。"[321]《增广贤文》："三杯通大道，一醉解千愁。"[322]不忽木《点绛唇·辞朝》："世间闲事挂心头，唯酒可忘忧。非是微臣常恋酒。叹古今荣辱，看兴亡成败。则待一醉解千愁。"[323]《水浒传》第二十九回："醉里乾坤大，壶中日月长。"[324]王蒙《我的喝酒》："在一个百无聊赖的时期，在一个战战兢兢的时期，酒几乎成了唯一的能使人获得一点兴奋和轻松的源泉。"[325]"酒是与人的某种情绪的失调或待调有关的。酒是人类的自慰的产物。"[326]

陶渊明一生好酒，《宋书·陶潜传》："颜延之为刘柳后军功曹，在浔阳，与潜情款。后为始安郡，经过，日日造潜，每往必酣饮至醉。临去，留二万钱与潜，潜悉送酒家，稍就取酒。"[327]于石《次韵刘和德赋渊明》："但愿樽有酒，宁愿瓶无粟。"[328]方回《学诗吟》："朝亦一杯酒，暮亦一杯酒。"[329]吴宽《陶靖节归去来图》："力耕虽劳，赖有浊酒。"[330]陶渊明《归

316 郭茂倩《乐府诗集》第二册，北京：中华书局，1979 年版，第 549 页。

317 《曹操集》，北京：中华书局，1959 年版，第 5 页。

318 王琦注《李太白全集》中册，北京：中华书局，1977 年版，第 1064 页。

319 仇兆鳌注《杜诗详注》第二册，北京：中华书局，1979 年版，第 803 页。

320 吴楚材、吴调侯选《古文观止》下册，北京：中华书局，1959 年版，第 286 页。

321 陆侃如、冯沅君著《中国诗史》，济南：山东大学出版社，1996 年版，第 549 页。

322 李冲锋译注《增广贤文》，北京：中华书局，2021 年版，第 99 页。

323 转引自：李冲锋译注《增广贤文》，北京：中华书局，2021 年版，第 99 页。

324 施耐庵、罗贯中著《水浒传》（上），北京：人民文学出版社，1975 年版，第 390 页。

325 夏晓虹、杨早编《酒人酒事》，北京：生活·读书·新知识三联书店，2007 年版，第 347 页。

326 夏晓虹、杨早编《酒人酒事》，北京：生活·读书·新知识三联书店，2007 年版，第 350 页。

327 沈约撰《宋书》第八册，北京：中华书局，1974 年版，第 2288 页。

328 《附录五·陶渊明评论辑要·紫严诗选》，龚斌校笺《陶渊明集校笺》，上海：上海古籍出版社，1996 年版，第 547 页。

329 《附录五·陶渊明评论辑要·桐江续集》，龚斌校笺《陶渊明集校笺》，上海：上海古籍出版社，1996 年版，第 551 页。

330 《附录五·陶渊明评论辑要·家藏集》，龚斌校笺《陶渊明集校笺》，上海：上海

去来兮辞》：

> 余家贫，耕植不足以自给。幼稚盈室，缾无储粟，生生所资，未见其术。亲故多劝余为长史，脱然有怀，求之靡途。会有四方之事，诸侯以惠爱为德，家叔以余贫苦，遂见用为小邑。于时风波未静，心惮远役，彭泽去家百里，公田之利，足以为酒，故便求之[331]。

陶渊明为生活所迫，开始考虑出仕为彭泽令。但由于彭泽离家较远，心中不免犹豫。最后考虑到公田之利足以为酒，于是毅然决定赴任，足见他是异常好酒的。陶渊明之好酒，还可在其另外一些作品中找到许多证据，《饮酒·序》："偶有名酒，无夕不饮，顾影独尽。"[332]《挽歌诗》第一首："但恨在世时，饮酒不得足。"[333]陶渊明常常将酒同文学融合到了一起，《答庞参军》：

> 我有旨酒，
>
> 与汝乐之。
>
> 乃陈好言，
>
> 乃著新诗[334]。

饮酒使他忘却忧愁，超然尘世，进入一个理想自由的境界。萧统《陶渊明集序》："有疑陶渊明之诗，篇篇有酒；吾观其意不在酒，亦寄酒为迹也。"[335]胡祗遹《士辨》："渊明之所学、所以自任者，岂徒嗜酒傲世、赏花柳、醉尽江山而已耶。"[336]陶渊明《蜡日》："我唱尔言得，酒中适何多！"[337]《影答形》："酒云能消忧，方此讵不劣。"[338]《九日闲居》："酒能祛百虑，菊为制颓龄。"[339]《还旧居》："拨置且莫念，一觞聊可挥。"[340]《饮酒》

古籍出版社，1996年版，第562页。

331 逯钦立校注《陶渊明集》，北京：中华书局，1979年版，第159页。

332 逯钦立校注《陶渊明集》，北京：中华书局，1979年版，第86页。

333 逯钦立校注《陶渊明集》，北京：中华书局，1979年版，第141页。

334 逯钦立校注《陶渊明集》，北京：中华书局，1979年版，第22页。

335 北京大学北京师范大学中文系、北京大学中文系文学史教研室编《陶渊明资料汇编》上册，北京：中华书局，1962年版，第9页。

336 《附录五·陶渊明评论辑要·紫山先生大全集》，龚斌校笺《陶渊明集校笺》，上海：上海古籍出版社，1996年版，第551页。

337 逯钦立校注《陶渊明集》，北京：中华书局，1979年版，第108页。

338 逯钦立校注《陶渊明集》，北京：中华书局，1979年版，第36页。

339 逯钦立校注《陶渊明集》，北京：中华书局，1979年版，第39页。

340 逯钦立校注《陶渊明集》，北京：中华书局，1979年版，第81页。

第一首："忽与一觞酒，日夕欢相持。"[341]《杂诗》第四首："觞弦肆朝日，樽中酒不燥。"[342]《饮酒》第十四首：

> 故人赏我趣，
>
> 挈壶相与至。
>
> 班荆坐松下，
>
> 数斟已复醉。
>
> 父老杂乱言，
>
> 觞酌失行次。
>
> 不觉知有我，
>
> 安知物为贵。
>
> 悠悠迷所留，
>
> 酒中有深味[343]！

这是陶渊明对以饮酒享乐以至超然尘世状况的极为生动的描述：朋友以酒相邀，自己欣然相应，"有朋自远方来，不亦乐乎？"[344]他们以松树为盖，以班荆为席，开怀畅饮，不拘礼数，物我两忘，其乐无穷。

一海知义在著作《陶渊明·陆放翁·河上肇》中创造了一个术语"酒诗人"来称呼陶渊明："所谓'酒诗人'，并不仅是好酒诗人之意，而是由于陶渊明作了很多咏酒诗而得的称号。"[345]"有人说波斯的奥马尔·哈亚姆（1048-1131）和中国的陶渊明是世界上'酒诗人'的双璧。而中国的'酒诗人'双璧则是陶渊明和李白。"[346]陶渊明的确爱酒，还创作了不少涉及酒的诗歌，因此用"酒诗人"来称呼他也未尝不可。

酒并非中国人独有，它在西方人的生活中也发挥着重要的作用。法国浪漫主义运动领袖维克多·法国雨果（Victor Hugo，1802-1885）说，"上帝创

---

341 逯钦立校注《陶渊明集》，北京：中华书局，1979 年版，第 87 页。

342 逯钦立校注《陶渊明集》，北京：中华书局，1979 年版，第 116 页。

343 逯钦立校注《陶渊明集》，北京：中华书局，1979 年版，第 95 页。

344 《论语·学而》，阮元校刻《十三经注疏》下册，北京：中华书局，1980 年版，第 2457 页。

345 一海知义著《陶渊明·陆放翁·河上肇》，彭佳红译，北京：中华书局，2008 年版，第 1 页。

346 一海知义著《陶渊明·陆放翁·河上肇》，彭佳红译，北京：中华书局，2008 年版，第 1-2 页。

造了水，人类创造了酒"[347]。法国启蒙主义思想家、哲学家让·雅克·卢梭（Jean Jack Rousseau，1712-1778）说，醉酒是"温和的，亲切的，伴随着道德感"[348]。法国象征主义诗人、西方现代派文学的鼻祖沙尔·皮埃尔·波德莱尔（Charle Pierre Baudelaire，1821-1867）说，"要么是美酒和诗歌，要么是道德"[349]。法国抒情诗人、象征主义文学先驱保尔·魏尔伦（Paul Verlaine，1844-1896）说，"我饮酒为的是醉而不是喝"[350]。英语谚语说："酒是智慧的磨刀石。"[351]在西方，酒也同文学有着千丝万缕的联系。据古希腊迷狂说，文学创作需要一种类似于喝醉酒时所产生的迷狂之心理状态，柏拉图《文艺对话集·伊安篇——论诗的灵感》：

> 科里班特巫师们在舞蹈时，心理都受一种迷狂支配；抒情诗人们在做诗时也是如此。
>
> 他们一旦受到音乐和韵节力量的支配，就感到酒神的狂欢，由于这种灵感的影响，他们正如酒神的女信徒们受酒神凭附，可以从河水中汲取乳蜜，这是她们在神智清醒时所不能做的事[352]。

弗里德里希·威廉·尼采（Friedrich Wilhelm Nietzsche，1844-1900）在《悲剧的诞生》（*The Birth of Tragedy*）一书中，第一次把日神阿波罗（Apollo）和酒神狄俄尼索斯（Dionysus）两个概念引进了美学和哲学领域。阿波罗相应于梦境，梦境是一个放射着美的异彩的世界。狄俄尼索斯相应于迷醉，迷醉是人类思维和想象之下的一个恐怖和狂喜的世界。尼采把日神状态和酒神状态都归结为醉，认为它是一切审美行为的心理前提，是最基本的审美情绪。《偶像的黄昏》（*Twilight of the Idols*）：

> 为了艺术得以存在，为了任何一种审美行为或审美直观得以存在，一种心理前提不可或缺：醉。首先须有醉提高整个机体的敏感性，在此之前不会有艺术。醉的如此形形色色的具体种类都拥有这

347 吴岳添《作家都爱喝口酒》，《环球时报》，2001 年 11 月 9 日，第 22 版。

348 欧文·白璧德著《卢梭与浪漫主义》，孙宜学译，石家庄：河北教育出版社，2003 年版，第 109 页。

349 吴岳添《作家都爱喝口酒》，《环球时报》，2001 年 11 月 9 日，第 22 版。

350 吴岳添《作家都爱喝口酒》，《环球时报》，2001 年 11 月 9 日，第 22 版。

351 原文为："Wine is a whetstone to wit."详见：杨曾茂主编《英语谚语荟萃》（修订版），北京：金盾出版社，2005 年版，第 182 页。

352 柏拉图著《文艺对话集》，朱光潜译，北京：人民文学出版社，1963 年版，第 8 页。

方面的力量：首先是性冲动的醉，醉的这最古老最原始的形式。

同时还有一切巨大欲望、一切强烈情绪所造成的醉；酷虐的醉；破坏的醉；某种天气影响所造成的醉，例如春天的醉，或者因麻醉剂的作用而造成的醉；最后，意志的醉，一种积聚的、高涨的意志的醉。——醉的本质是力的提高和充溢之感[353]。

酒神精神"是一种类似酩酊大醉的精神状态"[354]。《悲剧的诞生》第一节：

或者由于所有原始人群和民族的颂诗里都说到的那种麻醉饮料的威力，或者在春日熙熙照临万物欣欣向荣的季节，酒神的激情就苏醒了，随着这激情的高涨，主观逐渐化入浑然忘我之境[355]。

酒能激发灵感，砥砺文思，欧文·白璧德（1865-1933）《卢梭与浪漫主义》：

喝醉者的理性层面之下的冲动的自我不仅摆脱了理性的监督——任何意义上的理性——而且他的想像也同时摆脱了现实的局限性。如果许多卢梭主义者确实就像人们所批评的那样痴迷于眩晕的话，那是因为在眩晕状态下幻想尤其可以自由地徜徉于自己幻想的王国[356]。

威廉·詹姆斯（William James，1842-1910）说：

酒对人的影响毫无疑问是因为它能激发人性的神秘才能，而这种能力常常被冷冰冰的现实和节制时代的枯燥的批评压得永无抬头之日。节制是缩减，是区分，是否定；醉酒是扩张，是统一，是肯定[357]。

乔治·戈登·拜伦（George Gordon Byron，1788-1824）说："因为人是有理性的，所以他必须喝醉。最好的生活就是迷醉。"[358]在西方文学史上，

---

353 尼采著《偶像的黄昏》，周国平译，长沙：湖南人民出版社，1987年版，第72页。

354 朱光潜著《悲剧心理学》，合肥：安徽教育出版社，1996年版，第193页。

355 尼采《悲剧的诞生》（修订本），周国平译，太原：北岳文艺出版社，2004年版，第5页。

356 欧文·白璧德著《卢梭与浪漫主义》，孙宜学译，石家庄：河北教育出版社，2003年版，第108页。

357 欧文·白璧德著《卢梭与浪漫主义》，孙宜学译，石家庄：河北教育出版社，2003年版，第109页。

358 欧文·白璧德著《卢梭与浪漫主义》，孙宜学译，石家庄：河北教育出版社，2003年版，第108页。

嗜酒而能豪饮者亦不少。古代罗马作家大普林尼，现代英国作家乔伊斯（James Augustine Aloysius，1882-1941），美国作家欧内斯特·海明威（Ernest Hemingway，1899-1961）、弗·司各特·菲茨杰拉德（F. Scott Fitzgerald，1896-1940）、埃德加·爱伦·坡（Edgar Allan Poe，1809-1849）、杰克·伦敦（Jack London，1876-1916）、威廉·福克纳（William Faulkner，1897-1962），法国作家路易斯·查尔斯·艾尔弗雷德·德·缪塞（Louis Charles Alfred de Musset，1810-1857），德国作家欧内特·西奥多·阿马德斯·威廉·霍夫曼（Ernest Theodor Amadeus Wilhelm Hoffman，1776-1822）等，都是豪饮之士。在十八世纪的英国，酒在社会生活中仍然占据着重要作用，阎照祥《英国史》："18 世纪中期，英国共有万余家大大小小的酒馆和酒铺。其中伦敦的各色酒店多达数千家。"[359]1741 年，一位英国贵妇的墓碑上铭刻着几个句子，反映了当时英国一些人对酒的看法：

> 她饮用优质啤酒、
>
> 优质饮料和葡萄酒，
>
> 一直活到九十九[360]。

但是，酒对文人也有副作用。酒神狄俄尼索斯有一个别名叫吕西阿斯，它的意思是"放纵的，无拘束的"[361]，可见，酒是同放纵、无拘束相关联的。一般来说，放纵的生活对一个人的身体健康是有害的，甚至会缩短一个人的寿命。英国伊丽莎白一世（Elizabeth I，1533-1603）时期的作家多英年早逝，在这些英年早逝的作家中，有些是酗酒过度的，酗酒过度是造成他们英年早逝的重要原因。如：托马斯·纳什（Thomas Nashe，1567-1601）沉于酒色，结果只活了 34 岁。罗伯特·格林（Robert Greene，1558-1592）纵酒过度，结果只活了 32 岁[362]。到了十八、十九世纪的浪漫主义时期，一般的文人对

---

359 阎照祥著《英国史》，北京：人民出版社，2003 年版，第 233 页。

360 阎照祥著《英国史》，北京：人民出版社，2003 年版，第 233 页。

361 M. H.鲍特文尼克、M. A.科甘、M. Б.帕宾诺维奇、Б. П.谢列茨基编著《神话辞典》，黄鸿森、温乃铮译，北京：商务印书馆，1985 年版，第 82 页。

362 在英国文学史上，因纵酒而致早逝的并非仅纳什和格林两人，至少还可找到一例。罗纳德·斯图尔特·托马斯（Ronald Stuart Thomas，1913-2000）与狄兰·托马斯（Dylan Thomas，1914-1953）同为二十世纪英国威尔士文学最著名诗人的代表，伦奈特·司徒亚特·托马斯生活节制，张弛有度，健康长寿，享年 87 岁，而迪伦·托马斯生活放荡，纵情酒色，终因饮酒过度猝死纽约，成为短命人，年仅 39 岁。

酒的看法发生了根本性的变化。他们从理智上认识到了酒对身体的危害性，对酒采取敬而远之的态度，于是酒同文学的联系疏远化。基督教是反对醉酒的，《圣经·新约全书·以弗所书》："不要醉酒，酒能使人放荡；乃要被圣灵充满。"[363]在西方文化中，酒也有消解忧愁的作用，《牛津英语习语词典》（Oxford Idioms Dictionary〈The English-Chinese Edition〉）便收录了一个词条"drown your sorrows"，意为"try to forget your problems or a disappointment by drinking alcohol"（借酒浇愁）[364]。约翰·济慈《夜莺颂》（"Ode to a Nightingale"）第二、三节中的美酒成为忘却尘世忧愁、摆脱人间痛苦的媒介：

> 哦，来一口葡萄酒吧！来一口
> 　长期在深深的地窖里冷藏的佳酿！
> 尝一口，就想到花神，田野绿油油，
> 　舞蹈，歌人的吟唱，欢乐的阳光！
> 来一杯酒吧，盛满了南方的温热，
> 　盛满了诗神的泉水，鲜红，清冽，
> 　还有泡沫在杯沿闪烁如珍珠，
> 　　把杯口也染成紫色；
> 我要痛饮呵，再悄悄离开这世界，
> 　同你一起隐入那幽深的林木：
>
> 远远地隐去，消失，完全忘掉
> 　你在绿叶里永不知晓的事情，
> 忘记这里的疲倦，病热，烦躁，
> 　这里，人们对坐着互相听呻吟，
> 瘫痪病颤动着几根灰白的发丝，
> 　青春渐渐地苍白，瘦削，死亡；
> 　这里，只要想一想就发愁，伤悲，
> 　　绝望中两眼呆滞；
> 　这里，美人保不住慧眼的光芒，

---

363 《圣经》（新标准修订版、新标准和合版），中国基督教协会，第318页。
364 《牛津英语习语词典》（英汉双解版）第2版，牛津：牛津大学出版社／北京：外语教学与研究出版社，2013年版，第126页。

新生的爱情顷刻间就为之憔悴。[365]

关于酒在自己生活中的地位，华兹华斯在《序曲》第三卷中有清楚的
叙述：

> ……一位同学
>
> 有幸荣居弥尔顿住过的房间。
>
> 啊，忌酒节欲的诗人！我应该
>
> 向你坦白，就在这间你歇息
>
> 与祷告的斗室中，我不顾身旁欢闹的
>
> 同学，第一次为祭奠你的英名
>
> 而倾杯尽盏，直至晕头转向，
>
> 分不清谢意与荣誉感。此前我不认识
>
> 酒神，此后再也未受酒气的
>
> 熏染[366]。

从这一叙述看，华兹华斯一生中只有一次饮酒经历。据此可以认为，酒
对于他并不重要，饮酒享乐自然也就无法成为他消解心理上的矛盾冲突的一
种途径。

（二）浸润爱情

对于华兹华斯来说，浸润爱情也是一种消解矛盾冲突的一个途径。

关于华兹华斯的爱情生活，有两段经历值得关注，这两段经历涉及到两
个女性，一个是他婚前的法国女友安妮特·瓦隆，另一个是他的英国妻子玛
丽·郝金森（Mary Hutchinson，1770-1859）[367]。

英国史蒂芬·赫伯编著《威廉·华兹华斯》附列的《大事记》载："1792
年在法国，华兹华斯遇到了革命者米歇尔·博皮伊，并同安妮特·瓦隆有了
一段风流韵事。12 月，他们的女儿卡罗琳出生。年底，华兹华斯返回伦敦。"
[368]这里记载的"同安妮特·瓦隆有了一段风流韵事"开始于前一年，也就是

---

365 济慈著《济慈诗选》，屠岸译，北京：人民文学出版社，1997 年版，第 11-12
页。

366 第三卷《寄宿剑桥》第 296-305 行，威廉·华兹华斯著《序曲》，丁宏为译，北
京：中国对外翻译出版公司，1999 年版，第 64 页。

367 Mary Hutchinson: 或译"玛丽·哈钦森"，详见：华兹华斯等著《英国浪漫主义
五大家诗选》，李昌陟译，重庆：重庆出版社，2000 年版，第 30 页。

368 原文为："In France, Wordsworth meets a revolutionary, Michel Beaupuy, and has a

1791 年，所以才有 1792 年 12 月，他们的女儿卡罗琳出生"。1791 年，他离开剑桥大学，在伦敦过了一段时间，12 月，来到法国，在中部名城奥尔良邂逅安妮特·瓦隆。瓦隆出生于知识分子之家，父亲是外科医生。她长于他大概 4 岁，两人互生情愫，大有好感，很快就进入状态，成了一对姐弟恋人。他追随她回到法国中北部的布卢瓦，那是她的家乡，两人在那里共同生活。不久她身怀六甲，次年 12 月 5 日诞下一名女婴，名曰卡罗琳。由于他同她的爱恋遭到双方家庭的坚决反对，加之法国革命的形势突飞猛进、杀机四伏，还没有等到卡罗琳出生，他就匆忙回到英国了。本来，他准备先找份工作，待稳定下来后再迎娶瓦隆。无奈人算不如天算，"1793 年法国和英国交战"[369]，他回法国的打算就泡汤了。光阴似箭，日月如梭，一晃，十年过去了，1802 年 8 月，华兹华斯和多萝西在法国看望安妮特和卡罗琳"[370]。华兹华斯的这段爱情有苦涩，也有甜蜜，总的来说还是给他留下了美好的回忆，他在诗作中也多有回顾。

华兹华斯同玛丽·郝金森的爱情给了他很大的幸福。1804 年，他写下一首《无题：记得我初次瞥见她倩影》（"Untitled: She Was A Phantom of Delight"）[371]的诗歌：

> 记得我初次瞥见她倩影，
>
> 恍如瞥见了欢乐的精灵；
>
> 似神奇幻象，珊珊而来，
>
> 给那个时刻增添异彩；
>
> 双眸炯炯，像黄昏的星辰，
>
> 棕褐色秀发也像黄昏；
>
> 可是她身上其余的一切

---

love affair with Annette Vallon. Their daughter, Caroline, is born in December. At the end of the year Wordsworth returns to London." 详见：Stephen Hebron, *William Wordsworth*, Shanghai: Shanghai Foreign Language Education Press, 2009, p.108.

369 原文为："1793 France and Britain at war." 详见：Stephen Hebron, *William Wordsworth*, Shanghai: Shanghai Foreign Language Education Press, 2009, p.108.

370 原文为："In August Wordsworth and Dorothy visit Annette and Caroline in France." 详见：Stephen Hebron, *William Wordsworth*, Shanghai: Shanghai Foreign Language Education Press, 2009, p.109.

371 "Untitled: She Was A Phantom of Delight"：或译"《完美的女性》"，详见：华兹华斯等著《英国浪漫主义五大家诗选》，李昌陟译，重庆：重庆出版社，2000 年版，第 29 页。

都来自黎明，来自五月；
蹁跹的身影，欢愉的神色，
迎人，扰人，动人心魄。

走近她身边，我注目凝神：
是个精灵，也是个凡人！
一举一动都轻快自如，
少女的步态也无拘无束；
甜蜜的经历，甜蜜的前程，
融合于她那欣悦的面容；
明慧，温良，而并不过度，
符合于人性的正常路数；
有恩，有怨，有巧计，有烦恼，
有爱，有吻，有眼泪，有微笑。

此刻，凭借我明净的双瞳，
俨然看见她血脉的搏动；
她是生死之间的客旅，
一呼一吸都饱含思虑；
清明的理智，谦和的心愿，
毅力与见识，坚强与干练；
是造化设计的完美女性，
给我们安慰、告诫和指令；
却也是精灵：请看，她身上
分明闪耀着天使的灵光[372]！

四川大学教授李昌陟在翻译这首诗歌时加了一条题注说："本诗写的是玛丽·哈钦森。"[373]的确，这是华兹华斯一首专门抒写妻子郝金森的作品。

---

372 《华兹华斯诗歌精选》，杨德豫译，太原：北岳文艺出版社，2000 年版，第 88-89 页。

373 李昌陟题注《完美的女性》："1806 年两人结为伉俪。"详见：华兹华斯等著《英国浪漫主义五大家诗选》，李昌陟译，重庆：重庆出版社，2000 年版，第 30 页。李昌陟题注的华兹华斯和郝金森结婚的日期为"1806 年"，疑有误。经大英图书馆出版社授权，上海外语教育出版社，2009 年出版史蒂芬·赫伯编著的英国作家生平丛书《威廉·华兹华斯》，其《大事记》载："1802 Wordsworth writes many

作品由三章构成，记录了他和她从初次见面到结婚后生活的完整过程，诗中凝聚了他大量的感情。第一章写他跟她初次见面的情景，第二章写婚前她在他家里的时光，第三章写她婚后的生活。1787 年，他第一次见到她，当时她十七岁，青春年少，光彩照人，其动人的风采给他留下了深刻的印象。她是他表妹，曾经住他家里，青梅竹马，两小无猜，感情基础很好。1802 年，他同她结婚。婚后，夫妻俩和妹妹多萝西"他们三人仍住在一起，享着甜蜜家庭的幸福"[374]。他在诗歌中使用了"倩影"（gleamed upon my sight）、"欢乐的精灵"（a Phantom of delight）、"神奇幻象"（a lovely Apparition）、"增添异彩"（a moment of ornament）、"双眸炯炯"（stars of Twilights fair）、"棕褐色秀发"（dusky hair）、"蹁跹的身影"（a dancing Shape）、"欢愉的神色"（an Image gay）、"迎人"（to haunt）、"动人心魄"（to startle）、"精灵"（a Spirit）、"一举一动都轻快自如"（motion light and free）、"步态也无拘无束"（steps of virgin-liberty）、"甜蜜"（Sweet）、"温良"（temperate）、"有恩"（Praise）、"有爱"（love）、"有吻"（kisses）、"有微笑"（smiles）、"明净"（serene）、"毅力"（endurance）、"见识"（foresight）、"坚强"（strength）、"干练"（skill）、"完美女性"（a perfect Woman）与"天使的灵光"（angelic light）等词语[375]，足见他对这桩婚姻是

poems. In August Wordsworth and Dorothy visit Annette and Caroline in France. In October Wordsworth marries Mary Hutchinson." 详见："Chronology", Stephen Hebron, *William Wordsworth*, Shanghai: Shanghai Foreign Language Education Press, 2009, p.109. 前引《大事记》可粗略翻译如次："1802 年华兹华斯写下许多诗歌。8 月，华兹华斯和多萝西在法国看望安妮特和卡罗琳。10 月，华兹华斯迎娶玛丽·郝金森。"又，经英国朗文出版集团彭森教育出版社授权，北京大学出版社，2005年出版约翰·珀金斯著的英国名家导读丛书《华兹华斯导读》，其《年表》载："1802 4 October Wordsworth marries Mary Hutchinson; Dorophy continues to live with them at Dove Cottage." 详见："Chronological Table", John Purkis, *A Preface to Wordsworth*, Beijing: Peking University, 2005, p.6. 前引《年表》可粗略翻译如次："1802 年 10 月 4 日，华兹华斯迎娶玛丽·郝金森；多萝西继续同他们住在鸽庄。"据此，华兹华斯和郝金森结婚的日期当为"1802 年"。

374 金东雷著《英国文学史纲》，上海：上海书店，1991 年出版，第 227 页。

375 原诗用词，详见：*The Collected Poetry of William Wordsworth*, Ware: Wordsworth Editions Limited, 1994, p.186. 或作"a phantom of delight"、"a lovely apparition"、"stars of twilights fair"、"a dancing shape"、"an image gay"、"a spirit"、"sweet"、"a perfect woman"，首字母小写，或拼为"angel light"，详见：*William Wordsworth Selected Poetry and Prose*, edited by Philip Hobsbaum, London: Routledge, 1989, pp.144-145.

肯定的，他对这个爱情是赞叹的，他的心中是充满喜悦、幸福的。关于他同她的爱情，他还在《序曲》第十四卷中写道：

> ……她此次出现已不再是装点
>
> 美妙瞬间的幻影，而是来占据
>
> 我的内心，但她仍是个精灵，
>
> 受我内心的敬奉，帮助我参透
>
> 高尚与低微，如天地间所有光源
>
> 共有的精素，无论是银河中最辉煌的
>
> 星球，或卑微的萤火虫在露珠间点亮的
>
> 孤弱的灯盏[376]。

从这首诗歌来看，经过岁月的积淀，华兹华斯对郝金森的爱情就像百年老酒，已经更加醇厚了。很显然，爱情在他的生活中占据了重要地位，客观上成为他消解矛盾冲突的一种方式。

像华兹华斯这样在作品中讴歌本人的爱情是有其文学传统的。在英国文学乃至于整个西方古代文学史上，讴歌本人爱情的作品是屡见不鲜的。比如，英国伊丽莎白时代最伟大的非戏剧诗人、英国文艺复兴时期最杰出的诗人埃德蒙·斯宾塞（Edmund Spenser,1552？-1599）写下了《爱情小唱》（*Amoretti*）[377]，里面包括了 88 首十四行诗，是他写给未婚妻伊丽莎白·博伊尔（Elizabeth Boyle）的爱情诗集，以此歌颂他们之间的爱情。斯宾塞还创作了《婚后曲》（*Epithalamion*），庆祝自己同博伊尔的婚礼。意大利人文主义之父、诗人弗朗西斯克·彼特拉克痴迷于劳拉女士，自创十四行诗体，为她写下许多情诗，后汇编入《歌集》（*Canzoniere*）[378]，成为了千古佳话。

与华兹华斯形成对照的是，陶渊明生活在高扬集体价值、大抑个人价值的中国封建社会。中国传统文化价值观是大谈婚姻、不讲爱情的，《礼记·哀公问》："合二姓之好，以继先圣之后，以为天地宗庙社稷之主。""天地不

---

376 第十四卷《结尾》第 268-274 行，威廉·华兹华斯著《序曲》，丁宏为译，北京：中国对外翻译出版公司，1999 年版，第 355 页。

377 *Amoretti*：意大利语，相当于英语中的"*Little Love Poems*"，可译作"《爱情小唱》"或"《爱情小诗》"。

378 《歌集》中收录诗歌 366 首，其中，十四行诗 317 首，抒情诗 29 首，六行诗 9 首，叙事诗 7 首，短诗 4 首。

合，万物不生。大昏，万世之嗣也。"[379]在这样的文化背景下，自然没有对爱情的高度自觉意识。无论男女，爱情皆不重要，对于男性来说，则更是如此，爱情被排挤到了无足轻重的位置。因此，在中国古代作品中，很少见到大张旗鼓地描写本人爱情、讴歌本人爱情的，比如，像李白、杜甫、白居易这样的大家，其作品都不涉及本人跟妻子之间的甜蜜爱情的主题。苏轼曾写下《江城子·乙卯正月二十日夜记梦》，陆游曾写下《钗头凤·红酥手》，唐婉曾写下《钗头凤·世情薄》，似乎勉强算是例外。不过，苏轼在其词里表达的不是现世生活中夫妻的恩爱、爱情的甜蜜，而是抒发了对亡妻的悼念，整个作品营造出的气氛十分凝重，表达出来的情绪十分沉痛，"千里孤坟，无处话凄凉。""相顾无言、惟有泪千行。料得年年肠断处，明月夜，短松冈"[380]。与此类似，陆游在词中表现的是见到前妻时的沉重心情，可谓触景生情，悲从中来，"东风恶，欢情薄，一怀愁绪，几年离索"[381]。唐婉在词中描述的是见到前夫时的苦痛心情，可谓自悲自悼，哀怨横生，"世情薄，人情恶，雨送黄昏花易落"[382]。

在中国古代文学中，描写本人跟女友或妻子之间爱情的作品十分欠缺，相反，倒是有一些狎妓之作流传后世，成为一种独特的文学现象。在中国古代，娼妓业曾一度繁荣，比如《武林旧事》卷六载，南宋临安城中私妓分布甚广，上下抱剑营、漆器墙、沙皮巷、清河坊、融和坊、新街、太平坊、巾子巷、狮子巷、后市街、荐桥都是妓女群聚之地。马可波罗《马可波罗游记》（*The Travels of Marco Polo*）第 2 卷 76 章也记录了临安城私妓的繁华盛况：

> 在其它街上有许多妓女，人数之多，简直使我不便冒昧报告出来。她们麇集在方形市场附近——这是妓女们平时居住的地方——而且，在城里的每个角落，都有她们的寄迹的行踪。她们浓妆艳服，香气袭人，住在陈设华丽的住所，还有许多女仆，跟随左右。这种女人，拉客的手段十分高明，献媚卖俏，施展出千媚百态，去迎合各种嫖客的心理。游客们只要一亲芳泽，就会陷入她们的迷魂阵中，

---

379 阮元校刻《十三经注疏》下册，北京：中华书局，1980 年版，第 1680 页。

380 邹同庆、王宗堂著《苏轼词编年校注》上册，北京：中华书局，2007 年版，第 141 页。

381 唐圭璋编《全宋词》第三册，北京：中华书局，1965 年版，第 1585 页。

382 唐圭璋编《全宋词》第三册，北京：中华书局，1965 年版，第 1602 页。

弄得如痴如醉，销魂荡魄，听凭摆布，流连忘返[383]。

中国古代文人狎妓是一种客观存在的现象，在唐宋时期成为一种普遍的社会风气，在明朝末期也较为兴盛。温庭筠“士行尘杂，不修边幅”[384]，经常流连青楼，眠花宿柳，相传他曾受到姚勖资助，但所得钱帛，多为狎妓所费。文人在作品中描写狎妓，习以为常，并无半点难为情。唐代诗坛上的三大家李杜白，宋代词坛上的大家柳永，都曾参加狎妓，还在作品中留下了记录，李白的《出妓金陵子卢六》、《江上吟》与《对酒》，杜甫的《陪诸贵公子丈八沟携妓纳凉，晚际遇雨》其一、其二，白居易的《三月三日祓禊洛滨》、《郡斋旬假，始命宴呈座客示郡僚》、《湖上代诸妓寄严郎中》、《代诸妓赠州判官》、《清明日观妓舞听客诗》与《感故张仆射诸妓》，柳永的《如鱼水·帝里疏散》、《剔银灯·仙吕调》与《长寿乐·平调》等，都是狎妓之作。其中，白居易的《三月三日祓禊洛滨》描写得甚为壮观：

> 开成二年三月三日，河南尹李待价以人和岁稔，将禊于洛滨。前一日，启留守裴令公。令公明日，召太子少傅白居易、太子宾客萧籍、李仍叔、刘禹锡、前中书舍人郑居中、国子司业裴恽、河南少尹李道枢、仓部郎中崔晋、司封员外郎张可续（一作绩）、驾部员外郎卢言、虞部员外郎苗愔、和州刺史裴俦、淄州刺史裴洽、检校礼部员外郎杨鲁士、四门博士谈弘谟等一十五人，合宴于舟中，由斗亭历魏堤，抵津桥，登临溯沿。自晨及暮，簪组交映，歌笑间发。前水嬉而后妓乐，左笔砚而右壶觞。望之若仙，观者如堵，尽风光之赏，极游泛之娱，美景良辰，赏心乐事，尽得于今日矣。若不记录，谓洛无人。晋公首赋一章，铿然玉振，顾谓四座。继而和之。居易举酒抽毫，奉十二韵以献（座上作）。

> 三月草萋萋，
> 黄莺歇又啼。
> 柳桥晴有絮，
> 沙路润无泥。

---

383 可波罗《马可波罗游记》，陈开俊、戴树英、刘贞琼、林健合译，福州：福建科学技术出版社，1982 年版，第 177 页。

384 《温庭筠传》，刘昫等撰《旧唐书》卷 190，北京：中华书局，1975 年版，第 5079 页。

禊事修初半，
游人到欲齐。
金钿耀桃李，
丝管骇凫鹥。
转岸回船尾，
临流簇马蹄。
闹翻扬子渡，
蹋破魏王堤。
妓接谢公宴，
诗陪荀令题。
舟同李膺泛，
醴为穆生携。
水引春心荡，
花牵醉眼迷。
尘街从鼓动，
烟树任鸦栖。
舞急红腰软，
歌迟翠黛低。
夜归何用烛，
新月凤楼西[385]。

这首五言诗只有 24 句，120 字，不算很长，前面还有 1 则题序，254 字，
较长，详细记录了一场集体狎妓游宴活动。太子少傅、太子宾客、前中书舍
人、国子司业、少尹、郎中、员外郎、刺史、四门博士等名人雅士、达官贵人
"一十五人，合宴于舟中，由斗亭历魏堤，抵津桥，登临溯沿。自晨及暮，簪
组交映，歌笑间发。前水嬉而后妓乐，左笔砚而右壶觞。望之若仙，观者如
堵，尽风光之赏，极游泛之娱，美景良辰，赏心乐事，尽得于今日"，其人数
之巨，场面之盛，气氛之乐，影响之大，可能要让今天的专家教授、文人学士
瞠目结舌、叹为观止了。

唐宋小说、唐朝诗歌、宋代词中的一些作品描写狎妓，从中可以看出，
狎妓的目的是娱乐，当然无所谓爱情了。中国古代文学中即使是对爱情的描

---

385 《全唐诗》（增订本）第七册，北京：中华书局，1999 年版，第 5203 页。

写，也多脱离现实，依靠虚构创造，在现实中几乎找不到对应，楚辞中的《山鬼》与曹植辞赋中的《洛神赋》等，都是例子。陶渊明唯一的一篇爱情之作是《闲情赋》，附庸风雅，空洞无物。至少从现有文献来看，在陶渊明的生活中，爱情没有什么地位，基本上无所谓把爱情作为消解矛盾冲突的手段了。

（三）皈依上帝

对于华兹华斯来说，皈依上帝也是另一种消解矛盾冲突的重要途径。在英国，宗教与文学自古以来就有不解之缘，《圣经》（*The Holy Bible*）既是宗教巨著，也是文学经典。英国文学史上的诗人一般都是基督教徒，他们对上帝有着特殊的情感，常常在作品中表达基督教内涵。华兹华斯也是基督教徒，他在内心充满矛盾冲突时，喜欢把眼光转向上帝，在宗教的神光中寻求心灵的安慰，《1810 年》（"1810"）：

> 哦，帕拉福克斯在什么地方？
>> 口头笔底，没一点音信透露出
>> 他的行踪，他的住处或葬处！
> 这条船还在航行吗？或是被巨浪
> 吞没了，远别了人们痛惜的目光？
>> 勇士呵！我们再一次向你高呼：
>> 回来吧，挫败那称王称帝的贱奴！
> 在整个欧洲，点燃起新的希望，
>> 让颓丧的人们振作起来！正义，
>> 坚忍，牺牲，蕴含着无穷的威力。
> 听吧，你的祖国正高奏凯歌！
>> 上帝笑看着你们闪闪的刀剑，
>> 就像他自己手中闪闪的电火，
>>> 照亮了高山，城堡，河川两岸[386]。

诗首出现的何塞·帕拉福克斯·伊·梅尔西（1775-1847）是西班牙的民族英雄，萨拉戈萨城陷落后他被法军俘虏，以后便音信全无。华兹华斯感到非常痛惜，在苦无良策之际，只有借助于上帝聊以自慰。诗末出现的雷霆和

---

[386] 《华兹华斯诗歌精选》，杨德豫译，太原：北岳文艺出版社，2000 年版，第 202 页。

电火是上帝手中的武器，用来打击敌对者和叛逆者，《旧约全书》（*The Books of the Old Testament*）中的《出埃及记》（"Exodus"）、《撒母耳记》（"Samuel"）、《约伯记》（"Job"）、《诗篇》（*Psalms*）和《新约全书》（*The Books of the New Testament*）中的《启示录》（"Revelation"）等皆可为证。华兹华斯《序曲》第十三卷：

> ……谈到
>
> 这些，我怀着对上帝的感激，他为了
>
> 自己而滋育我们的内心；当我们
>
> 被世界轻视时，他给予理解与爱抚[387]。

《序曲》第十四卷：

> ……请在绿荫间
>
> 静憩，但不要独处，应将你那
>
> 情有独钟的爱人带到那里：
>
> 在林中延留——聆听，凝目，享受
>
> 充盈的感情，不过，若无那更高的爱
>
> 使它升华，这享受该是何等
>
> 微薄！那与敬畏同时产生的爱，
>
> 它也有所崇拜，但却要跪祷，
>
> 因迷住它的是上天；它使灵魂
>
> 挣脱锁链，联合人间最纯、
>
> 最好的情感，以赞辞为翼，将共同的
>
> 贡品载至万能上帝的天庭[388]。

据丁宏为汉译本注："'更高的爱'（第180行），指以上帝为敬畏对象的精神的爱。""显然，上帝是诗人晚年的精神依托。"[389]

宗教并非英国所独有，中国文学史上的不少诗人如王维、李白、苏轼等

---

[387] 第十三卷《想象力与审美力，如何被削弱又复元——结尾》第275-278行，威廉·华兹华斯著《序曲》，丁宏为译，北京：中国对外翻译出版公司，1999年版，第337页。

[388] 第十四卷《结尾》第176-187行，威廉·华兹华斯著《序曲》，丁宏为译，北京：中国对外翻译出版公司，1999年版，第351-352页。

[389] 第十四卷注15，威廉·华兹华斯著《序曲》，丁宏为译，北京：中国对外翻译出版公司，1999年版，第365页。

也具有宗教情感。但对于陶渊明来说，一般认为，他没有宗教思想，《形影神》即是力证。在该组诗中，他对佛家灵魂不灭和道家成仙升天的思想均予以了否认。顺理成章，宗教未能成为他消解心理矛盾冲突的途径。

陶渊明和华兹华斯消解心理矛盾冲突的途径可归结为两类：第一，形而下的身体沉醉。第二，形而上的理论依托。他们或借助于第一类途径，或借助于第二类途径，或借助于第一、第二类途径之结合，提升了生命的精神价值，超越了物欲，超越了名利，超越了现实，超越了自我，使有限的人生获得了无限的自由，最终获取得了心理上的平衡。不过，从饮酒享乐以求解脱这一点来看，第一类途径在陶渊明这里占据着特别的地位。从归依上帝这一点来看，第二类途径在华兹华斯这里占据着独特的地位。

英国首相特蕾莎·玛丽·梅（Theresa Mary May，1956-）在 2019 年 5 月 24 日于英国伦敦唐宁街 10 号发表辞职演讲时引用尼古拉斯·温顿（Nicholas Winton）的话说："绝不要忘记，妥协不是个肮脏的词儿。生活有赖于妥协。"[390]其实，陶渊明和华兹华斯心理矛盾冲突的消解就是他们在生活中作出的妥协，不可把这些妥协当作消极、负面的东西看待。

三、陶渊明和华兹华斯"静"中之"动"的批评

在陶渊明和华兹华斯的文学创作中，其"静"中之"动"发挥了积极的作用。

心理矛盾在文学创作中有着积极的作用。关于文学的功能，孔子早有论述，《论语·阳货》："诗可以兴，可以观，可以群，可以怨。"[391]"怨"是诗歌的四大功能之一，它从诗歌抒发情愫的功用出发，强调可以通过诗歌倾诉痛苦、不平和忧伤。《尚书·虞书·舜典》："诗言志，歌永言。"[392]《礼记·乐记》："诗，言其志也。歌，咏其声也。舞，动其容也。三者本于心，然后乐气从之。"[393]"诗"是"志"的载体，"志"是"诗"的灵魂，"诗"与"志"相互依存，《毛诗注疏·周南关雎训诂传》："诗者，志之

---

390 原文为："Never forget that compromise is not a dirty word. Life depends on compromise."详见：http://www.360doc.com/content/19/0605/15/13664199_840573026.shtml

391 阮元校刻《十三经注疏》下册，北京：中华书局，1980 年版，第 2525 页。

392 阮元校刻《十三经注疏》上册，北京：中华书局，1980 年版，第 131 页。

393 阮元校刻《十三经注疏》下册，北京：中华书局，1980 年版，第 1536 页。

所之也。在心为志，发言为诗。"394《礼记·孔子闲居》："志之所至，诗亦至焉。"395《诗经·小雅·四月》："君子作歌，维以告哀。"396《汉书·五行志中之上》："怨谤之气发于歌谣，故有诗妖。"397《毛诗注疏·毛诗正义序》：

> 六情静于中，百物荡于外。情缘物动，物感情迁。若政遇醇和，则欢娱被于朝野，时当惨黩，亦怨刺形于咏歌。作之者所以畅怀舒愤，闻之者足以塞违从正。发诸情性，谐于律吕。故曰："感天地，动鬼神，莫近于诗。"此乃诗之为用，其利大矣。398

《管子·内业》："是故止怒莫若诗，去忧莫若乐，节乐莫若礼，守礼莫若敬，守敬莫若静。"399严羽《沧浪诗话·诗辨》："诗者，吟咏情性也。"400杨士奇《畦乐诗集原序》："诗以道性情，诗之所以传也。"401朱光潜认为，一切艺术都是抒情的，文学也如此，《文学上的低级趣味（上）：关于作品内容》：

> 它让心灵得到自由活动，情感得到健康的宣泄和怡养，精神得到完美的寄托场所，超脱现实世界所难免的秽浊而徜徉于纯洁高尚的意象世界，知道人生永远有值得努力追求的东西在前面———……402

朱光潜《文学上的低级趣味（下）：关于作者态度》：

> 文艺的功用在表现作者的情感思想，传达于读者，使读者由领会而感动。就作者说，他有两重自然的迫切需要。第一，是表现。情感思想是生机，自然需要宣泄，宣泄才畅通愉快，不宣泄即抑郁苦闷。所以文艺是一件不得已的事403。

---

394 《唐宋注疏十三经》第一册，北京：中华书局，1998年版，第12页。
395 阮元校刻《十三经注疏》下册，北京：中华书局，1980年版，第1616页。
396 阮元校刻《十三经注疏》上册，北京：中华书局，1980年版，第463页。
397 班固撰《汉书》第五册，北京：中华书局，1962年版，第1377页。
398 《唐宋注疏十三经》第一册，北京：中华书局，1998年版，第2页。
399 《诸子集成》第五册，北京：中华书局，1954年版，第272页。
400 郭绍虞校释《沧浪诗话校释》，北京：人民文学出版社，1961年版，第26页。
401 《附录五·陶渊明评论辑要·畦乐诗集》，龚斌校笺《陶渊明集校笺》，上海：上海古籍出版社，1996年版，第559页。
402 朱光潜著《谈文学》，合肥：安徽教育出版社，1996年版，第27页。
403 朱光潜著《谈文学》，合肥：安徽教育出版社，1996年版，第30页。

文学作为文艺的一种具体形式，也具有情感表现和情感传达的功能，大部分纯文学"作者的用意第一是要发泄自己心中所不能不发泄的"[404]。朱光潜《写作练习》：

> 文学的功用通常分为言情、说理、叙事、绘态（亦称状物或描写）四大类。文学作品因体裁不同对这四类功用各有所偏重。例如，诗歌侧重言情，论文侧重说理，历史、戏剧、小说都侧重叙事，山水人物杂记侧重绘态[405]。

关于文学创作心理及其动因的描述，中国古代历来有多种说法，韩愈在《送孟东野序》中提出的"不平则鸣"[406]是较引人注目的说法之一。它认为，文学创作同剧烈的心理波动有直接的渊源关系，心理的压抑和宣泄是创作的心理动因。艾青《诗论》："作为诗，感情的要求必须更集中，更强烈；换句话说，对于诗，述诸情绪的成分必须更重。"[407]"对生活所引起的丰富的、强烈的感情，是写诗的第一个条件，缺少了它，便不能开始写作，即使写出来也不能动人。"[408]刘飞《明月与酒：李白人生定位的困惑》："困惑的苦闷以及对苦闷的体验，很容易激发诗人的艺术冲动。"[409]心理压抑、心理波动、心理困惑和心理矛盾，名虽异而意实通，它们造成了心理张力，当心理张力以文学的形式舒解时，便成为文学创作的动力。

心理矛盾在文学创作中发挥积极作用的例子有很多。司马迁《史记·太史公自叙》：

> 夫《诗》、《书》隐约者，欲遂其志之思也。昔西伯拘羑里，演《周易》；孔子厄陈蔡，作《春秋》；屈原放逐，著《离骚》；左丘失明，厥有《国语》；孙子膑脚，而论兵法；不韦迁蜀，世传《吕览》；韩非囚秦，《说难》、《孤愤》；《诗》三百篇，大抵贤圣发愤

---

404 《作者与读者》，朱光潜著《谈文学》，合肥：安徽教育出版社，1996年版，第95页。

405 朱光潜著《谈文学》，合肥：安徽教育出版社，1996年版，第42页。

406 章培恒、骆玉明主编《中国文学史》中卷，上海：复旦大学出版社，1997年版，第195页。

407 北京大学中文系文艺理论教研室编《文艺理论学习资料》（修订本）下册，北京：北京大学出版社，1982年版，第59页。

408 艾青《诗论》，北京：人民文学出版社，1980年版，第90页。

409 刘飞《明月与酒：李白人生定位的困惑》，《陕西师范大学学报》（社会科学版），1998年第3期，第116页。

之所为作也。此人皆意有所郁结，不得通其道也，故述往事，思来者[410]。

李陵兵败降匈，名颓声丧，三族夷灭，其文多凄怆，大有楚骚之风，钟嵘《诗品·上品·汉都尉李陵》："使陵不遭辛苦，其文亦何能至此！"[411]司马迁受辱宫刑，"居则忽忽若有所亡，出则不知所如往。每念斯耻，汗未尝不发背沾衣也"[412]，故"隐忍苟活"[413]，发奋修史，留下"史家之绝唱，无韵之《离骚》"[414]。桓谭《新论·求辅》："贾谊不左迁失志，则文彩不发。"[415]严羽《沧浪诗话·诗评》："唐人好诗，多是征戍、迁谪、行旅、离别之作，往往能感动激发人意。"[416]白居易《与元九书》："国风变为骚辞，五言始于苏、李。苏、李，骚人，皆不遇者，各系其志，发而为文。"[417]在中国文学史上，文学创作者在心理矛盾的激发下创作出不朽作品之例还有很多：仲长统若不是忧国忧民、愤世伤乱，便写不出"不知天若穷此之数，欲何至邪"[418]之类的句子。曹植若不是受猜忌压抑、郁郁寡欢，便写不出"揽騑辔以抗策，怅盘桓而不能去"[419]之类的句子。鲍照若不是受门阀制度压抑、怀才不遇，便写不出"天道何如？含恨者多"[420]之类的句子。庾信若不是满怀乡关之思、羁宦之愤，便写不出"风骚骚而树急，天惨惨而云低"[421]之类的

---

410 司马迁撰《史记》第十册，北京：中华书局，1959 年版，第 3300 页。

411 曹旭集注《诗品集注》，上海：上海古籍出版社，1994 年版，第 88 页。

412 司马迁《报任安书》，班固撰《汉书·司马迁传》第九册，北京：中华书局，1962 年版，第 2736 页。

413 司马迁《报任安书》，班固撰《汉书·司马迁传》第九册，北京：中华书局，1962 年版，第 2733 页。

414 鲁迅《汉文学史纲要·司马相如与司马迁》，《鲁迅全集》第九卷，北京：人民文学出版社，1981 年版，第 420 页。

415 严可均校辑《全上古三代秦汉三国六朝文》，北京：中华书局，1958 年版，第 539 页。

416 郭绍虞校释《沧浪诗话校释》，北京：人民文学出版社，1961 年版，第 198 页。

417 顾学颉校点《白居易集》第三册，北京：中华书局，1979 年版，第 961 页。

418 仲长统《理乱篇》，朱东润主编《中国历代文学作品选》上编第二册，上海：上海古籍出版社，1979 年版，第 180 页。

419 曹植《洛神赋》，赵幼文校注《曹植集校注》，北京：人民文学出版社，1984 年版，第 285 页。

420 鲍照《芜城赋》，朱东润主编《中国历代文学作品选》上编第二册，上海：上海古籍出版社，1979 年版，第 203 页。

421 庾信《小园赋》，朱东润主编《中国历代文学作品选》上编第二册，上海：上海古籍出版社，1979 年版，第 215 页。

句子。王粲若不是生当乱世、羁留他乡，便写不出"独夜不能寐，摄衣起抚琴"[422]之类的诗句。蔡琰若不是为乱兵所掳、流落匈奴，便写不出"人生几何时，怀忧终年岁"[423]之类的诗句。阮籍若不是政治黑暗、怀才不遇，便写不出"孤鸟西北飞，离兽东南下"[424]之类的诗句。杜甫若不是仕途不通、颠沛流离，便写不出"何时眼前突兀见此屋，吾庐独破受冻死亦足"[425]之类的诗句。李白若不是宦海沉浮、连遭打击，便写不出"停杯投箸不能食，拔剑四顾心茫然"[426]之类的诗句。白居易若不是得罪权贵、贬谪江州，便写不出"同是天涯沦落人，相逢何必曾相识"[427]之类的诗句。刘禹锡若不是在政治上遭受沉重打击、谪居巴山楚水二十三年，便写不出"沉舟侧畔千帆过，病树前头万木春"[428]之类的诗句。陈子昂若不是政治抱负和进步主张无法实现，便写不出"念天地之悠悠，独怆然而涕下"[429]之类的诗句。王维若不是仕途不畅、几度归隐，便写不出"关西老将不胜愁，驻马听之双泪流"[430]之类的诗句。王勃若不是触怒唐高宗被逐出沛王府、为虢州参军犯死罪遇赦革职，便写不出"画栋朝飞南浦云，珠帘暮卷西山雨"[431]之类的诗句。陆游若不是不能实现破敌卫国的宏愿，便写不出"塞上长城空自许，镜中衰鬓已先斑"[432]

422 王粲《七哀诗》其二，朱东润主编《中国历代文学作品选》上编第二册，上海：上海古籍出版社，1979 年版，第 248 页。

423 蔡琰《悲愤诗》，朱东润主编《中国历代文学作品选》上编第二册，上海：上海古籍出版社，1979 年版，第 253 页。

424 阮籍《咏怀诗》其四，朱东润主编《中国历代文学作品选》上编第二册，上海：上海古籍出版社，1979 年版，第 276 页。

425 杜甫《茅屋为秋风所破歌》，仇兆鳌注《杜诗详注》第二册，北京：中华书局，1979 年版，第 832-833 页。

426 李白《行路难》其一，王琦注《李太白全集》上册，北京：中华书局，1977 年版，第 189 页。

427 白居易《琵琶引》，顾学颉校点《白居易集》第一册，北京：中华书局，1979 年版，北京：人民文学出版社，1964 年版，第 243 页。

428 刘禹锡《酬乐天扬州初逢席上见赠》，刘禹锡撰，卞孝萱校订《刘禹锡集》下册，北京：中华书局，1990 年版，第 421 页。

429 陈子昂《登幽州台歌》，林庚、冯沅君主编《中国历代诗歌选》上编（二），北京：人民文学出版社，1964 年版，第 302 页。

430 王维《陇头吟》，林庚、冯沅君主编《中国历代诗歌选》上编（二），北京：人民文学出版社，1964 年版，第 335 页。

431 王勃《滕王阁》，武汉大学中文系古典文学教研室选注《新选唐诗三百首》，北京：人民文学出版社，1980 年版，第 14 页。

432 陆游《书愤》，林庚、冯沅君主编《中国历代诗歌选》下编（一），北京：人民文

之类的诗句。张继若不是踌躇满志进京、落第伤感而归，便写不出"月落乌啼霜满天，江枫渔火对愁眠"[433]之类的诗句。辛弃疾若不是壮志不酬、闷闷不乐，便写不出"和雨泪栏杆，沉香亭北看"[434]之类的词句。欧阳修若不是受到政敌打击并连受贬谪，便写不出"醉翁之意不在酒，在乎山水之间也"[435]之类的句子。刘长卿若不是屡遭贬谪、身世坎坷，便写不出"愁中卜命看周易，梦里招魂读楚词"[436]之类的句子。韩愈若不是激愤填膺、感慨淋漓，便写不出《归彭城》、《促促》、《八月十五日夜赠张功曹》这些"把对国事的忧愤和自己宦途偃蹇的失意情怀交织起来"[437]的作品。贾岛若不是怀才不遇、贫困悲苦，便写不出《朝饥》、《斋中》、《下第》这些"时时透出一种萧瑟之气"，"悲愁苦闷之辞比比皆是"[438]的作品。文天祥若不是国破家亡、穷途末路，亦断然写不出"人生自古谁无死，留取丹心照汗青"[439]之类名传千古的诗句。关汉卿若不是"盖世界浪子班头"[440]，失魂落魄，便写不出《窦娥冤》、《鲁斋郎》、《蝴蝶梦》这样的剧作。王实甫若不是"风流落拓"[441]，混迹于教坊勾栏，便写不出《西厢记》、《破窑记》、《丽春堂》这样的剧作。蒲

学出版社，1979年版，第718页。

433 张继《枫桥夜泊》，林庚、冯沅君主编《中国历代诗歌选》上编（二），北京：人民文学出版社，1964年版，第428页。

434 辛弃疾《菩萨蛮》，邓广铭笺注《稼轩词编年笺注》，上海：上海古籍出版社，1978年版，第163页。

435 欧阳修《醉翁亭记》，朱东润主编《中国历代文学作品选》中编第二册，上海：上海古籍出版社，1980年版，第247页。

436 刘长卿《感怀》，章培恒、骆玉明主编《中国文学史》中卷，上海：复旦大学出版社，1997年版，第124页。

437 中国社会科学院文学研究所《中国文学史》第二册，北京：人民文学出版社，1962年版，第506页。

438 章培恒、骆玉明主编《中国文学史》中卷，上海：复旦大学出版社，1997年版，第145页。

439 文天祥《过零丁洋》，林庚、冯沅君主编《中国历代诗歌选》下编（一），北京：人民文学出版社，1987年版，第783页。

440 关汉卿《南吕一枝花·不伏老》，转引自：章培恒、骆玉明主编《中国文学史》下卷，上海：复旦大学出版社，1997年版，第27页。

441 章培恒、骆玉明主编《中国文学史》下卷，上海：复旦大学出版社，1997年版，第38页。元代杂剧作家成分比较复杂，一般可以分为五类。一类是落魄文人，如关汉卿、王实甫。二类是艺人，如赵敬夫、张国宾、花李郎、红字李二。三类是下层官吏，如马致远、尚仲贤。四类是上流人物，如杭州总管杨梓、湖南肃政廉访史李直夫。五类是明初的藩王，如朱权、朱有炖。从总体来看，第一类作家是杂剧创作的主力，成就也最为辉煌。

松龄若不是运气不济、屡考屡败，便可能写不出《聊斋志异》这一"不平之鸣"[442]之书。吴承恩若不是"在科场上很不得意，对社会现实有所不满"[443]，便创作不出《西游记》这一宏篇巨制。陈忱若不是从事反清活动但又受朝廷的压抑，便写不出《水浒后传》这一"泄愤之书"[444]。曹禺若不是"仿佛有一种情感的汹涌的流"[445]在推动他，便写不出《雷雨》这一戏剧杰作。郭沫若若不是在对大地强烈情感的"推荡，鼓舞"[446]下以至有点癫狂，便写不出《地球，我的母亲》这样成功的诗歌。王愿坚若不是在革命故事中受到极大感染以至"心情难以平静"[447]，便写不出《党费》这样优秀的小说。中国科举制滥觞于隋，其进士科自唐至清，历时 1300 余年[448]，开科 800 次，据陈光辉等编《中国状元大典》，校以它书，状元姓名可考者得 646 人，其中，武状元仅 25 人，文状元则多达 421 人[449]。但这众多的文状元在文学创作上多默默无闻，少有惊世骇俗之作传世。相反，倒是有不少落第落魄之士却还吟出了一些千古绝唱，至今为世人所称道。

国外对心理矛盾在文学创作中的作用也有持肯定看法的。迈尔·霍华德·艾布拉姆斯（Meyer Howard Abrams，1912-）在《镜与灯：浪漫主义文论及批评传统》（*The Mirror and Lamp: The Romantic Theory and the Critical*

---

442 章培恒《新序》，张友鹤辑校《聊斋志异》会校会注会评本（一），上海：上海古籍出版社，1962 年版，第 8 页。

443 华东师范大学古典文学教研室郭豫适、简茂森执笔《前言》，吴承恩著《西游记》（上），北京：人民文学出版社，1980 年版，第 3 页。

444 中国社会科学院文学研究所《中国文学史》第三册，北京：人民文学出版社，1962 年版，第 1188 页。

445 曹禺《〈雷雨〉序》，《雷雨》，北京：中国戏剧出版社，1959 年版，第 3 页。

446 郭沫若《我的作诗的经过》，《郭沫若论创作》，上海：上海文艺出版社，1983 年版，第 204 页。

447 《在革命前辈精神光辉照濯下》，《解放军文艺》，1959 年第 6 期，转引自：唐正序、冯宪光主编《文艺学基础理论》（修订本），成都：四川大学出版社，1994 年版，第 103 页。

448 隋文帝开皇（581-600）年间，废除九品中正制，选官不问门第，令诸州每年向中央选送三人，参加秀才、明经等科考试，合格者录用为官，科举制雏形出现。隋炀帝大业（605-618）年间，创立进士科，科举制形成。唐朝，科举分为常举和制举两种，常举每年举行考试，科目主要是明经、进士、明法、明书、明算、秀才等。制举由皇帝为搜罗非常人才而临时设置，科目有贤良方正直言极谏、才识兼茂明于体用等一百多种。科举制在唐朝进一步发展、完善之后，一直为历代沿用，直至清光绪（1875-1908）三十年（1905）废除为止。

449 太平天国女状元傅善祥 1 人，张献忠大西国文武状元各 1 人，佚不计。

Tradition）中将文学作品的功能划分成了四种模式：一是反映客观世界（包括他人的主观世界），以模仿为核心。二是有益于提高读者的思想认识，具有道德教育或文化娱乐作用。三是缓解作者的痛苦，抒发作者的主观情愫。四是就作品本文欣赏作品[450]。按照这种划分，对愤懑、痛苦等主观情感的抒发是文学的功能之一。西格蒙德·弗洛伊德（Sigmund Freud，1856-1939）的本能动力论认为，人的性本能和自我本能两种本能的要求之间存在着不可调和的对立冲突，使人得以获得更大的成就，"作家或诗人的这两种本能的对立和冲突能够创造出优秀作品"[451]。约翰·沃尔夫冈·冯·歌德（Johann Wolfgang von Goethe，1749-1832）在诗歌中写道："人为烦恼所苦时，神便赐予他表达的力量。"[452]雪莱在《为诗辩护》中认为，"诗人是一只夜莺，栖息在黑暗中，用美妙的歌喉来慰藉自己的寂寞"[453]。厨川白村在《苦闷的象征》中认为，"生命受到压抑而生的苦闷和懊恼是文学的根柢"[454]。威廉·哈兹里特（William Hazlitt，1778-1830）说："诗歌是想象和激情的语言。"[455]布莱恩·斯坦利·约翰逊（Bryan Stanley Johnson，1933-1973）在《你写回忆录是否还嫌太年轻？》（*Are You Rather Young to Be Writing Your Memoirs*，1973）中说：

> 我从事写作尤其是为了排忧解愁，为了解除自己精神上忍受痛苦的重负和以往经历的伤害：为了脱离我心中的此时此景而达到书中的彼时彼地[456]。

亨利克·约翰·易卜生（Henrik Johan Ibsen，1828-1906）认为："在这

---

450 乐黛云主编《中西比较文学教程》，北京：高等教育出版社，1988 年版，第 10 页。

451 张首映著《西方二十世纪文论史》，北京：北京大学出版社，1999 年版，第 102 页。

452 转引自：《性爱的形上学》，叔本华著《叔本华论文集》，陈晓南译，天津：百花文艺出版社，1987 年版，第 157 页。

453 转引自：M.H.艾布拉姆斯著《镜与灯：浪漫主义文论及批评传统》，郦稚牛、张照进、童庆生译，北京：北京大学出版社，2004 年版，第 24 页。

454 转引自：田俊武、王庆勇《从天堂到地狱——论乌托邦文学在英国的发展与嬗变》，《河南大学学报》（社会科学版），2003 年第 1 期，第 72 页。

455 转引自：田兆耀编著《西方文学鉴赏》，北京：中国广播电视出版社，2002 年版，第 100 页。

456 转引自：侯维瑞主编《英国文学通史》，上海：上海外语教育出版社，1999 年版，第 922 页。

种情形下，创作好比洗澡，洗完之后更清洁、更健康、更舒畅。"[457]

十九世纪前期风靡一时的浪漫主义反对十八世纪假古典主义过于崇拜理性的倾向，提出了情感和想象两大口号。许多西方批评家认为，浪漫主义有至少三大值得注意的特征："运用至极的想象，充分抒发感情，和不受任何约束的个人主义。"[458]浪漫主义最突出、最本质的特征是主观性，它偏重于表现主观思想，抒发强烈的个人情感。黑格尔说："浪漫型艺术的真正内容是对绝对的内心生活，相应的形式是精神的主体性，也即主体对自己独立自由的认识。"[459]浪漫主义诗人华兹华斯认为，"诗是强烈感情的自然流露"[460]，这同中国"不平则鸣"说具有相似之处，都强调心理矛盾、心理波动等强烈感情因素对文学创作的积极作用。一个人对人生、对现实的义愤愈是强烈，心理矛盾愈尖锐，其文学创作的爆发力就愈猛烈，其作品的感染力就愈强烈，其作品的思想性就愈深刻。

在英国文学史上，心理矛盾在文学创作中发挥积极作用的例子有很多。拜伦的第一本诗集《懒散时刻》(*Hours of Idleness*, 1807) 出版后，遭到《爱丁堡评论》(*The Edinburgh Review*) 匿名文章的恶意中伤，他"气得人都发抖了。晚饭时，他一气喝了三瓶葡萄酒，仍不能平静下来"[461]。在这种强烈感情的驱使之下，他完成出版了讽刺长诗《英国诗人和苏格兰评论家》(*English Bards and Scotch Reviewers*, 1809)，从而确立了他作为讽刺诗人的诗名。十九世纪中叶，英国危机四伏，劳工痛苦，民不聊生，查尔斯·金斯黎 (Charles Kingsley，1819-1875) 既充满兴趣、惊奇、希望，又满怀恐惧、同情、愤怒。在百感交集、坐卧不安这种强烈情绪的激发之下，他每日早晨五时起床，在办理教区内繁重的事务之前，先奋笔疾书，终于完成了《易士特》(*Yeast*) 和《阿尔顿洛克》(*Alton Locke*) 这两篇"感情与愤怒激发出来的"[462]教训小说。

---

457 T. Colo, *Playwrights on Playwittings*, London: Hill and Wang Company, 1960, p.3.

458 戴维·罗伯兹著《英国史：1688年至今》，鲁光桓译，广州：中山大学出版社，1990年版，第118页。

459 转引自：田兆耀编著《西方文学鉴赏》，北京：中国广播电视出版社，2002年版，第100页。

460 William Wordsworth, "Preface to Lyrical Ballads, with Pastoral and Other Poems", *The Norton Anthology of English Literature*, Sixth Edition, Volume 2, New York and London: W. W. Norton & Company: 1986, p. 168.

461 董翔晓、鲁效阳、谢天振、包幼华《英国文学名家》，哈尔滨：黑龙江人民出版社，1984年版，第131页。

462 Wilbur L. Cross 著《英国小说发展史》，王杰夫、曹开元编译，台北：五洲出版社，

威廉·巴特勒·叶芝（William Butler Yeats，1865-1939）早年贫穷，屡次求婚，屡遭拒绝，"真是不幸"[463]，情感受到冲击，于是在第二部诗集《玫瑰集》（*The Rose*，1893）中写出了许多表示忧伤爱情的感人诗篇。

倘陶渊明一生踌躇满志，没有这诸多心理矛盾，必然创作不出表现其忧苦愤懑的咏怀诗和记录其隐居步履的田园诗，更创作不出其寄托心志的辞赋散文。王闿运在《湘绮楼说诗》卷六中评论说："学阮陶只可处悲愤乱世，若富贵闲适便无诗。"[464]同样，若华兹华斯一生春风得意，没有任何心理矛盾，绝对创作不出反映其对工业文明和法国大革命反思的精美绝伦的诗歌作品。戴维斯（R. T. Davis）在《浪漫主义时期的文学》（*Literature of the Romantic Period*）中评论道："华兹华斯的诗根本上是充满了心灵斗争的诗。"[465]

1969 年版，第 317 页。

[463] 侯维瑞主编《英国文学通史》，上海：上海外语教育出版社，1999 年版，第 765 页。

[464] 转引自：《附录五·陶渊明评论辑要》，龚斌校笺《陶渊明集校笺》，上海：上海古籍出版社，1996 年版，第 579 页。

[465] R. T. Davis, *Literature of the Romantic Period*, Liverpool: Liverpool University Press, 1976, p. 38.